她的一生

Une vie

莫泊桑◎著

蔡雅琪◎譯

W&K
Publishing

序——永恆的迴音

美的樂曲，可以繞樑三日；好的詩句，讓人吟詠再三；動人的故事，往往令人低迴不已。經典文學作品，是作家以生活爲素材、人性爲主題，嘔心瀝血之作，經過時間的洗禮，更煥發著動人的神采。

一書一世界。還記得那些物質匱乏的日子，無論是在陳列井然的圖書館或是灰闇狹窄的舊書舖裡，一本本泛黃甚至殘破的名著書頁，就足以讓讀者忘卻塵囂俗慮，爲作家筆下的森羅萬象所深深著迷。時至今日，明淨敞亮的書店賣場，成了讀者流連忘返的天堂，面對汗牛充棟的書籍，雜然紛呈，令人望之興嘆，讀者的心靈，眞的滿足了嗎？

小知堂文化向來以選書嚴謹，風格獨具，深獲各界好評。本著介紹好書的使命，精選一系列世界文學名著，在千禧年這別具意義的一年，推出「世界文集」，期能再次喚醒人們發自內心的深沈感動，洞澈世紀末的虛無頹唐。文學之美，歷久彌新，向萬千讀者低語著永恆的秘密。

戲謔與悲憐（關於作者）

西元二〇〇〇年是法國文豪莫泊桑的一百五十週年誕辰。法國舉辦了一系列的演講、展覽等慶祝活動，而在世界各地，也掀起了一陣莫泊桑旋風。這實在是因爲他的小說不僅具有戲謔、嘲諷、刻畫入微……等等吸引讀者的特質，書中所揭示人性的面面觀，更足以跨越國界、階級，打動每位讀者的心。

儘管仍有不少讀者對莫泊桑是只聞其人，而未讀其書，但這位「短篇小說之王」的大作〈脂肪球〉的名氣之響亮，如雷貫耳。在他一生當中創作了近三百篇短篇小說及六部長篇小說，除了成名作〈脂肪球〉和長篇代表作《她的一生》之外，其餘作品亦引人入勝。因此，其著作的「質」與「量」是十分可觀的。

莫泊桑（Guy de Maupassant，一八五〇～一八九三），出生於法國西北部諾曼第半島的小城，爲沒落貴族之後裔。父系爲十八世紀遷居至諾曼第的貴族；母系則源自諾曼第的古老世家。莫泊桑的雙親感情並不和睦，從個性的差異就可得知：父親古斯達夫為人自私、輕佻，後來更和女傭人傳出曖昧的關係；母親蘿莉個性專橫、敏感、愛好文學，十分重視孩子的教育，可說是莫泊桑在文學上的啓蒙者。蘿莉在莫泊桑十二歲時和丈夫離婚，其後她便獨力撫養兩個兒子莫泊桑、艾維，並移居至艾特丹的維爾基別墅。因此莫泊桑的生長環境並不優渥，反而是因為在鄉間長大，而對於中下階層的生活有著較深的情感與同情。這些經歷也一一具現於日後的著作中。

莫泊桑所處的時代正值法國第二帝國。政治局勢紛亂詭譎；在文壇上也是名家輩出、思潮洶湧。少年時期的莫泊桑被送至教會學校就讀，但他十分不耐教會的刻板生活，閒暇便以寫詩排遣無聊的生活。並結識了詩人布依雷和作家福樓拜，尤其福樓拜對莫泊桑指導甚多，是莫泊桑的文學導師，他和莫泊桑母親的家族本是世交，兩人的關係亦師亦友、親如父子。莫泊桑在廿一歲退役之後，便在海軍部任職。廿八歲時在福樓拜的介紹之下轉職教育部。但注定要成文學家的他對於公職感到十分不耐，倒是在此期間活躍於藝文沙龍，且和以左拉為首的自然主義作家密切往來，成為《梅塘夜譚》的班底作家。他的成名作〈脂肪球〉於一八八〇年收錄於《梅塘夜譚》之中，而後聲名大噪。

自此之後，莫泊桑專事寫作，時常出國旅遊尋找靈感。他因寫作而名利雙收，躋身暢銷作家之林，得以在巴黎的上流社會出入，卻也使他縱情聲色、流連風月，後來更不幸染上梅毒，而於四十三歲的壯年，因併發的精神病症，逝於巴塞精神病院。貴族出身的他，長期生活於中下階層社會，對於階級差異及兩性關係的矛盾有深切的體會，尤其擅長以精鍊的語言描寫現實社會的人情世態，在戲謔中流露人性的可悲與可愛。這或許得力於他的成長背景，但我們不得不佩服他的才華，能將個人的經歷與人生觀，譜成一幕幕動人的故事。

捕捉人性的光與影（關於本書）

本書是「短篇小說之王」莫泊桑的第一部長篇小說，也是他最受好評的代表作，一八八三年二月廿七日至四月六日，連載於《吉爾・布拉斯報》。隨後交由亞華爾出版社（Victor Havard）發行。該書在出版後的八個月內就創下了二萬二千本的銷售佳績，讀者不計其數，其中以女性讀者的迴響最爲熱烈。故事主人翁「嘉娜」的不幸遭遇令人同情，而讀者也往往能從書中人物發現自己的特性。

《她的一生》敘述貴族少女嘉娜，自小在修道院接受教育，個性浪漫純眞。在親人的祝福下，她懷著無限美好憧憬，嫁給英俊迷人的朱利安子爵。不解男女情事的她在初夜就一度被丈夫的粗暴嚇壞了。隨後兩人前往科西嘉島度蜜月，甜蜜的新婚生活終於使她嚐到情欲的滋味。然而丈夫卻漸漸露出自私、粗鄙、吝嗇、欲求無厭……的本性，不但勾搭嘉娜的侍女羅莎麗，還另結新歡，和傅維爾伯爵夫人發生姦情。

傷心欲絕的嘉娜從此不願再過問丈夫的事。她希望就此平靜度過餘生。然而鄰近貴族和鄉人的蜚語流言，再加上教會神父逼迫她出面指控丈夫，在在使她不得安寧。不久，朱利安遭傅維爾伯爵挾怨殺害，嘉娜的雙親亦相繼辭世。兒子保爾成了她此生唯一寄託，卻因過度溺愛使保爾成為一事無成的浪蕩子，最後亦離她而去，只留下一個尚在襁褓的小孫女。嘉娜經歷種種打擊，而變得衰老，終日沈湎於回憶中。故事最後，她抱著小孫女，喃喃地說：「看吧！生命從來都不是那麼美好，卻也沒有想像中的糟。」這句話也成了莫泊桑對人生的註解。

在此之前，莫泊桑一向是以中下階層的人物為主角，對現實生活的醜態和人性的矛盾有著鮮明的刻畫和嘲諷，是故這些作品往往帶著粗俗、質樸的氣息。然而《她的一生》卻轉而以貴族為主角。故事的背景在鄉間，莫泊桑將鄉間如詩如畫的美景描寫得十分細膩，恆常寧靜的大自然對照著書中人物的命運多舛，不僅深化了作者對於人生意義的探討，也提升這本小說的藝術價值。

目錄

她的一生

（樸質的事實）

獻給

柏海納夫人；

紀念一位死去的友人；

並向一位忠實的朋友致敬。

基・德・莫泊桑[註1]

第一章

嘉娜整理好行裝之後，又走到了窗邊，但雨還是下個不停。

整個晚上，大雨一直淅瀝淅瀝地打在窗子和屋頂上。低沈的天空飽含水氣，看來像破了洞似地讓雨水撒落在地面，將地表攪和成一片泥漿，就好比將糖粉溶解了一樣。狂風一陣陣地吹過，帶來了沈悶的熱氣。溪流高漲，冷清的街道充斥著河水滾滾作響的聲音。街上的房子像海綿似地將溼氣吸入屋內，從地窖到閣樓，所有的牆壁都流起汗來。

嘉娜前一天才離開修道院，從此獲得了永遠的自由，準備迎向生命裡所有的幸福。這是她夢想已久的事，但假如天氣遲遲不肯放晴，她實在很怕父親會延遲了上路的時間。今天早晨，她已經朝天邊張望不下一百次了。

這時候，嘉娜發現自己忘了將日曆放到旅行袋裡。她從牆上拆下一張印有月份的小紙板，上面的花邊用金字印了當時的年份：一八一九年。她拿起鉛筆劃掉了頭四行，並且將五月二日之前的聖人名字一個個塗掉，因爲這天就是她從修道院出來的日子。

門外有個聲音叫道：「嘉嘉！」

嘉娜回答：「爸爸，進來吧！」然後父親就走進她的房間。

父親的全名是西蒙賈克・勒貝爾地・戴沃男爵。他是上個世紀的貴族，雖然個性有些古怪，卻是個老好人。他也是哲學家盧梭虔誠的信徒，非常熱愛大自然、田園、森林和動物。

身為世襲的貴族，男爵自然非常痛恨一七九三年的法國大革命。不過，由於本身有一種哲人的氣質，再加上後天的教育讓他有了寬容的胸懷，因此他十分反對暴政。當然，所謂的反對，也僅止於無傷大雅地發發牢騷罷了。

宅心仁厚是他最大的長處，卻也是最嚴重的弱點。他的仁慈不僅是親切、奉獻及擁抱而已，而是像造物主一樣地樂善好施，不分對象且來者不拒；他控制意志力的神經彷彿痲痺了一樣，沒什麼魄力，幾乎可以稱得上是一種缺點了。

男爵是個講究理論的人，因此早早就為女兒擬定了一套教育方針，希望她將來成為幸福、善良、正直且溫柔的女性。

嘉娜一直在家裡住到十二歲，後來儘管她母親一把鼻涕一把眼淚的，父親還是將她送進聖心修道院。

男爵將女兒嚴格地幽禁在修道院裡，使她與外界隔離，不讓她知道人世間的一切。他希望等她十七歲回家之後，依然是一個純眞無邪的女兒，然後自己再用合理的詩意來教養她；他希望藉由田園生活及富饒的大地，向她揭示大自然和諧的法則，此外，各種動物相親相愛的畫面，也可以啓發她的性靈。

如今嘉娜已經從修道院出來了。她容光煥發，神采奕奕，對未來的幸福充滿憧憬，急於享受人生的種種歡樂，以及所有令人喜悅的奇遇；無論是煩悶無聊的白天，或者是寂寞的漫漫長夜，當嘉娜天馬行空地冥想時，這一切都不斷地浮現在她腦海裡。

她看起來很像維若尼斯所畫的人像，閃閃金髮襯托出她那幾乎是玫瑰色的肌膚，一種生長在貴族家庭特有的肌膚；在陽光的照射之下，她皮膚上隱隱約約可以看到一層淡淡的，像細絨一般的汗毛。她的眼珠是藍色的，就像荷蘭瓷娃娃的眼睛一樣，是一種不透明的藍色。註❷

她的左鼻翼上，有一顆小小的美人痣；另一顆是在下巴的右邊，上頭長了幾根和皮膚同色的捲毛，不仔細瞧的話，幾乎看不出來。她的身材修長，胸部豐滿，曲線也很窈窕。她說話的聲音很清脆，但有時聽起來稍嫌尖銳；不過，她坦率的笑聲總是讓周圍的人覺得很愉快。她常常會習慣性地將雙手舉向鬢邊，像是要掠平頭髮一樣。

嘉娜跑過去抱住父親，在他臉上啄了一下。「爸爸，是不是要出發啦？」嘉娜問。

男爵微笑地晃了晃那頭已經泛白、有點兒過長的頭髮，然後指著窗戶說：「妳說這種天氣怎麼出得了門呀？」

但是嘉娜以溫柔甜蜜的語氣撒嬌說：「哎呀！爸爸，求求你，我們出發吧，下午天氣一定會放晴的。」

「但妳媽絕對不會答應啊！」

「會的！我保證她一定會答應，讓我去和她說就是啦！」

「假如妳能說服她的話，我這邊就沒什麼問題了。」

然後嘉娜就飛奔至男爵夫人的臥房。爲了這個動身的日子，她早就等得不耐煩了。她自從進入修道院以後，就沒離開過盧昂；在預定的年齡之前，父親不准她有任何的娛樂活動。他只帶她到巴黎去過兩次，每次都住了半個月；但巴黎終究是一個大城市，而她所夢想的卻是鄉村的風光。

如今她就要到白楊山莊去避暑了。這古老的莊園是男爵家的產業，位於滃埠[註❸]附近的懸崖上；她深信海邊自由自在的生活，一定會帶來無窮的樂趣。而且，家人早就決定將這座宅邸送給她當嫁妝，等她結婚以後，就會永遠住在這裡。

從前一天晚上開始，這場雨就下個不停。這是嘉娜這輩子第一件感到擔憂的事。但是，三分鐘後她就從母親的房裡衝了出來，滿屋子都聽得見她的尖叫：「爸爸！爸爸！媽媽答應啦！快叫人準備車子吧！」

滂沱大雨還是沒有停下來的跡象。馬車駛到門口時，雨甚至又下得更大了。

當男爵夫人走下樓梯時，嘉娜早就準備好要上車了。男爵夫人一邊由丈夫扶著，另一手則撐著一個身材修長的姑娘。這個女僕來自諾曼第的格沃地方，身體結實得像個男孩；她年齡頂多只有十八，但外表看起來至少有二十歲了。她和嘉娜是吃同一個奶水長大的，因此男爵一家幾乎將她當成第二個女兒看待，她的名字叫羅莎麗。

羅莎麗主要的工作是攙扶女主人走路。男爵夫人自從幾年前罹患心室肥大症之後，身材就變得非常肥胖，時時刻刻都在為此叫苦。

夫人氣喘吁吁，終於走到了這棟老房子的台階前。她看了看溼答答的院子，嘴裡喃喃地咕噥著：「眞是沒道理呀！」

她丈夫始終面帶微笑，回答說：「阿黛萊德夫人，這可是您自己做的決定呀！」

男爵夫人有阿黛萊德這麼一個尊貴的名字，因此丈夫喊她時，總是要加上「夫人」這個稱呼來表示尊敬，但實際上卻帶著一點兒嘲諷的意味。

夫人又邁起步來，費力地登上馬車：車子的彈簧被壓得吱嘎吱嘎響。男爵坐到她身邊，嘉娜和羅莎麗則面對夫婦兩人，坐在軟墊長椅上。

廚娘呂迪芬將幾件厚外套蓋在他們腿上，又將兩個籃子塞到座椅下，然後爬上駕駛座，一屁股坐到西蒙老爹的身旁，再用一條大毯子將自己裹了起來。門房夫婦過來關上車門，並且向大家揮手道別。男爵又囑咐了一番，要他們將行李隨後用兩輪馬車送過來。一家人總算出發了。

西蒙老爹負責駕車。在傾盆大雨中，他低著頭，彎著背，全身縮在一件三層領子的夾克裡。暴風雨咻咻地吹打著車窗，路面淹沒在積水裡。

兩匹馬兒拖著車子，沿著岸邊快步往下走，趕過了一排排船隻。溼淋淋的天空下，船上的桅杆、帆架和纜繩看起來孤零零的，有如光禿禿的樹木。馬車繼續駛向通往喜普代山的林蔭大道。

不久車子就穿過一片片的草原。在霧水迷濛的景致當中，偶爾會看到一株溼漉漉的垂柳，樹上的枝葉虛弱無力地下垂。馬蹄達達地向前跑，四個車輪濺起了一陣陣的泥漿。

沒有人說話。大家的心情就像大地一樣，都被雨水給淋溼了。男爵夫人仰著身子將頭靠住，然後就閉上了眼睛。男爵悶悶不樂地往外瞧了一眼，鄉間的景色沒什麼變化，到處都是雨水。羅莎麗膝上擱著一個包袱，以鄉下人慣有的神態，兀自在那兒發呆。在這樣的下雨天，只有嘉娜覺得自己已獲重生，彷彿一株原本放在室內的植物，現在又被移到新鮮的空氣中。滿腔的喜悅就像茂盛的枝葉一樣，將她和憂傷隔絕。她雖然也沒出聲，但心裡卻想唱起歌來，恨不得將手伸到窗外接一些雨水來喝喝。她很喜歡馬兒拖著車子飛奔的感覺，也愛極了觀賞窗外淒涼的景色；在這種下著滂沱大雨的日子裡，她不必淋雨，心中有說不出的愉快。

傾盆大雨之下，馬兒發光的臀部冒出一陣陣熱氣。

男爵夫人慢慢地睡著了。她臉龐周圍框著六綹整齊的鬈髮，脖子上的三層肥肉，軟綿綿地撐住了她那緩緩晃動的腦袋；脖子下端的幾道皺褶，已經和汪洋大海般的胸脯連成一片了。每一次呼吸時，她的頭會先抬一下，然後馬上又垂了下來；每當她從半開的嘴唇裡發出陣陣響亮的鼾聲時，雙頰就會鼓起氣來。她的雙手交叉，癱在肥大的肚皮上；男爵斜著身體靠向妻子，輕輕地將一個小皮包放到她手裡。

這一碰倒將男爵夫人驚醒了。她的睡眠被打斷之後，反應還有點兒遲鈍，於是便用呆滯的眼神朝錢包瞥了一眼。小皮包掉落，散了開來。金幣和紙鈔灑落在車上。這時男爵夫人才眞的醒了過來，她女兒則是開心地哈哈大笑。

男爵拾起了錢，又擱到她的膝上：「親愛的，爲了整修白楊山莊，我賣掉了艾樂多的田地。以後我們就會常常去那兒住了。妳看，這就是剩下來的錢。」

她數了數，總共是六千四百法郎，然後就從容地把錢放進口袋。

在祖先留下來的卅一處房地產當中，這已經是第九塊被賣掉的田地了。不過，目前男爵名下的田產，一年還能有個兩萬元的收入，假如管理得當，每年收取三萬法郎田租應該不是難事。

他們的生活很簡樸，如果不是因爲家裡一直都有個無底洞的話，這樣的收入應該足以應付生活上的開銷了：「天性善良」這個無底洞，總是吸乾他們手上的錢，就如同太陽晒乾窪地上的積水一樣。金錢如河水一般地流走，然後就消逝無蹤了。到底是怎麼回事呢？誰也說不上來。家裡總是有人會說：「不知道爲什麼，今天我花了一百法郎，卻沒買到什麼値錢的東西。」

這種樂善好施的精神，倒成了男爵一家生活上最大的樂趣之一；關於這點，他們彼此都能以一種微妙的方式來互相包容，並且相當贊成這樣的做法。

嘉娜問道：「我那個莊園現在漂不漂亮啊？」

她父親愉快地回答說：「寶貝兒，妳馬上就知道啦！」

滂沱的雨勢逐漸緩和下來，最後只剩下在煙霧裡飄著的絲絲細雨。烏雲似乎散了開來，天空也轉白；突然，陽光從一個肉眼看不到的洞口射了出來，斜斜地照在草地上。

然後，雲層裂了一道縫隙，露出蔚藍的穹蒼；裂縫愈來愈大，就像被撕破的面紗一樣；明淨碧藍的天空，終於完全在大地上展開。

一陣涼爽的微風吹過，彷彿是大地舒暢地吐了一口氣。當馬車經過花園或樹林時，偶爾可以聽到輕快的鳥囀，牠們正在晾乾自己的羽毛呢！

天色漸漸暗了。除了嘉娜之外，每個人都在車上打起盹來。馬車在旅店停了兩次，除了讓牲口喘口氣之外，也順便餵牠們吃吃飼料和水。

太陽早就下山了。教堂鐘聲從遠方傳了過來。他們在一個小村落裡點起車燈時，夜空已經佈滿了繁星。一路上，房屋一間間地亮了起來，黑暗的大地上到處是點點燈火。一座小山丘的背後乍然出現了一輪又大又亮的明月；月光透過杉樹的枝葉，看起來彷彿還帶著濃濃的睡意。

天氣很暖和，車窗都打了開來。嘉娜飽嚐幸福與美夢的遐想，現在也疲憊得開始休息了。每當一個坐姿持續太久，身體麻掉了，她就又睜開眼睛望向窗外；在明亮的月色之下，她瞧見農莊的樹木從身邊呼嘯而過，也看到躺在草地上的牛群們抬起頭來。然後，她又換了一個坐姿，試著開始編織另一個美夢。不過，車子行走的噪音，持續不斷地在她耳邊轟隆隆響，使她無法專心冥想；於是，嘉娜又閉上雙眼，覺得自己的心靈和身體一樣疲倦。

這時車子卻停了下來。男傭和女僕手提燈籠，站在車門前迎接他們。原來目的地已經到了。嘉娜突然醒來，很快地跳下了馬車。一個農夫照著亮光，男爵和羅莎麗便將夫人用幾乎是抬的方式給扶下車來；她早就已經筋疲力盡了，正難受得一直呻吟，還用微弱的聲音不斷喊著：「啊！我的天哪！可憐的孩子呀！」她既吃不下也不想喝任何食物，馬上就癱在床上睡著了。

嘉娜和男爵共進晚餐。

父女倆微笑地對望，兩雙手在桌上緊緊握住；然後，兩人就懷著孩童般的喜悅，攜手去察看整修過的莊園。

這座諾曼第式的宅院[註4]佔地遼闊，包括一棟高大的別墅與一大片農田。主屋是以泛灰的白石建造而成，寬敞得足夠住下一整個家族的成員。

一間寬廣無比的廳堂貫穿房子內部，在前後兩面各開了一扇大門，將宅第切成兩個部份。入口的樓梯分爲左右兩道，階梯從一樓延伸到二樓，最後結合成一座橋的形狀；如此一來，樓下的中央就多了一些空間。

一樓右邊是一座寬敞的起居室，牆上掛著一些繡有鳥獸圖案的壁氈。所有的家具都蓋著刺繡的墊子，繡的通通是拉封丹寓言裡的故事。嘉娜看到一把小時候很喜愛的椅子，於是便興奮地跳了起來；椅子上的圖樣是「狐狸與仙鶴」的故事。

起居室隔壁是一間藏滿古書的圖書室，然後是兩間空房。一樓左邊是一間剛換過細木壁板的飯廳，接著是洗衣房、配膳室、廚房，最後是一間小浴室，裡頭還有個浴缸。

二樓有一條很長的走廊，十個房間的門都開在這條長廊上。右邊最靠外面的一間，就是嘉娜的臥室。父女倆走進房裡。伯爵不久前才叫人將房間重新整理過，家具和掛氈原本都是擱在閣樓裡不用的東西。

壁氈看起來已經很老舊，是佛蘭德勒地方的產品；上頭的圖案使房裡彷彿多了一些很古怪的人物。

嘉娜一看到自己的床，立刻就高興地尖叫起來。床的四個角落，有四隻橡木刻成的大鳥；鳥的全身烏溜溜的，上了蠟之後閃閃發光，看起來像是床鋪的守護神一樣。床架旁邊有兩個雕著鮮花和水果的大花環；四根螺紋細柱上頂著哥林多式的柱頭，撐住了天花板上的凸飾，上頭刻有薔薇和愛神的圖樣。

這張床氣派十足，雖然它的木質因爲年代久遠而變暗，看起來有些沈重，但還稱得上優美雅緻。

床單和床頂垂下的簾幕，都是用一種深藍色的古絲做成的，上頭繡有一朵朵鑲金的大百合，看起來閃閃發光，彷彿兩片燦爛的星空。

嘉娜讚嘆一番之後，又點亮房裡的燈，開始仔細欣賞壁氈上的圖案。

一對貴族模樣的男女，正在一棵長滿白色果實的大樹下聊天，他們身上穿著有綠、紅、黃色的衣飾，式樣非常奇特。樹木是藍色的，一隻白兔在旁邊啃著灰色的小草。

這些圖樣和其他許多掛氈一樣。上頭有五間圓形的尖頂小屋；再高一點，接近天空的地方，有一座紅色的風車磨坊。

掛氈四周有一層厚厚的滾邊，上面爬滿了許多花卉圖樣的刺繡。

另兩幅壁氈看起來也差不多，不同的是屋子裡走出了四個小人兒；他們身穿佛蘭德勒的傳統服飾，手臂高高地舉向天邊，看起來又驚訝又氣憤。

最後一幅描述的是一個悲慘的畫面。小白兔兀自在那兒啃草皮，但一旁的青年卻倒在地上，看起來好像已經死了。少女面對著愛人，將一把利刃刺進了自己的胸膛。樹上的果實已經都變成黑色了。

嘉娜不明白這些刺繡的故事，正想走開不看；卻發現角落還有一頭小得看不清楚的野獸，假如壁氈上真的有一隻活生生的兔子，恐怕就會將牠當成一片草屑吃掉。但牠卻是一頭獅子。

現在嘉娜終於恍然大悟，原來上面描寫的是「皮拉姆與蒂絲貝」註❺的悲慘故事。雖然這些圖畫天真得可笑，但她還是樂於沈醉在這個愛情故事裡；這動人的古老傳說，日後將陪她度過每個夜晚，並在她的夢裡徘徊不去，時時喚起她內心的幻想和期待。

房裡其他的擺設、款式和風格迥異。歷代祖先遺留的家具，使這棟老房子成了包羅萬象的博物館。一個路易十四時代的五斗櫃，上頭鑲著光彩奪目的銅飾，顯得華麗而優雅；兩把路易十五時代的長沙發擺在櫃子兩側，還鋪著當時的花綢椅套。壁爐對面的牆邊，是一張香木做成的書桌，上頭擺了一座用圓形玻璃罩上的帝政時代的時鐘。

時鐘本身是青銅製的蜂巢形狀。四根大理石柱將它凌空架在一座鑲金的花園上。蜂房下方有一道長長的裂縫，一根細細的鐘擺從這兒垂下，鐘擺上有一隻琺瑯質翅膀的小蜜蜂；蜜蜂在花園上來回不停地擺動著。

時鐘響了十一下。男爵親了女兒一下，然後就回自己的房間去了。

嘉娜雖然還不盡興，也只好上床休息。

她又將臥室打量了一遍，然後才吹熄蠟燭。那張床鋪只有床頭的方向靠著牆壁，左邊是一個大窗戶；月光從窗口照進，流瀉一地，有如清澈的泉水。

皎潔的月光反映到牆上，輕撫著皮拉姆與蒂絲貝的小人像。

床腳那邊也有一扇窗。窗外的一株大樹，這時也籠罩在柔和的月光裡。嘉娜側身閉上眼睛，但一會兒之後，雙眼又睜開了。

她覺得自己好像還在馬車上顛簸前進，腦子裡老是聽到車輪轉動的聲音。她一動也不動，希望靜躺片刻之後就能睡著；然而焦躁難耐的情緒，立刻就襲上全身。

嘉娜的雙腿開始發麻，覺得愈來愈熱。於是下了床，她身穿長衫，赤腳、裸著手臂，看起來像幽靈一般；她踩過地板上的那束月光，打開窗戶向外張望。

月光是如此明亮，有如白天。嘉娜兒時所喜愛的景物，這時又清晰浮現在眼前。

首先，她面前有一片遼闊的草地，在月色之下，彷彿塗了一層奶油般的鮮黃色。屋子正面聳立著兩棵擎天大樹：北邊的是梧桐，南邊則是椴木。

這一大片草地的盡頭，是一叢小小的灌木林。五排古老的榆樹將莊園與大海隔絕，阻擋了暴風的侵襲；樹木受到海風終年不斷地吹拂，枝椏早已捲曲，光禿禿的樹身也彎了腰，像屋頂一樣地傾斜著。

庭園的左右兩側各有一條很長的道路，路邊種著高大的白楊樹，將主人住的宅院與毗鄰的兩座農莊隔開；其中一處莊園由古亞德一家看管，另一處則由馬丁家負責。

白楊山莊正是因這些白楊樹而得名。在這塊地的外面，還有一大片未經開墾的平原，裡面長滿莖豆；微風日夜吹拂此地。再過去一點兒，海岸就突然往下傾斜，形成了一處深達一百公尺的白色峭壁，底部沈浸在海水裡。

嘉娜眺望著遠方無垠的大海，水面波光閃閃，彷彿已經在星空下睡著了。

在這個沒有陽光的寂靜時刻，大地散發出各種不同的氣味。在窗下攀爬的一株茉莉花，這時正不斷吐露濃郁的香氣，混雜著嫩葉的清香。風兒緩緩吹送，海鹽及海藻黏液濃濃的味道也飄到陸地上。

嘉娜盡情呼吸，沈醉在滿溢的幸福中；鄉間寧靜的氣氛，彷彿讓她享受了一次清爽的沐浴。

天幕低垂，夜行的動物都醒了過來；月色朦朧，牠們悄悄地隱身在黑暗寧靜的角落裡。大鳥像黑影一般無聲地掠過天際，彷彿夜空中的斑點。看不見的昆蟲嗡嗡地在耳邊飛過；輕盈的腳步無聲地穿越露溼的草坪和人跡罕至的小徑。

月光下，只有癩蛤蟆不時發出孤獨、短促且單調的叫聲。

嘉娜在這明亮的夜晚，內心似乎也充滿喃喃細語；種種欲念就像這些在夜裡的動物一樣，突然在她心頭盤旋。無形中，她和這份生意盎然的詩情畫意合而爲一；皎潔柔和的月色之下，她感受到一種非凡的悸動，感覺希望正在跳動著，彷彿傳來幸福的訊息。

她開始幻想起愛情來了。

愛情！兩年來這東西一直讓她迫不及待。如今她已經可以自由戀愛，只要先遇見一個「他」就行了！

「他」是怎樣的人呢？她不是很清楚，也從未仔細去想過。不論如何，「他」就是「他」。

她只知道自己會掏心掏肺地迷戀著他，而他也會全心全意地寵愛她。在這星光燦爛的夜晚，他們會一同出去散步，手牽著手歡笑，身體相互依偎，傾聽彼此的心跳，感受對方溫暖的懷抱；他們會將愛情與夏季明淨的夜色融合在一起，就像兩人因柔情蜜意而緊緊相擁、滲透彼此心靈一樣。

他倆的愛情，將以永不變質的款款深情，持續到永遠。

她驀然覺得他好像就在這兒，緊緊地挨在自己身旁。一種令人魂銷骨散的悸動，頓時由腳底直衝腦門。不知不覺中，她的雙臂緊緊環在胸前，彷彿想擁住這個美夢；她將嘴唇湊近那個幻想中的人兒，卻眞的覺得有什麼東西在唇上飄過，彷彿春風給了她一個愛的輕吻，她簡直快暈過去了。

意外地，她居然聽到一陣在夜裡的腳步聲，就在莊園後面的馬路上。她的心情激動又緊張，覺得這件不可能發生的事，宛如天賜的巧合，是上天指使、更是命運安排的浪漫奇遇。她心想：「會不會是『他』？」她焦急地聆聽路人的走動聲，相信他一定會停在莊園的入口，來此借住一宿。

腳步聲沒有停下來，她覺得既難過又失望，但隨即明白自己是興奮過度了，不禁爲這個荒誕的行爲感到好笑。

冷靜一點之後，她讓心情又回到比較合理的夢想之中，開始編織著未來的計畫，想像自己今後的生活。

她會和「他」一起住在這兒，生活在這個可以俯瞰大海的寧靜莊園裡。她要生兩個小孩，男孩像他，女孩像自己。她好像眞的看到孩子在梧桐和椴木之間的草坪上奔跑，自己和丈夫則愉悅地望著他們，彼此交換著幸福美滿的眼神。

她一直這樣幻想了很久，很久；月亮已經在天邊走完一天的行程，快要消失在大海上了。空氣變得比剛剛清涼。東邊的天際已經泛起魚肚白的顏色。右邊的農場上，一隻公雞開始啼叫；左邊農莊也響起陣陣雞啼。嘹亮的叫聲穿過雞舍隔板，聽起來像是從很遠的地方傳來。寬廣無際的天空，已經不知不覺地變白了，星星也不見了。

別處傳來鳥兒的輕啼。起初只有怯生生的鳥啼從樹葉裡傳出，後來鳥群漸漸壯起膽來，嘰嘰喳喳的聲音愈來愈響亮，愈來愈興奮，傳遍了每一棵樹木和所有的枝葉。

嘉娜突然發現天已經亮了。她抬起躲在雙手之間的腦袋，但燦爛的朝陽又讓她閉上了雙眼。一大團紫紅色的雲彩躲在白楊大道後頭，向甦醒的大地射出一道道絢爛的光芒。漸漸地，耀眼的雲彩露出一道縫隙，太陽像火球一般地現身，樹林、平原、海洋及整片大地都籠罩在它的光芒下。

嘉娜欣喜若狂。這個光輝壯麗的景象，讓她脆弱的心靈感動無比，充滿了一種無以言喻的欣喜。這是她的陽光、她的黎明！是她人生的起點，也是希望的動力！她雙手伸向光輝的大地，想將陽光擁到自己胸前；她想爲拂曉這種神奇的景象大聲歡呼，卻因太過興奮而動彈不得。後來，她將前額垂到手上，覺得眼裡盡是淚水，然後就如痴如醉地哭了起來。

等她抬起頭以後，日出燦爛的景象早已消失無蹤。她的心情漸漸平靜，覺得有些疲倦，不再像剛才一般興奮。她沒關窗子就直接倒在床上，又冥想了一會兒之後才沈沈入睡。八點時父親喊她起床，但她根本沒有反應。直到他走進房裡，嘉娜才醒來。

男爵想帶女兒去看看莊園整修過的地方。這是一棟屬於「她」的莊園。正對農地的方向，一大片蘋果園將住宅與外面的馬路隔開。這條鄉村小徑在農民的田園裡蜿蜒著，再過去半哩路，便接上由勒阿佛通往費岡的大馬路。木頭築成的柵欄那兒，有一條筆直的小路通到房子的台階前。院子兩邊沿著農場的溝渠，各有一排以卵石砌成的茅頂小屋。

他們爲大宅換了新的屋頂，也翻修了所有的地板與外牆；房間都換上新的壁紙，屋內也重新粉刷一次。新裝的銀白窗框，再加上外牆灰色的修補痕跡，使這棟褪了色的老屋，看起來像長了許多斑點一樣。

房子的另一邊，也就是嘉娜窗戶正對的那一面，從灌木林和一長排榆樹的上方，可以遠眺大海的風光。

嘉娜與父親臂挽著臂，將莊園上上下下都察看一番，連牆角都不放過；然後兩人沿著白楊樹漫步。男爵一家將長長的白楊大道這一帶，通通簡稱爲「花園」。樹下的青草已經長成一大片，爲大地鋪上綠毯。花園的盡頭就是那片迷人的灌木林，曲折的小徑交錯其中，樹木的枝葉則成了一道道的障蔽。一隻野兔猛然竄出，讓嘉娜嚇了一大跳；接著，小兔子馬上就越過斜坡，鑽進懸崖邊的燈芯草叢。

午餐以後，男爵夫人還是感到很疲倦，決定回房好好休息。男爵則要女兒陪自己到漪埠去逛逛。

父女倆出了門，穿過莊園的所在地艾杜風村。一路上有三個農夫向他們打招呼，好像早就認識這對父女一般。

接著，他們進入海邊的樹林，順著斜坡拐進山谷裡。

不久就到了漪埠這個小漁村。村婦們坐在門口縫縫補補，一邊瞧著這對父女走過。村裡的馬路斜了一邊，中間還有一長灘的積水；每戶門前都放了一堆堆垃圾，散發出刺鼻的鹹味。一張張褐色的魚網晾在髒亂的屋子門口，上頭還黏著閃閃發光的銀幣似的魚鱗；從這裡散發的氣味可得知每間屋子都擠滿了人口衆多的家庭。

幾隻鴿子在水窪邊走來走去，想找找看是不是有東西吃。

在嘉娜的眼中，這一切既新鮮又稀奇，有如歌劇裡的布景。

彎過一道牆之後，嘉娜出其不意地看到了大海；光滑如緞的湛藍海水，一望無際地展現在她眼前。

他們在海灘前停下來，一起眺望海景。一艘艘白色的帆船，彷彿海鳥一般點綴著海面。左右兩邊各有一大片高大的懸崖，一邊的視野被海岬擋住，另一邊的海岸線則無邊無際地往外延伸，最遠的地方看起來只像淡淡的影子。

鄰近的港灣裡，有一個港口和一些房屋；浪花發出陣陣輕響，爲海岸鑲上白色的花邊。

圓形礫石砌成的斜坡上，停放著曬成棕褐色的漁船；船身斜靠在上面，將塗著瀝青的橢圓船舷曝露在陽光下。幾個漁民爲了趕晚潮，正在爲出航做準備。

一個漁夫走過來兜售魚隻。嘉娜買下一尾菱鮃魚，想親自將牠帶回白楊山莊去。漁夫還建議他們以後坐他的漁船去欣賞大海的風光。爲了讓人家記得，他還一遍又一遍地重覆說：「拉斯狄克，我叫約瑟夫·拉斯狄克。」

男爵保證自己絕不會忘了他的名字。

父女倆又順著原路返回莊園。

那條大魚可把嘉娜累慘了，於是她用父親的拐杖穿過魚鰓，兩人各拉一邊，將魚提起；他們迎著微風走上山坡，像小孩一樣快活地說著不停，眼裡閃爍著光彩；大魚讓父女倆的手臂不知不覺垂了下來，最後肥大的尾巴終於落在草地上，被拖著向前走了。

註❶：所謂「死去的友人」，應是指福樓拜，《她的一生》一書就是要獻給這位文學大師。柏海納夫人是文人西瓦爾（H. Rivoire）的女兒，也是名記者沙勒·柏海納之妻。莫泊桑在巴黎時，是柏海納夫人的好友之一，後者常勸導他多放點心思在社會的上流階層。柏海納夫人可說是影響莫泊桑文風的推手之一，使他的小說內容逐漸由平民階級轉到上層社會，由妓院轉到閨房。莫泊桑題辭將《她的一生》獻給柏海納夫人，說明了自己創作這本小說的文學目標。

註❷：所謂的荷蘭瓷娃娃，可能是指十七世紀末至十八世紀，荷蘭臺夫特（Delft）製造的小人像，但這種娃娃並不是以藍色眼睛聞名。還有另一種可能性：臺夫特出產的陶磚及瓷盤上，常常以彩繪人像來作裝飾，而這些人像都有又藍又大的眼睛。

註❸：漪埠是一個小漁村，位於費岡與艾特丹之間的一個小港灣，附近的山谷綠樹成林。

註❹：「白楊山莊」描述的可能是「伊莫維爾莊園」（le chateau de Grainville-Ymauville），莫泊桑四歲時，曾在此度過一段童年時光；弟弟艾維就是在這裡出生的。不久，莫泊桑的父親在這裡和女傭有了曖昧的關係，最後終於和妻子離婚。莫泊桑的母親離婚之後，帶著兩個孩子搬到「維爾基別墅」（les Verguies）。故有學者推測，「白楊山莊」應是「伊莫維爾莊園」與「維爾基別墅」的綜合體。

註❺：這是古巴比倫的傳說。皮拉姆與蒂絲貝是一對戀人。蒂絲貝站在樹下等皮拉姆，一隻母獅卻張著血盆大口跑來。蒂絲貝丟下面紗，驚慌地逃走。皮拉姆回來，發現蒂絲貝的面紗沾滿血跡，以爲她被獅子吃掉，悲痛得以利劍自盡。蒂絲貝發現愛人已死，也跟著自殺殉情。桑葚原是白色，故事發生之後，那棵桑樹只生長紅色的果實了。

第二章

嘉娜開始過著愜意自在的生活。她喜歡閱讀、幻想，也喜歡獨自到莊園附近閒逛。她常沿著馬路漫步，沈醉在自己的想像裡；有時也會蹦蹦跳跳地奔下曲折的小山谷，幽谷兩旁的岩石上，長滿黃色的荊豆花，彷彿披著金色的圍巾。馥郁的花香在熱氣之下飄散開來，使嘉娜如同飲了醇酒一般地醉了；遠方傳來陣陣浪花敲打海岸的聲音，她的心靈也泛起一波波的漣漪。

偶而嘉娜也會突然覺得懶洋洋地，於是隨興倒臥在山坡上茂密的草叢裡；有時拐過山谷，在一塊長著草皮的窪地上，她會驚喜地發現一角蔚藍的海洋，海水在陽光下閃閃發亮，上面還漂著一葉孤帆；這時她會歡欣無比，恍如奇妙的幸福即將降臨到她身上。

在鄉間溫和清新的氣氛裡，置身於寬廣寧靜的大地上，她盡情地享受著孤獨的樂趣；她喜歡在山丘上消磨漫長時光，於是，連野兔都敢在她身邊跳來跳去。

她常常在懸崖上奔跑，讓海風在身邊輕拂而過，然後心裡就會覺得既興奮又激動，渾身有一種說不出的愉快，彷彿自己是水裡的游魚、空中的飛燕。

正如農夫在田地上播種，她也四處撒下記憶的種子，而且會將這些回憶保存到死亡爲止。嘉娜認爲，山谷裡每一個角落，都留下她的心意。

嘉娜開始愛上游泳。她既強壯又勇敢，從沒想過是否會遇到危險，常常游到看不見的地方。在冰冷、清澈碧藍的海水裡漂浮著，她覺得愜意極了。遠離岸邊時，她會仰臥在海面上，雙手交叉在胸前，凝視蔚藍深邃的穹蒼，有時是燕子疾飛，有時則看到海鳥的白色身影。在起伏不定的波浪中，除了遠處傳來潮水拍打海岸的低微聲響，或是陸上傳來模糊得幾乎聽不見的喧囂外，幾乎什麼聲音都聽不見。然後，嘉娜就會挺起身子，雙手拍打海水，興奮地發出尖叫。

有時實在游得太遠了，會有小船來接她回去。

她回到莊園時已經餓得臉色發白，但仍覺得輕鬆愉快，嘴角漾著微笑，眼裡充滿歡樂。

至於男爵，每天則是忙著籌備農業上的大計畫——他想作一些試驗，採用進步的耕法，試用新農具，並引進國外品種；他得花很多時間和農民溝通，因爲他們對他的想法總是心存懷疑，不肯信服。

他也常和漪埠的漁民一起出海。等他觀賞過附近的岩洞、泉水和山景之後，也想當一個普通的漁夫了。

微風輕颺的日子裡，寬邊的漁船張著風帆隨波逐流，並從船舷兩側將長線拋入大海，然後就會引來成群的鯖魚；男爵緊張地捉住釣線，手不停地發抖；一旦有魚在釣鉤上掙扎，釣線便會跟著震動起來。

他會趁著明亮的月色去收回前晚撒下的魚網。他愛聽船桅咯吱咯吱的響聲，享受海風拂面而來的感覺，也很喜愛夜晚清涼的空氣；他總是花很長時間在海上逆風行駛，到處尋找用來標示山崖方向的浮標、教堂鐘樓的屋頂，以及費岡的燈塔。清晨的第一道日光射了出來，甲板上躺了一些大肚肥美的菱鮃魚，也有黏黏的、扇形的大鰩魚；這一刻他喜歡坐著不動，靜靜地看著魚身在陽光下閃閃生輝。

在餐桌上，他總是興致勃勃地向妻女描述這些經驗；被大家暱稱爲「老媽」的男爵夫人，這時也接著報告自己在白楊大道上走了幾趟路，她指的是莊園右邊靠近古亞德農莊的那一條，因爲另一條白楊路上的陽光不夠強。

人家勸她要「動一動」，因此她便開始努力地散起步來。每天早晨，當夜間的涼氣都消散之後，她就穿上斗篷，圍著兩件披肩，扶著羅莎麗的手臂走下樓；她頭上總是戴著一頂黑色軟帽，外面再包上一條紅色圍巾。

從大屋牆角到第一排灌木這條筆直的道路上，她來來回回不停走動；她的左腳比較不靈活，一來一往，已經在長長的道路上踩了兩道灰濛濛的痕跡，將青草都踏平了。她叫人在走道兩端各擺了一張長椅；每隔五分鐘她就停下來，對扶著自己的可憐侍女說：「孩子呀，我們坐一坐吧，我覺得有點兒累了！」

每次停下來休息，她總是會在椅子上留下一點東西，首先是用來包頭的圍巾，再來是披肩，接著是另一條披肩，然後是軟帽、斗篷；這些衣物堆積在走道兩端的椅子上，中午吃飯時，羅莎麗就會空著雙手來抱回去。

到了下午，男爵夫人又繼續以更慢的步伐散步，休息的時間也拖得更久了；家人爲她在戶外準備了一張躺椅，有時她甚至會在那兒打上一小時的盹。

她把這一切稱作「她的運動」，就像她說「我的心室肥大症」一樣。

十年前她得了呼吸困難的症狀時，醫生就提過心室肥大這個名詞。雖然她一點兒都搞不清楚這是什麼意思，但從那時起，這個字就深深刻印在她的腦海。她總是固執地要男爵、女兒及羅莎麗摸摸自己的心臟，然而她的心臟深深埋藏在胸前那片臃腫的肥肉下，誰也感覺不到它在跳動；不過，她強烈拒絕繼續接受其他醫師的診治，生怕會檢查出其他毛病；聊天時，男爵夫人常常會談到「她的」心室肥大症，彷彿這種感覺可以讓她變得與衆不同，彷彿這種病專屬於她，別人沒有資格侵犯。

男爵總是說「內子的心室肥大症」，嘉娜則是說「家母的心室肥大症」，就像提到「洋裝、帽子或雨傘」一樣。

男爵夫人年輕時長得相當漂亮，身材簡直比蘆葦還瘦。許多帝政時代的軍官都曾挽著她的手臂跳舞，後來她閱讀《柯麗娜》[註1]這本小說時，還感動得落淚不已；從此之後，這個故事就深深烙印在她腦海裡。

當她的噸位一天天變大時，靈魂也愈來愈有詩意；癡肥的身材讓男爵夫人離不開安樂椅，於是她的思想就開始漂泊在種種浪漫的奇遇裡，幻想自己就是故事的女主角。有些令人喜愛的故事情節，總是反覆在她的幻想裡出現，就好比是個音樂盒，只要上了發條，同樣的曲子就會響個不停。任何悲慘的愛情小說當中，不論是提到被擄的女人，或燕子的故事，絕對會讓她淚眼婆娑；甚至連貝朗瑞[註❷]一些輕快的詩歌，她也都很喜歡，因為歌詞道盡她心中的情意。

她常常連續好幾個小時動也不動，沈浸在幻想之中；她很喜歡住在白楊山莊，因為此地為她心中的故事提供了很好的場景——附近的森林、荒原及近在咫尺的大海，都讓她想起華德．史考特[註❸]的小說，幾個月以來，她一直都在閱讀他寫的書。

如果是下雨天，她就會躲在房裡仔細欣賞那些叫做「老古董」的東西。那是她以前所有的信件，有她父、母親寫的，有男爵訂婚後寫給她的，也有其他人的。

她將這些信都鎖在一張桃花心木的寫字檯裡，檯面的四個角落都鑲有銅製的獅身人面像；她往往用一種很特別的語氣喊道：「羅莎麗，好孩子，把我那只裝『紀念品』的抽屜拿過來！」年輕的侍女就會打開櫃子，取出抽屜放到女主人身邊的椅子上；男爵夫人開始一封接一封地看信，眼睛不時還會滴下幾顆淚水。

嘉娜偶爾會代替羅莎麗攙著母親去散步，這時，男爵夫人就會將自己兒時的回憶說給她聽。從這些往日的故事裡，嘉娜驚訝地發現了母女倆相同之處：母親當年的思想和渴望，竟然都和自己相仿；每顆瘋狂悸動的心靈，都以為這種感覺只有自己才有，但實際上，以前的人都經歷過這種震撼，一直到最後一代的男女也一樣。

男爵夫人敘述的節奏，就如同母女倆的腳步一樣緩慢，有時突然透不過氣來，談話就會打斷幾秒鐘；這時候，嘉娜的思想早就越過了故事的情節，迎向自己充滿歡笑的未來，徜徉在種種嚮往裡。

有天下午，當她們坐在長椅上休息時，突然看到一個胖胖的神父，正從白楊大道的另一端走過來。

他面帶微笑，遠遠就行禮如儀，走到離她們三步遠時，又再次打了一聲招呼：「怎麼樣，男爵夫人，您最近好嗎？」他是這個教區的神父。

男爵夫人出生在哲學盛行的十八世紀，在革命的時代中，又是由一個不怎麼相信宗教的父親所養大，因此，雖然她因爲女人天生的宗教情懷而對神父抱有好感，但其實很少上教堂。

她根本就把這個教區的畢柯神父忘得一乾二淨了，現在看到他不免紅起臉來。她請他原諒自己這次回來竟沒事先通知他。不過這個老好人看起來一點兒都沒生氣；他看看嘉娜，誇她長得漂亮，然後就坐下，把三角帽放到膝蓋上，開始擦額頭的汗。他長得很胖，滿臉紅光，汗如雨下。神父不時從口袋掏出一條已經被汗水溼透、印有格子花的大手帕。他擦了擦自己的臉和脖子，然後又將溼答答的手巾塞回那件寬大的黑色道袍；但是新的汗珠很快又從皮膚裡冒出來，滾到裹著肚皮的長袍上，和一路上的灰塵混在一起，形成一塊塊的小斑點。

他是一個道地的鄉下神父，性情開朗、寬大、健談而勇敢。他講了很多故事，談到當地的居民，似乎沒發現眼前這兩位教民都還沒去望過彌撒：男爵夫人對宗教沒什麼熱誠，所以懶得上教堂；嘉娜在修道院裡早就煩透了這一套，如今好不容易解放，正好樂得輕鬆。

男爵這時也過來了，這位泛神論者對信仰這回事一向漠不關心。不過他認識這位神父已經很久了，於是便親切地留他吃晚飯。

神父的工作就是要管理人類的靈魂，即使畢柯神父只是一個凡人，但偶然有能力管轄自己的同胞之後，他就不知不覺地養成了一種狡猾的習性，非常懂得如何討人歡心。

男爵夫人對他頗有好感，大概是由於惺惺相惜——胖神父臉色通紅，呼吸急促，這和她因肥胖所嚐到的痛苦是多麼相像啊！

餐後吃甜點時，歡樂自在的氣氛讓神父愈來愈有興致。

他突然福至心靈地大叫起來：「我這兒來了一個新教民，一定得介紹你們認識才行！他就是德拉瑪子爵！」

男爵夫人對本國的貴族世家一向瞭若指掌，於是便問道：「難道就是厄德省德拉瑪家族的人嗎？」

神父點頭道：「是的，夫人，他就是約翰．德拉瑪子爵的公子。他父親去年才剛去世。」

於是，這位對所有貴族都感興趣的阿黛萊德夫人，便提出一堆問題，得知這個年輕人為了償還父親的債務，已經賣掉家傳的莊園：他在艾杜風村還有三個農莊，如今就是來到其中的一處落腳。這些田地每年的收入，大概相當於五、六千古銀；然而子爵生性簡樸、謹愼，決定搬到這個簡樸的小農莊來過個兩、三年，等存夠錢後再重回社會露面，如此一來，他毋需借貸，也不必抵押房產，就可以結一門有利的親事了。

神父又補充說：「他是一個很可愛、規矩、沈靜的年輕人。不過，這兒實在沒什麼地方可以讓他娛樂一下。」

男爵回答說：「神父先生，那就帶他來我們這兒吧，讓他偶爾也有機會散散心。」

接下來，話題又轉到別的地方去了。

他們喝完咖啡，正要回到客廳時，神父說自己想到花園去走一走，因爲他飯後照例要做一些運動。男爵陪著他一起去。他們順著大屋正面的白色牆壁，來回地漫步。他倆的影子，一個顯得很瘦，另一個則圓滾滾地，上面還戴了一個香菇帽；當他們背對月亮時，影子就落在身前；當他們面向月光時，影子就落在身後。神父從口袋掏出一根香菸，叼在嘴邊吸著。他以鄉下人坦率的口吻，解釋香菸的功用：「我的消化不好，抽菸是爲了避免脹氣。」

他望向月色皎潔的天空，突然冒出一句話：「這種景色眞令人百看不厭啊。」

最後他又回到屋內，向女士們道別。

註❶：《柯麗娜》是史塔爾夫人（Mme de Stael）所著，一八〇七年出版。

註❷：貝朗瑞是法國十九世紀時的詩人，作品充滿愛情。

註❸：華德·史考特（W.Scott，一七七一～一八三二）是英國的浪漫小說家。其實，不論是柯麗娜的故事、貝朗瑞的詩歌，或是華德·史考特的作品，其故事情節都和男爵夫人的一生有異曲同工之妙。

第三章

爲了對神父聊表敬意，接下來的那個禮拜天，男爵夫人和嘉娜到教堂去望了彌撒。儀式結束後，她們留下來等神父，想邀他週四來家裡吃午餐。神父從小聖堂走出來，身旁跟著一位高大優雅的青年，兩人親密地挽著手。神父一看到兩位女士，便驚喜地叫道：「好巧啊！男爵夫人、嘉娜小姐，請容我來介紹貴府的新鄰居。這位是德拉瑪子爵。」

子爵彎腰行了個禮，說自己很早就期待能認識兩位女士，然後他就以合乎教養的男士風度，談笑自若。他有英俊的外貌，使女人一見傾心，男人則見了就嫉妒。烏黑的鬈髮遮住了他那光滑的棕色前額，兩條匀稱的眉毛彷彿經過特意修飾，使得憂鬱的湛藍雙眼顯得既深邃又溫柔。

他的睫毛又密又長，眼神深具說服力的熱情，能使沙龍裡的貴婦爲他心神蕩漾，街上純樸的少女也爲他回首顧盼。

他的眼睛有一種慵懶的魅力，使人覺得他的想法很有深度，隨便說幾句話就很有份量。

他的鬍髭濃密細緻又有光澤，可以遮住稍嫌太厚的上頷。

大家互相寒暄一番之後才分手道別。

兩天後，子爵首次登門造訪白楊山莊。

他來的時候，主人正在打量一張帶有鄉村風味的長椅；當天早上他們才把這張椅子搬到客廳外的梧桐樹下。男爵希望在另一邊的椴樹下也擺一張，但他太太非常討厭對稱的東西，所以表示反對。後來大家問了子爵的意見，他也贊同男爵夫人的看法。

然後他就打開話匣子，說當地的風景眞是美麗如畫，又說他獨自散步時，發現很多迷人的「景色」──有時他的視線會突然和嘉娜交會。他那出其不意、頃刻就避開的眼神，散發出友善的朝氣與溫柔的愛慕，使嘉娜心裡生起異樣的感覺。

德拉瑪子爵的父親去年才剛去世。男爵夫人的父親居爾多先生，以前正好有一位好友也認識老德拉瑪；這一層發現，讓他們開始滔滔不絕地聊起婚姻、年代及親戚關係。男爵夫人發揮她驚人的記憶力，對其他家族的祖先和後裔如數家珍；她在錯綜複雜的家譜關係之間迂迴，卻完全都不會搞混。

「子爵先生，您有沒有聽說過索諾瓦·德瓦佛樂家族？這一家的長子龔彤和古席爾家的千金成婚，么兒則娶了我的表妹侯修貝小姐，她和克里桑家族有姻戚關係，而克里桑先生又是家父的好友，他一定也和尊翁熟識。」

「是的，夫人，您說的不就是那位逃亡到國外，兒子也弄得傾家蕩產的先生嗎？」

「就是他。我姨母艾瑞翠伯爵夫人守寡之後，他還向她求過婚呢！不過他會抽鼻菸，所以姨母並沒有答應。說起這件事，您知不知道維勒瓦士家族後來變得怎麼樣了？他們一八一三年家道中落之後，就離開杜蘭搬到歐維涅去了，從此我就一直沒有他們的消息。」

「夫人，就我所知，那位老侯爵是從馬背上摔死的。他有個女兒後來嫁給英國人，另一個據說也受到某位富商的追求，嫁到巴索爾去了。」

後來雙方又陸續聊起孩提時代從長輩口中聽過的名字。在他們心裡，這些名門望族的婚姻關係，就像社會大事一般重要。他們提起這些從未謀面的人，就好像在談論熟人一樣；在其他的地方，那些人也是用同樣的方式在談論他們；儘管距離遙遠，這些人卻覺得彼此之間很熟悉，就好像他們是朋友、親戚，只因他們都屬於同一階級，門第相當，血統也一樣尊貴。

男爵生性不愛交際，受的教育也和同階級的人有所差距，因此毫不明白他們的信仰和觀念，和附近的望族也鮮少來往。他向子爵打聽附近有些什麼家族。

德拉瑪先生回答道：「啊！這一帶的貴族並不多。」他回答的聲調，就好像在說「山坡上的兔子很少」一般；接著，他開始詳細地介紹起來。附近可以稱得上是貴族的只有三家：古德黎侯爵是諾曼第貴族的領導人物；畢思惟爾子爵夫婦都出身名門，但是很少與人交往；最後是傅維爾伯爵，他住在湖邊的佛麗耶特莊園，常年過著打獵的生活，簡直是個怪胎，快把自己的太太給悶死了。

另外還有幾家暴發戶，彼此之間會互相往來、到處買地，但子爵並不認識他們。

他臨走時，又對嘉娜送了一個秋波，彷彿是以一種更特別、更眞心、更溫柔的方式來向她道別。

男爵夫人覺得他很討人喜歡而且彬彬有禮。她丈夫回答說：「是啊！這的確是一個很有教養的孩子。」

一家人邀他下星期到家裡來吃飯。從此他就經常來這裡拜訪了。

他常常在下午四點鐘到達，然後就攙著男爵夫人在「她的林蔭大道上」做「她的運動」。嘉娜沒有出門時，也會在男爵夫人的另一邊扶著她，三個人順著這條筆直的道路，慢慢地由這頭到那頭來回走個不停。子爵很少和嘉娜說話，但他那黑絨一般的眼神，卻時常望向嘉娜藍瑪瑙色的眼睛。

他們兩人和男爵一起到漪埠去過幾次。

有天傍晚，當他們走到沙灘上時，拉斯迪克老爹湊過來打了招呼：這個船夫無時無刻都銜著一根菸斗，他要是沒了這根菸斗，可能會比缺了鼻子還叫人訝異。他說：「男爵老爺，這樣的風候很適合明天出海到艾特丹去逛一逛，來回都不費勁。」

嘉娜高興得拍起手來：「啊！爸爸，我們去不去？」男爵轉身看了看德拉瑪子爵。

「子爵先生，您覺得呢？我們可以在那邊吃午餐。」

然後他們馬上就把事情定下來了。

第二天太陽一升起，嘉娜就起床了。男爵的動作比較慢，等他梳洗好之後，父女倆就踏著朝露，穿過田野，走過鳥叫聲此起彼落的樹林。子爵和拉斯迪克老爹早就坐在栓船用的絞盤上了。

出發時，有另外兩個水手過來幫忙。他們用肩膀頂著船舷，使盡全力推著。在海灘的砂石上推船，是很吃力的事。拉斯迪克老爹把上了油的木製圓棍塞到船身底下，然後又回到原來位置，以緩慢而單調的聲音不停地喊著「嘿呦」，讓大家一起跟著他使力。

不過，船一推到斜灘上之後，立刻就順著卵石滑下水，發出一陣像布匹撕裂的聲音。船在飄著泡沫的浪花上停穩之後，大家就在位置上坐定；兩個留在岸上的船伕伸手一推，便將小艇送向了海面。

海上吹來的微風，在水面激起陣陣漣漪。船帆升起後，也被海風吹得鼓了起來，然後，小艇就開始慢慢滑行，在海面上擺盪。

他們漸漸遠離岸邊。海天一色，一望無際。靠近陸地的那一邊，陡直的峭壁在水面投下一片陰影；沐浴在陽光下的草坡，在陰影上形成了幾處缺口。在他們身後的那一邊，可以看到一些棕色的帆影正在駛離費岡的碼頭；另外，前方有一塊圓形而中空的大岩石，形狀奇特，看起來就像一頭巨象把鼻子伸進水波裡。那裡就是艾特丹的小門[註❶]。

海波蕩漾使嘉娜覺得有些頭暈，於是她一手扶著船舷，眼睛望著遠方；她覺得自然界眞的稱得上美麗的東西只有三樣，那就是陽光、天空和水。

大家安靜無聲。拉斯迪克老爹掌著船舵和帆腳索，不時從凳子下取出酒來啜一口，然後又不停地吸著手上的菸斗。那菸斗好像永遠都不會熄滅，一縷藍色的輕煙從裡頭冒出來，另一股煙又從他的嘴邊飄散開。大家從沒見過他點燃這支比烏木還黑的菸斗，也沒看過他加一些菸絲進去。偶爾他也會拿開菸斗，從吐煙的那個嘴角，朝海面狠狠地吐一口濃痰。

男爵坐在船頭掌帆，佔了船伕的位置。嘉娜和子爵並肩坐在一起，兩人都覺得有點不自在。一股無形的力量，讓他倆同時抬起眼睛互望，就像是緣份註定的一樣；只要男方長得不醜，女方也很漂亮，兩個年輕人之間，很容易就可以培養出一種微妙的、朦朧的情感。或許因爲彼此都思慕著對方，所以只要在相依在一起，他們就覺得很幸福了。

太陽高懸天際，好像想從高處俯瞰腳下這片汪洋大海；但是海洋卻像個嬌媚的女郎，用一層薄霧將自己遮起來，擋住了陽光。這一層透明、金黃色的霧氣低低地籠罩水面，沒有遮住什麼，卻使遠方的景色看起來更柔美了。太陽射出萬丈光芒，將輕柔的霧氣給溶了開來，蒸發得無影無蹤；海面光滑如鏡子，在陽光下閃閃發亮。

嘉娜感動極了，輕聲說道：「好美啊！」

子爵回答：「是啊！眞的很美！」

早晨晴朗明亮的景色，讓他們彼此的心靈更貼近了。

突然，艾特丹巨大的拱門出現在他們面前，就像懸崖將雙腿跨到海面上一樣，連小艇都可以從底下通過；第一道拱門之前，矗立著一塊白色的尖形岩石。

小艇靠岸了。男爵率先跳下船，手上抓著繩索，把船停在岸邊；爲了不讓嘉娜的雙腳弄溼，子爵攬住她，將她抱到陸地上；兩人並肩走過顚簸的卵石，心中都因爲這個短暫的擁抱而小鹿亂撞；他們聽見拉斯迪克老爹告訴男爵：「我說他們還眞登對啊！。」

在沙灘附近的小旅店裡，大家愉快地共進午餐。一路上，汪洋大海讓聲囂和思緒都停頓下來了，大家沈默無言；然而這個時候，餐桌上的氣氛讓他們滔滔不絕地聊起天來，就像是來度假的小學生一樣。

連最簡單的小事，都使他們雀躍不已。

拉斯迪克老爹在餐桌前坐下時，小心翼翼地將那只還在冒煙的菸斗藏進貝雷帽裡，大家都笑了起來。可能因爲他的鼻子紅通通的，有隻蒼蠅幾番想飛過去停在上面；老爹伸手去拍牠，卻因動作太慢而抓不到，然後蒼蠅停到一幅沾滿斑斑蠅屎，以平紋細布製成的窗簾上；不過牠好像仍對老爹的酒糟鼻依依不捨，立刻又飛過來想停在上面。

蒼蠅每次一動，就引起一陣哄堂大笑；後來老爹被牠煩得受不了，開始嘀咕說：「這隻蒼蠅還眞囉唆啊！」嘉娜和子爵忍不住笑得眼淚都流出來了，只好趕緊拿餐巾堵住嘴巴，免得不小心笑出來。

喝完咖啡後，嘉娜提議說：「我們去散散步吧！」

子爵站起身來，但嘉娜的父親卻寧願到沙灘上去晒晒太陽。他說：「孩子們，你們自己去吧！

一個鐘頭後再回來這裡找我。」

兩人信步穿過田野間的幾座茅屋；他們經過一座看起來像農場的小莊園之後，來到一座空曠的山谷前。

在船上顛簸一個上午之後，兩人都很疲倦，平衡感也亂了；海風鹹鹹的氣味刺激了他們的食欲，剛吃完午餐又覺得有點頭暈，不過心情都很興奮，兩人居然有種念頭，想在田野上瘋狂地四處飛奔。嘉娜被這股突如其來的新鮮感給攪亂了，耳朵一直嗡嗡作響。

炙熱的太陽照耀著兩人。馬路兩側成熟的莊稼在陽光下低頭彎腰。麥田裡、山坡上的燈芯草叢中，蚱蜢簡直和草葉一樣多；牠們聲嘶力竭拉開嗓門，發出震耳欲聾的叫聲。

烈日當空，再也沒有別的聲音；蔚藍耀眼的天空，突然又好像即將轉紅一般，帶著些微的黃色，就如同離火爐太近的鐵塊一樣。

他們看見右邊遠處有一片小樹林，於是便走過去。

兩座斜坡之間有一條筆直的小徑，陽光被路旁的大樹遮蔽。一股清涼潮溼的氣味將他們吸引進來，潮氣沁入心肺，皮膚也冒起雞皮疙瘩。由於缺乏日照和流通的空氣，這裡沒有青草，但地上長了一層青苔。

他們向前走去。嘉娜說：「瞧，到那兒去坐一下吧！」兩棵枯乾的老樹爲這片綠樹叢開了一扇天窗，陽光射了進來，溫暖了土地，讓青草、蒲公英及藤蔓都發芽生長；地上長著一層薄霧似的小白花，還有紡錘似的洋地黃。蝴蝶、蜜蜂、肥大的胡蜂、長得像蒼蠅一樣的巨蚊、紅斑的甲蟲、閃著綠光的硬殼蟲，長著觸角的黑殼蟲等等；在這明亮溫暖的小天地裡，擠滿了各式各樣的飛蟲，四周都是茂密而陰涼的樹蔭。

兩人坐下，頭臉隱在樹蔭中，雙腳在陽光下伸長，觀察著陽光下熱鬧而忙碌的小世界。嘉娜感動地說：「眞好！鄉村眞是美好！有時我眞想變成一隻蒼蠅或蝴蝶，藏身在花朵裡。」

他們以低沈而親密的語調談起自己，聊到彼此的生活習慣和愛好，互道心意。他說自己對社交界早就倒盡胃口，很厭煩那種日日一成不變、毫無意義的生活，找不到一絲眞心誠意。社交生活！她倒很想嚐嚐看，但她認爲那絕不會比鄉間愉快。

兩顆心愈是靠近，他們愈是彬彬有禮地互稱：「先生」、「小姐」，眼睛愈來愈微笑相對，目光也交融在一起；他們覺得彼此之間有了一種新的關懷和更深厚的感情，以及前所未有的、對世事萬物的興趣。

兩人又往回走，但是男爵已經步行到山崖頂上那個「姑娘洞[註❷]」去了，只好在小飯館裡等他回來。

男爵沿著海岸散步良久，直到傍晚五點才出現。

大家又上了船。小艇平穩地緩緩滑行，幾乎像沒有在動一樣。溫暖的微風徐徐吹來，使船帆一下子鼓了起來，很快又無力地垂在桅杆上。凝滯的海洋看起來彷彿死去；太陽也失去了熱力，順著弧形的軌跡，漸漸地靠近海平面。

海上沈悶的氣氛，使大家又沈默無言。

嘉娜終於開了口：「我好喜歡旅行啊！」

子爵接著說：「是的，但一個人旅行太孤單了，至少應該有兩個人，才能互相交換彼此的感想。」

她想了想：「你說得沒錯……不過我還是喜歡一個人散步……一個人獨自沈思時，該是多麼有趣啊……」

他看著她慢慢說道：「兩個人在一起，也可以沈思啊！」

她垂下雙眼。這句話有什麼含意嗎？也許是有的。她凝視地平線，彷彿想看得更遠，然後才慢吞吞地說：「我很想去義大利……還有希臘……是啊，想去希臘……也想去科西嘉！那裡一定充滿了原始之美！」

他則比較喜歡瑞士，喜歡那裡的木屋和湖水。

她說：「不，我喜歡科西嘉那種原始的地方，否則就要像希臘那樣古老，令人發思古之幽情的國度。我們從小就知道這些民族的歷史，要是能去探訪當地的名勝古蹟，該是多麼有意思的事啊！」

子爵比較實際，他說：「我倒是很想去英國，那裡一定可以學到很多東西。」

就這樣，他倆談遍了全世界，從兩極到赤道，討論起每個國家的吸引人之處，興奮地說起自己幻想中的景色，以及某些民族的奇風異俗，比如說中國人或拉普蘭人[註3]；但最後他們的結論是，世界上最美麗的國家還是法蘭西，因爲這裡的氣候宜人、冬暖夏涼，還有肥沃的田野、蓊鬱的森林、寬廣平靜的河流，以及從雅典時代以來，得天獨厚的藝術文化。

然後兩人又沈默不語。

日照愈發低垂，有如血一般殷紅；一道廣闊、耀眼的水波，從海洋邊際一直延伸到小船的四周，光彩眩目地閃閃跳動。

海風不再吹了，所有的波浪都平息下來；帆葉在晚霞中染得通紅，靜止不動。無邊無境的沈寂似乎籠罩了整個海面，使這個景色遞嬗的場景變得寂靜無聲；然後，大海在穹蒼下挺起柔軟、發亮的胸脯，彷如一個身段玲瓏的女人，正等著烈火情人投入她的懷抱。太陽情郎愈來愈心急，臉龐也因充滿欲望而漲成紫紅色。接著，兩者終於結合在一起；「她」慢慢地將「他」吞入。

天邊吹來一陣涼風，大海深處向外激起一陣漣漪，彷彿太陽被海水吞沒之後，又滿足地對大地鬆了一口氣。

黃昏短暫，夜晚接著來臨，天空繁星點點。拉斯迪克老爹搖著船槳，海面粼光閃閃。嘉娜和子爵併肩欣賞小船划過後留下的點點波光。他們幾乎什麼都沒想，心不在焉地凝視著海面，在舒適甜蜜的情境中呼吸著夜晚的空氣；嘉娜將一隻手擱在椅子上時，子爵的手指偶然碰了她一下；

嘉娜沒有將手縮回，心裡又驚又喜，因這個輕輕的碰觸而羞澀不安。

晚上回房之後，嘉娜心裡無比慌亂，卻又異常感動，看到什麼都想掉眼淚。她望著壁爐上那口鐘，覺得來回搖晃的小蜜蜂，就像是一顆跳動的心，一顆朋友的心；蜜蜂將用活潑而規律的滴答聲，分享她的喜樂與憂愁，爲她的生命作見證；於是，她讓這隻金色的昆蟲停了下來，在它翅膀上親了一下。不論是看到什麼，她都會想這麼做。嘉娜想起自己曾將一個舊娃娃藏在抽屜的深處，於是便開始尋找；找到時，她高興極了，就好像和好朋友重逢；她將娃娃緊緊摟在胸前，熱情地吻著它紅潤的雙頰和淡金色的鬈髮。

她雙手抱著娃娃，開始沈思起來。

嘉娜心裡期盼了千百次的終身伴侶，難道就是「他」？上天注定的美好姻緣，眞的已經降臨了嗎？上天創造「他」，莫非就是爲了她？而她是不是要將自己的一輩子都交給「他」呢？他倆不就是注定要心連心，互相擁抱，融入對方的生命中，創造永恆的愛情嗎？

她從來不曾經歷過這種令人身心慌亂、如癡如狂的喜悅，她相信這種內心深處的激動，就是所謂的愛情；她覺得自己開始愛上他了，有時想到他，竟然會覺得魂不守舍，但還是無時無刻惦記著他。他一出現，嘉娜內心就小鹿亂撞；目光交會時，她的面色會一陣紅一陣白；聽見他的聲音時，她便渾身開始顫抖。

這一夜，她幾乎未曾入眠。

這種渴望戀愛的心情，使嘉娜一天比一天更煩惱。她不停地問自己、問雛菊、問流雲，甚至拋著銅板詢問上天。

然後，有天晚上，父親對她說：「明早記得打扮得漂亮一點。」

嘉娜問：「爸爸，爲什麼？」

他回答道：「這是秘密。」

第二天，她穿上淺色衣服，打扮得清新可人。下樓後，她發現客廳的桌上擺滿了糖果盒，有張椅子上還放了一大把鮮花。

一輛車子駛進庭院，上面寫著「費岡樂拉麵包坊——專辦囍宴」的字樣。廚娘呂迪芬在小學徒的幫忙之下，翻開推車後面的活動門板，取出很多扁平的大提籃，頓時香味撲鼻。

德拉瑪子爵來了。他穿著緊身褲，褲管塞在一雙漂亮的皮靴裡；從這雙亮得發光的鞋子，可以看出他細巧的腳形。他的長禮服很合身，胸前的領口露出襯衫花邊；脖子上很仔細地圍了一條精緻的領巾，棕色俊俏的頭髮挺得筆直，顯得十分優雅穩重。他的神情與往常不同；即使是最熟悉的臉龐，只要一經過精心的裝扮，馬上就會給人不同的印象。嘉娜看傻了，彷彿從未見過此人似地；她覺得他全身上下都像一個氣質高雅的貴族。

他微笑地鞠躬說：「啊，親愛的嘉娜小姐，您準備好了嗎？」

她結結巴巴地說：「怎麼啦？究竟是怎麼一回事？」

「妳待會兒就知道啦！」她父親回答。

馬車開過來了。男爵夫人由羅莎麗攙著，也盛裝從房間走下來；德拉瑪先生迷人的風采，讓羅莎麗看得如癡如醉，於是男爵便低聲對他說：「子爵先生，我說我們這位小侍女，一定是看中您啦！」子爵的臉頰一直紅到耳根，假裝沒有聽見，然後便將一大束鮮花捧到嘉娜面前。她接過來，還是一臉驚訝。四個人都上了車。

廚娘呂迪芬替男爵夫人端來一盤冷肉汁，好讓她提神，又開口道：「說眞的，夫人，別人會以爲咱們是在辦喜事呢！」

到漪埠之後，大家下了車；經過鎭上時，船伕們穿著帶有摺痕的新衣，走出屋子向他們打招呼，並和男爵握手，然後就跟在這支隊伍後面走。

子爵挽著嘉娜的手臂，一起走在隊伍前頭。

大家到了教堂前面就停下來。唱詩班的一個小孩走出來，恭敬地捧著銀製的大十字架；一個穿紅白長袍的男孩端著聖水盤跟在後面，裡邊擱了一把洒水刷。

隨後，三個唱聖詩的老人也走出來，其中一個是跛腳，接著是一個吹蛇形風管[註❹]的樂師，最後就是那個教區的神父，凸出的肚子上還佩戴一條繡著金十字的聖帶。他以微笑和點頭對大家道了早安，然後眼睛微瞇，嘴唇蠕動，開始唸起禱詞；他跟著一位穿白色道袍的修士走向海邊，頭上那頂黑軟帽早已垂到鼻子上。

沙灘上有艘繫著花環的新遊艇，四周早已了圍一大群人。小船的桅杆、風帆與繩索都綁上彩帶，隨著微風飄揚；船尾以金漆畫上這艘遊艇的名字「嘉娜」。

這艘小艇是由男爵出資建成，拉斯迪克老爹則是船主，這時正走到前面迎接這一行人。所有的男士以同樣的動作脫掉帽子，一排修行的信女則身穿黑道袍，寬大的縐褶垂到肩上，一見到十字架就馬上圍成一圈跪了下來。

神父站在兩個小童中間，走向遊艇的一端；另一頭則是三個唱詩班的老先生。三位老人身穿白色法衣，面容汙濁；下巴滿是鬍髭，神情嚴肅地盯著唱本，在明亮的早晨拉開喉嚨大聲歌唱。每當大家停下來換氣時，樂師就一個人繼續吹著蛇形風管；他鼓著雙頰，口腔漲滿空氣，灰色的小眼睛幾乎都看不見了。他奮力地吹氣，使得前額和脖子的皮膚看起來好像都已經和肉分開似的。

平靜透明的海洋，彷彿也開始集中心思，一起參加這艘小艇的命名典禮；海水動了起來，揚起手指一般高的小浪花，輕輕拂過海灘上的卵石，發出極細微的聲響。白色的大海鷗張開翅膀，在蔚藍的穹蒼畫了一道道弧形；牠們在跪著禱告的人群頭上飛過，接著又折返，好像也想看看底下的人究竟在做什麼。

在一聲長達五分鐘的「阿門」之後，聖歌停了下來；神父以濁重的聲調，咕嚕咕嚕地唸了幾個拉丁字；沒有人知道那是什麼意思，只聽到幾個響亮的尾音。

接著，他一邊灑聖水，一邊繞遊艇走了一圈；然後又站到船邊，開始喃喃地唸著禱詞；這時候，遊艇的教父與教母手牽著手站在神父對面，靜立不動。

年輕男子保持著美少年的莊重神色，但少女卻受不了這突如其來的刺激，整個人變得有氣無力，身體開始顫抖，牙齒也格格作響。多少日子以來在她心中盤旋不去的夢想，轉眼間竟由空幻變成事實。她剛剛聽人家說到「喜事」這個字眼，神父又在這兒祝禱，穿著白色法衣的修士也唱著聖歌，這一切，不就表示大家正在爲她舉行婚禮嗎？

她指頭上的感覺，難道只是一種神經質的戰慄嗎？縈繞在她內心的念頭，會不會經由血管傳到「他」的心坎上呢？他明白嗎？他猜得到嗎？他是否也像她一樣，已經沈醉在愛情裡了？或者他只是由經驗裡知道，沒有任何女人能抗拒得了他？她突然覺得他在捏她的手，起先是輕輕地，然後愈來愈用力，幾乎快把她的手捏碎了。而他的神色還是一樣泰然自若，誰都沒發現他正在對她說話，是的，他很清楚地說：「啊！嘉娜，如果妳願意的話，這就算是我們的訂婚吧！」

她慢慢低下頭來，好像是想回答「我願意」。神父還在灑聖水，有幾滴正好落在他們的指頭上。

儀式完成。女士們都站起身。往回走時，一切都亂烘烘的。唱詩班兒童手中的十字架，很快就鬆了下來；它一下子左右搖晃，一下子垂到前面，幾乎快碰到地上了，失去了原有的莊嚴。神父這時已不必再祈禱，也跟在後面跑了起來；樂師和三個唱聖歌的老人，早已抄小路離開，希望能早點換下身上的衣服；船伕們走在一起，也跟在後面趕路。大家心裡這個共同的想法，就像廚房傳來的香味一樣，讓每個人都飢腸轆轆，垂涎三尺，腳步也邁得更大了。

白楊山莊裡，一頓豐盛的午餐正在等著他們。

院子裡的蘋果樹下，擺了一張很大的桌子。桌旁坐了六十個人，其中包括一些農夫和船戶。男爵夫人坐在正中央，漪埠和本區的神父，分別坐在她的左右。男爵的位置在對面，兩側分別是市長與市長夫人。市長夫人是一個年長、瘦小的鄉村婦女，這時正不斷地對著四周點頭打招呼；她的臉龐瘦削，緊緊地裹在一頂諾曼第式的軟帽裡，骨碌的雙眼帶著驚訝的神情，看起來活像一個長了白色羽冠的雞頭；進餐時，她小口小口地吃得很快，彷彿是用鼻子在餐盤上啄食一般。

嘉娜坐在神父身邊，她沈醉在幸福裡，什麼都看不見、也聽不見，安靜無聲，滿心歡喜。

她問子爵說：「您的小名叫什麼呢？」

他回答：「朱利安。您以前不曉得嗎？」

但她默不吭聲，只是在心裡想道：「這個名字，以後天天都會掛在我的嘴邊了！」

午餐結束後，院子裡只留下那群船伕，其他人都到莊園的另一頭去了。男爵夫人拄著丈夫，開始做起例行運動，兩位神父隨侍在側。嘉娜與子爵相偕走到灌木叢，踏上枝葉茂密的小徑；子爵出其不意地握住嘉娜的手：「告訴我，您願意做我的妻子嗎？」

她又將頭低了下來。他接著又結結巴巴地追問：「求求您，回答我吧！」她慢慢地抬起眼睛望向他。在她的眼神裡，他已經得到了答案。

註❶：艾特丹小門，位於阿蒙斷崖（la falaise d'Amont）附近。本身就是一處天然的景觀。

註❷：這個「姑娘洞」確有其地，是阿瓦斷崖上（la falaise d'Aval）的一個小山洞。

註❸：拉普蘭人是北歐冰洋地區的居民。

註❹：蛇形風管是一種木製的管樂器，外頭覆上一層銅片，外表成S形。這是一種古老而簡便的樂器，十九世紀初還有人在唱詩班或儀式隊伍中使用。

第四章

有天早晨，嘉娜還沒起床，父親走進她房裡，坐到床邊說：「德拉瑪先生昨天來向我們提親了。」

她眞想把自己的臉藏到被窩裡。

父親又接著說：「我們並沒有立刻給他答覆。」嘉娜聽了幾乎喘不過氣來。

一會兒之後，男爵笑著告訴她：「沒有先找妳談過，我們不會隨便替妳做主。我和妳媽都不反對這門親事，但也不想幫妳下決定。妳的財產比他多得多，但這是妳一輩子的幸福，不該只考慮到金錢。他已經沒有父母了，所以如果妳嫁給他，就等於我們家多了一個女婿；假如妳和別人結婚的話，就換成妳，也就是我們的女兒，要嫁到陌生人的家裡去了。我們很喜歡這個孩子。那麼……，他已經對妳提過了嗎？」

她的臉頰羞紅到髮根，囁嚅地回答：「爸爸，我很願意。」

男爵看著女兒的眼睛深處，始終微笑地低聲說道：「孩子，我猜得不錯。」

一直到晚上，嘉娜整個人都覺得飄飄然，不知道自己在做什麼，就連拿起一件東西，也會弄錯用途；她的雙腳疲軟，根本走不動。

六點鐘左右，當她陪著母親坐在梧桐樹下時，德拉瑪子爵也出現了。嘉娜的心臟開始狂跳。子爵神態自若地走到她們身邊，執起男爵夫人的手指，在上面吻了一下；接著又握起嘉娜顫抖不已的纖手，湊上雙唇，溫柔而感激地印了一個長吻。

訂婚後的甜蜜生活於焉展開。他們會一起躲在客廳的角落談心，或是面對曠野，坐在灌木叢盡頭的山坡上。有時也會在男爵夫人的白楊路上散步，他暢談未來，她則低頭看著母親在泥土上留下的腳印。

事情既然已成定局，大家都想早日完成這門親事：婚禮即將在八月十五日，也就是六個星期後舉行，然後新婚夫婦馬上就會啓程去度蜜月。子爵問嘉娜想去哪裡旅行，她決定到科西嘉去，因爲那裡比義大利的城市清靜得多。

他們靜待婚期到來，心裡倒不覺得太急，只是沈醉在一種甜蜜的柔情裡：有意無意地撫摸、手指緊緊交纏、彼此深情的目光，在在都讓他們有一種微妙的悸動，覺得兩人的靈魂已經融合在一起了；然而，一種猶豫不決、想和對方相擁的欲念，卻也使他們暗自感到苦惱。

除了麗桑姨媽之外，他們決定不再邀其他人來參加婚禮。這位姨媽是男爵夫人的妹妹，目前寄住在凡爾賽的一所修院裡。

姐妹倆的父親過世之後，男爵夫人原想把妹妹接來同住；不過，這位老小姐覺得自己一無是處、惹人厭，一定會帶給大家困擾，所以就搬到修道院了；修院備有很多房間，出租給一些寂寞孤獨的人。

她偶爾還是會到姊姊這兒來住上一、兩個月。

麗桑是一個矮小的女人，話不多，不常和大家打成一片，只有用餐時間才會露個臉，飯後又立刻上樓去，整天將自己關在房裡。

她的態度和善，目光溫柔而憂愁，雖然才四十二歲，看起來卻已經很衰老；在家裡，她一點兒都不受到重視。她小時候既不漂亮也不頑皮，從來都沒有人親吻過她；安靜老實的她總是獨自躲在角落裡。從那時起，她就愈來愈孤僻，再也沒有受過別人的關心。

她就像一個影子、一樣熟悉的物品，或者是一件活動的家具，大家已經習慣每天都看到她，卻沒有人會去加以注意。

在那個父權主義的家庭裡，她姊姊本來就比較受寵，因此總是將她當成無足輕重、可有可無的人。大家都對她很隨便，完全不拘小節；但這樣的態度，私底下卻帶著些微輕視的味道。麗桑姨媽原名麗絲，但她好像因為這個嬌豔、年輕的名字而深感困擾。後來大家見她一直都不結婚，而且再也沒有結婚的可能了，於是就把「麗絲」改為「麗桑」。嘉娜出生之後，她就變成「麗桑姨媽」了。這一位姨媽地位低微、極愛乾淨、個性膽小害羞，就連對自己的姊夫也一樣；他們喜歡她，不過那只是出於一種無足輕重的溫情、一種不由自主的憐憫，以及一種天生的仁慈。

偶爾男爵夫人提起自己年輕時代的往事，也會加上一句話來說明當時的年代：「就是麗桑發神經那一陣子。」

除此之外就沒有更多的說明了，因此，麗桑「發神經」這件事，就好像籠罩在迷霧之中。

原來，麗絲在二十歲那年，有天晚上突然跳水自殺，誰也不曉得是什麼原因。她的生活、行爲，都不可能讓別人想到會發生這種事。後來人家將她救起來時，她已經半死不活了；父母親並未追究麗絲何以會有這等古怪行爲，反而氣得想處罰她一頓，後來只說她是在「發神經」，事情就不了了之，他們說這話的語氣，就好像提起那匹名叫「可可」的馬兒一樣；這匹馬不久之前才剛在車轍裡摔斷腿，後來大家只好宰了牠。

從此之後，麗絲，也就是不久之後的麗桑，就被大家當成是一個神經不健全的人了。一家人對她那種淡淡的輕視，也慢慢地感染給周圍所有的人。就連小嘉娜，出於一種孩子天生的敏感，也一點都不把她放在心上，從來都不會爬到她床上去道晚安，也從不曾進她房間。小侍女羅莎麗負責爲麗桑的房間做一些必要的打掃，彷彿是唯一知道她臥房在哪兒的人。

只有麗桑姨媽進來飯廳吃午餐時，「小不點兒」才會照例走過去讓她親吻前額，就僅止於這樣而已。

假如有人想和她說說話，只好派個僕人去找她；她不在時，誰也不會關心她，誰也不會在意她，也不會有人關心地問一句：「眞的，今天早晨我還沒見過麗桑呢！」

她的地位一點兒都不重要，屬於那種連家人都不瞭解、也不在意的類型，就算死了也不會使人覺得家裡少了什麼，不會讓人覺得空虛遺憾。她不懂得如何打進周遭親人的生活裡，不會迎合他們的習慣，也不知道該怎麼討好別人。

當人家叫到「麗桑姨媽」這幾個字時，沒有一絲感情的成份，就好像是在說「那個咖啡壺」或「那個糖罐」一樣。

她總是用急促無聲的小碎步走路，從來都不會喧嚷，也不曾撞倒過什麼東西，彷彿已經和家裡的東西都打過商量，約好不發出任何聲響一樣。她那雙手好像是用棉花做成的一樣，無論摸到什麼東西，都顯得那麼輕柔、靈巧。

麗桑姨媽在七月中的時候來到白楊山莊，心裡因這件婚事而感到無比興奮。她帶了一大堆禮物來，但正因爲是她送的，所以誰也沒放在心上。

自從她來到這裡的第二天起，大家就沒有再去注意她了。

但她的心情實在激動得厲害，眼睛老是盯著那對未婚夫婦瞧。憑著一股超乎尋常的精力，她很起勁地爲嘉娜縫製嫁妝，總是一個人關在房裡作裁縫，誰也沒有進來看過她。

她常常拿出自己做的手絹或親手繡上數字的餐巾，展示給男爵夫人看，還會問她說：「阿黛萊德，這樣行嗎？」

但她姊姊頂多漫不經心地瞄上一眼，然後回答：「我可憐的麗桑，妳不必這麼麻煩啊！」

七月底的一天晚上，經過炙熱的白晝之後，月亮在明亮溫暖的夜色裡露了臉，彷彿喚起大家靈魂深處的詩意一樣，使人惆悵又感動，並且覺得非常興奮。田野間溫和的氣息，飄進了安靜的客廳裡。戴著燈罩的檯燈，在桌上投射出一輪光圈，男爵夫人和丈夫正坐在燈下，無精打采地玩紙牌；麗桑姨媽坐在兩人中間打毛衣；那一對年輕人則倚著窗台，從客廳眺望月光下的花園。

椴樹與梧桐將自己的影子灑在大草坪上；草皮沐浴在蒼白明亮的月光下，一直延伸到黑壓壓的灌木叢那邊。

夜晚溫柔迷人的景象、樹木及花叢上朦朧的月光，不可抗拒地吸引住嘉娜的目光；她轉過身對父母親說：「爸爸，我們要到莊園前面的草地去走一走。」

男爵一邊玩牌一邊回答說：「孩子們，去吧！」然後又開始出牌了。

他們走出屋子，開始在銀色的大草坪上漫步，一直走到了盡頭的小樹叢。

時間不斷流逝，但他倆還不想回到屋裡。男爵夫人累極了，想上樓回房休息。她說：「把那對情侶給叫回來吧！」

男爵向寬廣明亮的花園看了一下，一眼就瞧見一雙黑影在那兒徘徊。

他說：「隨他們去吧，外面的月色多美啊！麗桑會爲他們等門的。妳說是不是啊，麗桑？」

這位老小姐抬起憂愁的雙眼，以害羞的聲音回答：「是的，我會等他們。」

男爵將妻子扶起，自己也因白天的炎熱而覺得疲倦，於是便說：「我也想睡了。」然後就和妻子一同離開客廳。

現在輪到麗桑站起身來，把手上的活兒、毛線和鉤針都擱到長椅上，然後又倚著窗口望著迷人的月色。

那對未婚夫妻依然在草坪上來回不停地漫步，從灌木叢走到階梯這兒，又從階梯走到灌木叢那兒。他們緊緊握著對方的雙手，默默無語，彷彿心靈已經出竅，早就和大自然釋出的詩意結合爲一。

嘉娜突然看見被燈光映照在窗台上的側影，是那位老小姐的影子。

「瞧！麗桑姨媽在看我們呢！」她說。

子爵抬起頭來，不假思索、漠不關心地回答：「是啊，麗桑姨媽在看我們呢！」

然後兩人又開始沈思，繼續漫步，兩情繾綣。

但露水沾溼了草地，使他們冷得有點兒發抖。

「我們回去吧！」她說。

兩人往回走。他們回到客廳時，麗桑姨媽又開始打起毛衣來了——她低頭在那兒做活，細瘦的指頭微微發抖，顯得很累的樣子。

嘉娜走向她：「姨媽，該睡了。」

老小姐抬起眼睛，眼眶紅紅的，看起來好像哭過似的，但這對情侶絲毫沒注意到她的情緒。

子爵突然發現嘉娜那雙薄薄的便鞋，已經被露水沾溼了，於是便擔心地、溫柔地問她：「妳那雙嬌小可愛的腳，難道一點兒都不冷嗎？」

麗桑姨媽的手指猛然晃了一下，劇烈地發起抖來，手上的活兒掉落一地，毛線球也在地板上滾得遠遠地；她立刻用手遮住臉，開始抽抽噎噎地啜泣起來。

這對未婚夫妻都愣住了，呆呆地望著她。嘉娜連忙蹲在姨媽身旁，雙手拍著她，惶恐地問：「麗桑姨媽，怎麼啦？」

這個可憐的女人傷心地縮起身子，噙著淚水，哽咽地回答說：「他剛剛……問妳說……說那雙……嬌小可愛的腳……難道一點兒……都……不冷嗎？……從來……都沒人……對我說過……這樣的話……從來都沒有……」

嘉娜很驚訝，又覺得她很可憐，但是一想到如果眞的有人和麗桑姨媽談情說愛，卻又忍不住想笑；至於男爵，早就轉過臉去遮住自己的一臉笑意了。

麗桑姨媽突然站了起來，沒有拾起地板上的毛線，活兒也留在長椅上，不拿燈就跑向黑漆漆的樓梯，自己摸索著回房去了。

客廳裡只剩下兩個年輕人，他們彼此對望，心裡覺得既好笑又難過。

嘉娜喃喃地說：「可憐的姨媽啊……」

朱利安回答：「她今晚一定是有點兒瘋了。」

兩人依依不捨地握住對方的手，然後又溫柔地、非常溫柔地在麗桑姨媽剛剛離開的那張椅子前面，交換了彼此的初吻。

第二天之後，他們便完全忘記那位老小姐的眼淚了。

婚禮之前的兩個星期，嘉娜顯得既鎮定又安靜，彷彿甜蜜的愛情已經使她疲乏了。決定性的那一天來臨時，嘉娜根本無暇去思考，只覺得全身有一種被掏空的感覺，彷彿血、肉和骨頭全都在皮膚之下融化了；她發現自己摸東西時，手指顫抖得很厲害。

直到在教堂舉行婚禮唱聖歌時，她才鎮靜下來。

結婚了！她就這樣結婚了！嘉娜覺得早晨以來所進行的一連串場面、活動與事情，恍如一場夢，一場眞正的夢。人生中的某些時刻，我們會覺得周遭一切全都變了樣，甚至連一舉一動都有了新的意義，直到所有的事都變得與往常不同爲止。

她覺得很茫然，可說是非常惶恐。昨天她的生活還一成不變，只不過是和長久以來的夢想愈走愈近而已，簡直觸手可及。她昨晚入睡時還是少女，現在卻已經爲人妻了。

以前似乎有一道防線遮住了未來世界的歡樂，也遮住了她所幻想的幸福，但如今她已經跨越了這層障礙。她覺得眼前已經開啓一扇大門，自己馬上就要進入期待已久的世界裡。

婚禮完成了。他們沒有邀請任何來賓觀禮，所以小聖堂裡顯得空蕩蕩的；然後，這對新人就從那裡走出來。

他們一出現在小教堂的門口，一陣可怕的轟轟聲就讓新娘嚇了一跳，男爵夫人也尖聲驚叫起來——原來這是農民以槍枝所發出的禮砲；一路上槍鳴聲響個不停，一直送他們回到白楊山莊。

新婚夫妻的家人、當地的神父、漪埠的神父、鎮長，以及從鄰近富農挑出來的證婚人，都先用了茶點。

然後大家就走到花園裡蹓躂，等候晚上的喜宴。男爵夫婦，麗桑姨媽，鎮長和畢柯神父，都開始在男爵夫人的白楊道上散步；漪埠的神父則在對面那條林蔭道上邁著大步，一邊還念著自己隨身攜帶的小書。

莊園的另一頭，一群農民在蘋果樹下啜飲蘋果酒，還可以聽見愉快的喧鬧聲。附近的居民將院子擠得滿滿的，身上都穿著週日上教堂的好衣裳。年輕的男女則互相追逐嬉鬧。

嘉娜與朱利安穿過灌木叢，爬上斜坡，然後兩人沈默地看著大海。這時雖然是八月中旬，天氣卻有點涼；北風呼嘯，烈日也在一碧萬頃的空中盡情地散發光熱。

爲了尋找避風處，這對年輕人便轉到右邊，穿過荒原，走向那片起伏不定、林木森森，通往漪埠的山谷。他們一進入矮樹林，馬上就感覺不到任何風的氣息；兩人又離開大路，走上一條落葉繽紛的小徑。他們幾乎只能彎身前行，於是，嘉娜覺得有隻手臂慢慢地環住自己的腰。

她什麼話都沒說，只是喘著氣，心窩快速地跳動著，幾乎透不過氣來。低垂的樹枝輕撫著兩人的頭髮，使他們經常都要彎下身子才能走過去。她摘下一片樹葉，發現有兩條瓢蟲蜷縮在葉子背面，看起來就像兩個小小的紅貝殼。

於是，嘉娜稍微安了心，天眞地說：「瞧，正好是一對呢！」朱利安輕吻她的耳朵說：「今晚妳就是我的妻子了。」

雖然來到鄉間之後，嘉娜已經懂了很多事，但是關於愛情這回事，她知道的還只是詩情畫意的一面，因此覺得很驚訝。他的妻子？難道自己現在還不算是他的妻子嗎？

他又開始猴急地輕吻她的鬢腳與頸部，吻著她脖子上髮根生長的地方。她十分不習慣男人的這種愛撫，因此雖然每次被他親吻時都會覺得很快樂，卻會本能地將頭歪在一旁，想躲開他的戲弄。

這時他們發現已經走到樹林的盡頭。嘉娜停了下來，不知爲何會走到這麼遠的地方。別人會怎麼想呢？

「我們回去吧！」她說。

他原本緊抱著嘉娜腰際的手臂，這時便抽了開來；兩人轉身互相對望；彼此的距離近到連臉上都感覺得到對方呼吸的氣息。他們以銳利、透視的眼神定定地看著對方，兩個靈魂已然結合在一起。在這生命中深不可測的未知領域，他們透過彼此的眼睛，想藉由眼神來認識對方。兩人默默而固執地彼此猜測著，他們在彼此心目中的地位如何？兩人一同開創的，會是怎樣的新生活？兩人在密不可分的婚姻生活當中，將會帶給對方喜樂、幸福，或者是失望？這時，兩人都覺得恍如未曾和對方見過面一樣。

朱利安猛然將雙手搭在妻子肩上，對準她的嘴，深深地獻上一個熱吻，彷彿她從來不曾這麼被人親過一樣。這個熱吻滲進她的血管及骨髓，在她身上引起一種奇妙的戰慄，於是，她狂亂地推開他的雙手，自己也差點兒跌在地上。

「我們……回去吧……」她結結巴巴地說。

她的雙手還握在他手裡。他沒回答，只是將她抓得更緊。

回家的路上，兩人都沒再說話。午後的這段時間，似乎變得特別長。

直到夜幕低垂，大家才入席。

這場筵席辦得很簡單，時間也不會太冗長，正好和諾曼第人的風俗完全相反。客人們顯得很拘束，只有兩位神父、鎮長，以及四個受邀前來的農夫，稍微表現出愉快的神情，爲婚禮增添了應有的喜氣。

現場似乎都沒有笑聲，直到鎮長說了話才打破僵局。時間大概已經到了九點，馬上就要喝咖啡了。屋外第一個院子的蘋果樹下，正要舉行一個田園風味的舞會。從開著的窗口，就可以望見宴會的全景。掛在樹枝上的昏暗燈火，使葉子看起來似綠又似灰。農夫與農婦圍成一圈跳著粗獷的舞蹈，一邊還拉著喉嚨大聲歌唱；樂師們高坐在一張廚用的大桌子上，用兩把小提琴及一隻單簧管無力地伴奏著。農民喧囂的歌唱，有時完全蓋過了樂器的伴奏聲；透過震耳的歌聲，微弱的音樂便化成支離破碎的音符，彷彿空中掉下來的碎布一樣，變成了零零落落的碎片聲。

兩個大酒桶的周圍燃著熊熊火炬，供應大家解渴的飲料。兩位女僕忙著在木桶裡清洗杯碗，杯子洗好後還淌著水，立刻又被拿到酒桶的龍頭下去盛紅色的葡萄酒或是金黃色的蘋果酒。口渴的舞客、安靜的老人、滿頭大汗的姑娘都伸長手臂擠了過來，隨手抓住一個杯子，馬上就一口氣把自己喜歡的飲料灌進喉嚨。

一張桌子上擺著麵包、牛油、乳酪和香腸，大家不時往嘴裡吞這些東西解饞。在燈火通明的綠蔭下，這場安康歡樂的晚宴，使客廳裡那群待得發悶的客人也想下來跳跳舞，想一邊嚼著牛油麵包配生洋蔥，一邊從大酒桶的肚子裡裝杯酒來喝。

鎮長用餐刀打著拍子，嘴裡還叫道：「見鬼！這還眞像人家說的加納希婚宴呀！」

賓客們都忍不住笑了起來。畢柯神父一向是地方權貴的宿敵，於是便反駁他道：「你說的應該是迦納吧！」

但鎮長不願接受他的指正：「不，神父先生，我知道自己說的是什麼；既然我說是加納希，那就是加納希。」

大家站起來走向客廳。接著，衆人又擠進人群裡，加入狂歡的派對。然後，客人相繼告辭。

男爵夫婦突然小聲地爭執起來。男爵夫人這時比平常更喘不過氣來了，看起來好像正在拒絕丈夫提出的一個要求；最後，她幾乎大聲地嚷著說：「不行，親愛的，我辦不到，我根本不知道該怎麼開口呀！」

男爵於是突然離開妻子走向嘉娜：「孩子，妳願意陪我去散散步嗎？」她內心覺得一陣激動，回答父親說：「爸爸，只要你高興就好。」然後父女倆便出了門。走到面對海洋的門口，一陣乾爽的微風吹來。這種夏夜裡的涼風，使人感受到秋天的氣息。雲層在空中奔跑著，一下子遮住了星星，一下子又讓它們露了出來。

男爵逕自將女兒手臂摟在身邊，同時又溫柔地抓住她的手。兩人漫步了一會兒。做父親的看起來猶豫不決，狀甚爲難。最後，他終於下定決心。

「寶貝兒，現在這個角色本來應該是妳母親的，由我來當實在是爲難呀；但她既然不願意，我只好替她來告訴妳。我不知道妳對人生的一切到底瞭解多少。有些神秘的事，大人總是會小心地不讓孩子們知道，尤其是女孩子，因爲她們必須保持心靈的純潔，像白璧那般純潔無瑕，直到父母親將她交到某一個男人的懷抱裡，讓他照顧她一生的幸福。於是，這個男人便有權利去揭開生命中這層神秘而歡樂的面紗。但是倘若女孩子根本沒想過此事，到時就會對歡樂背後所隱藏的粗暴感到反感。她們心靈會蒙上陰影，甚至連身體也會受傷，然後就開始拒絕自己的丈夫；但無論是從法律或大自然的法則來說，這都是身爲丈夫應有的特權。寶貝兒，我只能說這麼多了，但妳千萬不要忘了一點：妳是完全屬於妳丈夫的。」

她究竟聽懂了什麼？她會怎麼猜想呢？嘉娜開始顫抖，一種難以忍受的憂鬱與痛苦使她心情變得很沈重，彷彿是一種預感似的。

他們走回屋子。到了客廳門口，父女倆都愣住了。男爵夫人居然倒在朱利安的懷裡啜泣。她的眼淚，婆娑的眼淚像是受到風箱的搧動一樣，彷彿同時從鼻孔、嘴巴及眼睛擠了出來：朱利安嚇得目瞪口呆，笨拙地扶助這位虛弱的胖夫人；她癱在女婿懷裡，吩咐他一定要好好對待她親愛的女兒，她的小寶貝、小心肝。

男爵急忙跑過去：「啊！別這樣，別哭哭啼啼的，我求求您！」然後就把妻子接過來，趁她擦眼淚時，將她扶到沙發上。

接著，就轉過頭對嘉娜說：「孩子，快過來向妳媽道個晚安，然後就上去休息吧！」

嘉娜也幾乎要哭出來了，連忙吻了父母親的臉頰，一溜煙地離開了。

麗桑姨媽早就回到自己的臥室去了。只有男爵夫婦和朱利安還留在客廳裡。三個人都覺得很尷尬，誰也沒說話；兩位身穿晚禮服的男士呆立原地；男爵夫人倒在沙發上，喉嚨還不停地抽搐著。這種窘迫的場面已經開始讓人受不了了，於是男爵便提起了新婚夫妻的蜜月旅行；他們過幾天就要動身了。

在嘉娜的房間裡，她正讓羅莎麗幫自己解下衣裳。小侍女哭得淚如泉湧，手忙腳亂地亂摸一通，連衣帶、扣子和別針都找不著了，看起來簡直比女主人還傷心。但是嘉娜完全沒注意到女僕的眼淚；她彷彿已經進入了另一個世界，到了另一個天地，過去所熟悉、珍惜的種種事物，都已經離她很遠。她覺得自己的生命與思想全都有了劇烈的改變，心裡甚至還會有一個奇怪的念頭：

「她眞的愛她丈夫嗎？」在她眼裡，他好像突然變成一個完全不認識的陌生人了。三個月前，她根本就不知道有他這個人，但現在卻已經成了他的妻子。這是爲什麼呢？爲什麼這麼快就進入婚姻的墳墓裡，彷彿有人在腳底挖了一個地洞一樣？

她穿好睡衣，溜進被窩裡，被單摸起來有點涼，使她的皮膚打起寒顫，更加深了兩小時以來壓在心頭上的那種心寒、孤獨與悲傷。

羅莎麗哭哭啼啼地走開了，嘉娜還在等著什麼東西。她縮緊心房，焦慮不安地等待已經猜到幾分的事——父親剛剛才用含糊的字眼告訴過她，而這個神秘的暗示，正是愛情最大的秘密。

嘉娜沒注意到有人上樓的聲音，卻聽到房門輕輕地響了三下。她重重地打了個哆嗦，怕得答不出話來。敲門聲又響起，接著門鎖也開了。她將腦袋藏到毯子裡，好像有小偷闖進房裡一樣。一雙靴子輕輕地敲著地板，然後突然就靠近她的床邊。

她緊張地驚跳一下，輕輕地叫了一聲；探出頭之後，卻發現朱利安正站在面前，微笑地望著自己。「啊！嚇死我了！」她說道。

他回答說：「難道妳不是在等我嗎？」她不說話。他身穿晚禮服，俊俏的臉龐，神情嚴肅；嘉娜躺在床上，面前卻有一個這麼端正的男士，因此覺得非常害羞。

在這個緊要關頭、決定兩人終身幸福的時刻，他們卻說不出話來，也不知道該怎麼辦，甚至不敢和對方交換目光。

他或許已經隱約察覺到這場衝突的危險性，也明白自己需要靈活的手腕與溫柔的策略，才不會傷害到這個容易害羞的少女，以及她那極度敏感、充滿幻想的純眞靈魂。

於是，他輕輕地將她的手舉起來親吻，然後又在她的床邊跪下，彷彿面對一個祭壇一般；他用輕如呼吸的聲音說道：「您愛我嗎？」

嘉娜突然鬆了一口氣，從枕頭上抬起戴著鑲花邊睡帽的腦袋，然後微笑說：「親愛的，我愛您！」

他把妻子纖細的手指貼在自己唇邊，變了調的聲音便從指縫傳了出來：「您願意證明您是愛我的嗎？」

她又開始爲難起來，想起父親說過的話，但還是不大明白；她回答他：「親愛的，我就是您的。」

他以溼潤的嘴唇吻著她的手腕，慢慢地將身子抬了起來，往她的臉龐靠近，但她卻躲開。他的手臂出其不意地往床上伸過去，隔著被單將妻子摟住，同時另一隻手也伸到枕頭下，將頭連枕一起托了起來；他以極低、極低的聲音問道：「所以您願意在身旁挪出一點點小小的空位給我囉？」

出於一種本能的恐懼，她覺得很害怕，囁嚅說道：「啊！暫時先不要，我求求您！」

他似乎很失望，有點兒氣惱，但還是以一貫的語氣要求她，只是略顯急躁：「既然遲早都要躺在一起，現在還等什麼呢？」

這句話讓她有些反感，但出於順從和退讓，她又再次對他說：「親愛的，我就是您的！」

他快速地衝進浴室。嘉娜很清楚地聽見他窸窸窣窣地脫掉衣服，口袋裡的硬幣叮噹作響，兩只靴子也陸續落到地上。

朱利安突然匆匆走進房裡，把錶放到壁爐上，身上只穿了襪子和短褲。然後轉身跑回隔壁的盥洗室，又折騰了一陣子；嘉娜聽到他快出來了，連忙閉上眼睛，將身子轉到另一邊去。一條毛茸茸、冷冰冰的腿激動地跨到嘉娜身上，使她嚇得幾乎跌下床來；她狂亂地用雙手蒙住臉頰，驚慌失措地躲在床角，害怕得幾乎要尖叫。

雖然她背對著他，他還是將她一把抱在懷裡，貪婪地親著她的脖子，親著她睡帽上飄揚的花邊，以及她睡衣領子上的繡花。

嘉娜一動也不動，身體因爲極度緊張而繃得緊緊的，覺得有隻粗壯的手掌已經伸到她手肘中間，探尋著她的胸脯。這種突如其來的撫摸，立刻讓她的呼吸急促起來；她眞希望能逃出去，趕緊在屋子裡找個地方將自己藏起來，遠遠地躲開這個男人。

這時他卻不動了，熱呼呼的體溫傳到她背上。於是，她的恐懼又平息下來，心裡突然想到：只要轉過身子，就能和他相擁了。

最後，他似乎失去耐性，而用悲傷的語氣對她說道：「您難道一點兒都不願意做我的小妻子嗎？」

她從指縫中低聲說道：「難道我現在不是嗎？」

他不悅地回答：「親愛的，好啦，別再和我開玩笑啦！」

他語氣裡的不滿，使她覺得難過起來，於是，她突然轉過身去向他道歉。

他發狂地、飢渴地將她攔腰抱住，然後又急促地、狠狠地、瘋狂地吻遍她的臉頰和頸子，將她撫弄得頭昏眼花。她張開雙手，無力地屈服在他的動作下，再也不知道自己在做什麼，也不知道他在做什麼；她的思想混成一團，摸不著頭緒。突然有一股尖銳的刺痛將她撕裂開來。當他粗暴地佔有她時，她開始呻吟起來，在他的懷裡扭動。

接下來又發生了什麼事？她的思緒紊亂，完全沒有印象，只覺得他在自己唇上，如同雨點一般地留下無數感激的吻。

後來他一定對她說了些話，而她也一定都回答了。然後，他又想再嘗試一遍，但她驚惶地拒絕了；她掙扎時，碰到他胸前的那片胸毛，和他腿上的一樣濃密；她大驚失色，連忙將身子往後一退。

再次求歡未遂，於是他便仰身躺著不動了。

這時她開始沈思起來，這和自己幻想中的愛情是多麼不同啊，多年來的美夢已經幻滅，幸福也成了泡影；她的心靈深處，已經絕望透頂；她對自己說：「看哪！這就是他所謂的妻子；原來就是這回事！原來就是這回事！」

就這樣，她難過地躺了很久，眼睛骨碌地看著牆上的掛氈，望著房間四周那個古老的愛情傳說。

朱利安卻什麼話都沒說，一動也不動；她慢慢地將目光移到他身上，才發現他已經睡著！他嘴巴半開，安靜地睡著了！他竟然睡著了！

她氣憤極了，不敢相信會有這種事發生；他現在的鼾睡，比剛剛的粗暴還要讓她覺得羞辱，簡直沒將她放在心上。在這樣的夜裡，他怎麼還睡得著？難道兩人之間所發生的關係，在他心裡居然不足為奇？啊！她倒寧願被毆打，甚至是更粗暴地對待，寧願被更可恨的愛撫折磨到失去知覺為止！

她躺著不動，撐著一隻手肘面向他，聽著他輕輕地用嘴唇呼吸，嘴巴還不時打呼。

黎明出現了，天色起初還很黯淡，接著便慢慢轉亮，變成玫瑰色，然後就光芒璀璨了。朱利安張開眼睛，打了個哈欠，伸伸懶腰，微笑地看著妻子說：「親愛的，妳睡得好不好？」

她發現他現在是用比較親密的「妳」來叫她，於是便吃驚地回答：「當然！您呢？」

他說：「啊！我睡得好極了！」然後就轉過來親了她一下，平靜地聊了起來。他告訴她對於未來的計畫，其中也談到錢；他不斷提起這個字，使嘉娜非常驚訝。她聽著他說話，卻不解其中含意；她看著他侃侃而談，心頭卻有千百種思緒呼嘯而過。

鐘聲響了八下。「該起來了，太晚起床會讓別人看笑話呢！」他說完便先下了床，梳洗完畢後，又親切地替妻子做一些梳妝上的小工作，不讓她喚羅莎麗進來。

走出臥房時，他又叫住她：「妳要知道，現在我們之間已經可以用『你』來互稱了，但是在父母親面前，還得再等一段時間。等我們蜜月旅行回來，聽起來就會比較自然了。」

嘉娜直到午餐時才露面。這一天和平常沒什麼兩樣，彷彿沒發生過什麼新鮮事，只不過是家裡多了個男人罷了。

第五章

四天之後來了一輛馬車，準備將兩人載往馬賽。

嘉娜經歷了新婚之夜的痛苦之後，雖然依舊厭惡夫妻間的親密關係，卻已經逐漸習慣與朱利安接觸，習慣了他的親吻與溫柔的愛撫。

她覺得丈夫很英俊，對他愛戀不已，因此又感到幸福愉快了。

夫妻倆很快地向家人道別，沒什麼悲傷的場面，只有男爵夫人似乎又動了感情；車子快出發時，她將一個裝得鼓鼓的，重得像鉛塊的錢包塞到女兒手裡：「給妳當作新娘的零用錢。」她對女兒說。

嘉娜把錢包丟進衣袋裡，馬兒就拉著車子出發了。

快傍晚時，朱利安問她：「妳母親給妳的錢包裡，裝了多少錢？」

她幾乎快忘記此事了，於是把錢包倒在自己的膝蓋上。金光閃閃的錢幣散了一大堆，總共是兩千塊法郎。嘉娜拍著手說：「我可以花個夠了！」然後又把錢幣收了起來。

他們在炎熱的天氣裡，趕了一星期的路之後，才抵達馬賽。

第二天，一艘名爲「路易王」的小輪船將他們載往科西嘉。這艘船準備開往那不勒斯，中途會停靠在阿嘉西。

科西嘉！那裡的叢莽！強盜！山岳！那裡是拿破崙的故鄉！嘉娜覺得自己彷彿已經走出現實生活，正睜大眼睛踏入另一個夢境。

夫妻倆並肩站在甲板上，看著普羅旺斯的懸崖從眼前飛奔而過。陽光熾熱，使得平靜蔚藍的大海好像凝滯、硬化，在一望無際的天空下展現出耀眼的色彩。

嘉娜說：「上次我們坐拉斯迪克老爹的小船到海上去玩，你還記得嗎？」

朱利安在她耳邊輕輕吻了一下，作爲這個問題的答覆。

機輪拍擊著海水，將海洋從沈睡中喚醒；輪船後方，白色的巨浪翻滾成一道長痕，彷彿是香檳酒的泡沫一般；這一道航跡，從輪船筆直地延伸到肉眼看不見的遠方。

突然，有條大魚出現在船頭，就在離水面不到幾尺深的地方；那是一條海豚，一下子躍出水面，然後又一頭栽進水裡消失了。嘉娜又驚又怕，尖叫一聲之後便撲進朱利安懷裡，之後又爲自己剛剛的大驚小怪覺得好笑，於是便焦急地張望，不知道海豚是不是還會再出現。不一會兒，牠果然又跳了出來，彷彿是一個大型的機械娃娃一樣。接著，海豚鑽進水裡，又鑽了出來；然後，又來了兩條、三條、六條，都在厚重的輪船四周蹦蹦跳跳，護送著牠們的夥伴，也就是這艘鐵鰭木身的大怪魚。牠們游向輪船的左邊，有時又游向右邊，一下子成群結隊，一下子又一條跟著一條，好像遊戲般地四處追逐；牠們奮力地跳起，在空中畫了一道弧線，然後又極有次序地一一沒入水中。

每當那些動作靈活的大海豚出現，嘉娜就心頭一顫，興奮地鼓掌。她的心也和海豚一樣，都在一種瘋狂而純眞的歡樂中躍動。

突然間，海豚都消失了，後來在遠遠的海面上又出現了一次，然後就再也看不見了；一時之間，嘉娜爲牠們的離去感到有點傷心。

夜晚來臨。這是一個寧靜、柔和、幸福、充滿月光的和平之夜。空中和水面平靜無風；一望無際的大海與天空，同樣也沈浸在寂靜的氣氛裡，沒有一絲絲波動。

在天邊，大太陽朝著非洲的方向緩緩下沈；那片看不見的非洲，那片燃燒般的大地，只要一想到就覺得熱氣騰騰；不過，落日消失之後，卻有一陣涼氣在面前輕拂而過，輕得幾乎稱不上是微風。

夫妻倆不想回到艙房裡，因爲那兒充滿了船上特有的噁心氣味；於是他們裹著大衣，並排躺在甲板上。朱利安馬上就睡著了，但旅途上的新鮮事使嘉娜很興奮，因此她依然睜著眼睛。機輪單調的轉動聲爲她催眠，她仰望滿天燦爛的星斗，看著它們在法國南方的上空閃爍，發出晶瑩璀璨的光芒。

快天亮時，嘉娜才迷迷糊糊地睡著。後來是噪音和說話聲將她吵醒的。原來水手們已經哼起歌來，正在做著清洗輪船的工作。她搖了搖沈睡中的丈夫，兩人一起站了起來。

在帶著鹹味的晨霧中，嘉娜酣暢地吸了一口氣，讓海上的氣味沁入身體，直達指尖。四方環海。不過，在乍現的曙光之中，已經可以看到前方有一個灰色、模糊的物體，像是一團漂浮在水面，造型獨特、尖銳、被撕裂開來的雲彩。

接著，這個東西愈發清晰；在明亮的天空下，它的輪廓愈來愈分明；一大幅山巒起伏的曲線突然映入眼簾，隱藏在這片輕紗背後的，就是科西嘉島。

旭日從山後昇起，將山嶺凸起的部份都投射成黑色的陰影；於是，島上所有的山峰都燃燒起來，其餘的部份則依然隱藏在霧氣中。

船長走上甲板；在海風嚴酷地吹拂之下，他已萎縮成一個焦黃、乾瘦、堅挺而矮小的老人；三十年來在暴風雨中大聲喊叫、發號施令，使他的聲音也變得沙啞了。他對嘉娜說：「您聞到那片陸地的味道了嗎？」

她眞的嗅到了一股濃烈而奇特的味道，一種野生植物的芳香。

船長又說：「夫人，這就是科西嘉所發出的香氣，就是這位美女特有的味道。即使二十年沒有回來，在海上五哩遠的地方，我還是可以分辨得出來。我是這個島上的人。據說他在那裡，在聖赫勒納島上，也依然對故土的香氣念念不忘。他和我是同一個宗族的人。」

船長脫帽向科西嘉島致敬；然後隔著海洋面向遠方，又對著偉大的同宗皇帝行了一個禮。

嘉娜感動得熱淚盈眶。

然後，船長把手臂伸向天邊說：「那就是桑吉那爾群島！」

朱利安這時剛好站在妻子身旁；他環著妻子的腰，兩人一起望向遠方，想找出船長所說的島嶼。

他們終於看見幾座像金字塔般的岩石，輪船即將繞過那裡，駛進一個寬闊寧靜的海灣；海灣四面環山，低低的斜坡看上去彷彿長滿青苔。

船長指著那一片碧綠的地帶說：「那就是叢莽！」

隨著船身的前進，群山彷彿在船後結合在一起；輪船在蔚藍的海面上緩緩航行，海水透明得幾乎可以望見海底。

在海灣盡處，依山傍水的白色市區突然映入眼簾。

港口停了幾艘義大利的小船。四、五艘小艇駛到「路易王號」四周招攬乘客。

朱利安將行李都找來之後，低聲問妻子：「給挑夫二十塊錢當小費，應該夠了吧？」

一個星期以來，他老是提出這種問題，而她每次聽了都覺得很受不了。嘉娜略爲不耐地回答說：「不知道該給多少錢時，多給一點兒準沒錯！」

他總是喜歡和旅館的主人、服務生、車夫，或者是隨便哪個小販討價還價，每當費盡口舌才撿到一點點便宜時，他就搓著雙手對嘉娜說：「我不想上別人的當。」

嘉娜每當看到賬單送上來時，就開始發抖，因爲她知道丈夫一定對每個項目都有意見；這種喜歡講價的行為，實在讓她感到可恥，尤其是每當僕役們手裡攤著那給得太少的賞錢，用輕蔑的眼光望著他時，她就會從臉頰紅到髮根。

同樣地，他又對送他們上岸的船伕殺起價來。

她在島上第一眼看到的樹木，是一株棕櫚。

夫妻倆在大廣場轉彎一間沒人住的旅店落腳，也在那裡吃午餐。

吃完甜點之後，嘉娜站起來想到街上走走，但朱利安將她拉到懷裡，溫柔地在她耳邊低聲說道：「小親親，我們去睡一會兒好不好？」

嘉娜嚇了一跳：「睡一會兒？但是我根本不累呀！」

他摟著她說：「我要妳。妳懂嗎？已經有兩天啦！……」

嘉娜的臉羞成了紫紅色，支支吾吾地說：「你是說現在？但是別人會怎麼想呢？你怎麼敢在大白天向他們要房間呢？啊！朱利安，我求求你。」

但是他卻說：「我才不管旅館的人會怎麼說或怎麼想。交給我來辦就行啦！」

然後他就拉了鈴。

嘉娜垂下眼睛，不再作聲，不論在精神或肉體上，她對丈夫這種無止境的欲望一直很反感，每次都只是忍著倒胃口的心情去順從他而已，但是卻有一種被羞辱的感覺，認為這是一種獸性、一種墮落，更是一種齷齪的事。

她的性感還在沈睡當中，但丈夫卻認爲她已經分享了他的熱情了。

服務生是道地的科西嘉人，鬍鬚一直長到眼睛邊；他走過來時，朱利安要他帶他們到客房。服務生不解其意，連忙說晚上一定會將房間準備好。

朱利安沒好氣地說：「不，我的意思是現在就要。我們一路上已經很累，想休息一下。」

這時候，服務員的鬍髭裡泛起一抹微笑，而嘉娜則羞得想挖個地洞躲起來。

過了一個小時，他們又下樓來時，嘉娜根本不敢從別人面前經過，覺得人家一定都在背後嘲笑、議論自己。她怪朱利安不瞭解這種心情、毫無羞恥心、天生就無法體貼別人；她感到她和他之間隔了一層簾幕，橫了一道障礙；她第一次發覺兩人的心靈無法契合，永遠不可能深入對方的思維深處；雖然他們可以並肩同行，偶爾也會緊緊相擁，卻不能眞的算是你儂我儂；她認爲生命之中，每個人的精神生活永遠都是孤獨的。

他們在這裡住了三天。這個小城位於藍色海灣的深處，背後還有一片山脈作爲屏障，因此一丁點兒風都吹不進來，簡直熱得像火爐一樣。

接著，夫妻倆決定了旅行的路線；爲了不讓任何險峻的道路阻礙行程，他們決定騎馬出發。於是租了兩匹目光兇猛、瘦小但耐勞的科西嘉小馬，在某一天的清晨啓程。一個騎騾的嚮導陪著他們上路，並且還帶了糧食，因爲，在這種原始的地方，是找不到什麼旅店的。

馬路最初是沿著海灣開出來的，然後就進入一個不甚陡峭的山谷，通往高大的山林。他們常常穿越一些幾乎快乾枯的溪流，石堆下還有溪水流動，彷彿是藏在裡頭的野獸一般，輕輕地發出咕嚕嚕的聲響。

這個地方還沒有開墾過，放眼望去盡是荒涼的景象。山腰上高大的野草，在炙熱的季節裡已經曬成一片焦黃。路上偶爾會遇見山間的居民經過，有的以雙腳趕路，有的騎著小馬，也有人騎著像狗一般大的毛驢。這些人的背上都有一把上了彈藥的長槍，雖然是老舊生銹的武器，但拿在他們手裡，倒也使人畏懼。

島上長滿了香料植物，散發出刺鼻的香味，彷彿使空氣也變沈重了；道路在山谷之間環繞，漸漸地愈升愈高。

玫瑰色、藍色的花崗岩山峰，使這片遼闊的風景染上一層仙境的色彩；較低的山坡上，是一大片一望無際的栗樹林，看上去有如蓊鬱的灌木叢一樣，讓起伏不定的山勢更形險峻。

嚮導有時會伸手指向陡峭的高峰，告訴他們某座山的名字。嘉娜和朱利安抬頭一望，卻什麼都沒看見，最後才發現有幾個灰色物體，看起來像是從山上滾下來的石塊。原來那是一個村落，一個以花崗岩築在半空中的小村莊，像個鳥巢似地孤懸在遼闊的山嶺上，肉眼幾乎看不見。

騎在馬背上蹣跚而行的漫長旅程，使嘉娜覺得有些厭煩。「我們稍微跑一下吧！」嘉娜說。然後她就抽了馬鞭。但後來她聽不見丈夫跟在後面跑的聲音，回頭一看才發現他面色慘白地揪住馬鬃，滑稽地在馬背上跳動著，於是，嘉娜開始瘋狂地大笑起來。他俊秀的模樣還是沒變，但那副「英俊騎士」的外表，卻使他的笨拙與膽小愈發顯得滑稽可笑。

夫妻倆只好騎著馬兒緩步前進。這時，道路已經進入兩片叢林之間；一望無際的綠林，就像一件大衣似地覆蓋了整座山坡。

這就是叢莽，險惡難測的叢莽，裡頭充滿各種不同的植物，有聖櫟、刺柏、野草莓、乳香黃蓮木、瀉鼠李、歐石南、莢迷，也有和香桃木纏繞在一起的黃楊木，彷彿是糾結在一起的髮絲；另外，還有四處攀爬的鐵線蓮、奇形怪狀的蕨類、忍冬、迷迭香、薰衣草和樹莓，在山脊上長成密密麻麻的一片，根本無法清理。

他們都餓了。嚮導趕了過來，將他們帶到一處迷人的泉水邊；在山勢陡峻的地區，這種泉水隨處可見，冰冷的泉水從岩石縫隙射出，形成一道渾圓的細流，注入一片栗子葉的末梢；這葉子是路人留下的，用來將泉水接到嘴裡。

嘉娜開心極了，高興得根本忘了要大聲歡呼。

一行人又繼續前進，開始朝著薩貢海灣[註❶]的下坡路走去。

他們在傍晚時分經過卡潔斯村[註❷]。這座希臘式的城鎮是從前一群被驅離祖國，流亡至此的移民所建。有一群修長美麗的少女圍在噴泉旁邊，她們手長腰細，身材窈窕，婀娜多姿。朱利安大聲向她們道了「晚安」，女孩們則用故國悅耳的語言，以一種如歌的聲調來回答他。

到了比亞納，他們必須向居民借住一宿，就像古時到了偏遠地區一樣。朱利安上前敲門時，嘉娜則在一旁等候屋主開門，興奮地顫抖不已。啊！這不愧是一次眞正的旅行，在荒鄉野地的路途上，時時都有意想不到的事發生。

他們求宿的對象正巧也是一對年輕夫婦。主人的待客之道就如同古代族長接待上天的使者一樣；這是一間蛀蟲肆虐的老屋子，整個屋架都佈滿蛀洞，長長的蛀蟲在樑柱上爬來爬去，發出窸窸窣窣的聲響，彷彿是活人的嘆息。嘉娜和朱利安就這樣躺在玉蜀黍堆睡著了。

隔天太陽升起時，他們就上路了，不久又在一座石林前停了下來；這是一座眞正的石林，一座紫紅色花崗岩所形成的石林，裡頭有石峰、岩柱、尖塔，以及各種外型奇特的岩石，通通是海上風霧長期侵蝕的結果。

這些令人驚異的岩石高達三百公尺，有的細長，有的渾圓，有的呈勾狀，也有的扭曲變形、殘缺不全、出人意料而古怪有趣；它們看起來像樹木、像植物、像野獸或石碑，也有些看起來像人、像穿道袍的僧侶、有犄角的惡魔或巨大的鳥獸；應該說這是一個怪物家族、一個惡夢中的動物園，是依照某個怪誕之神的旨意而塑造出來的。

嘉娜不作聲，內心感動萬分。她的手原本就拉著朱利安，這時更是將他牢牢抓住；眼前的美景讓她有了一股愛人的衝動。

走出這片石林之後，他們突然又發現一個新的海灣——血紅的花崗岩組成一大片圍牆，將海邊整整圍了一圈。蔚藍的海水中，倒映著岩石鮮紅的影子。

嘉娜看了驚嘆道：「啊！朱利安！」然後就再也說不出話，滿懷感動的心情使她喉嚨哽咽，眼睛也流下了兩滴清淚。

朱利安看著她，目瞪口呆地問：「我的小親親，妳怎麼啦？」

嘉娜擦掉眼淚，臉上漾起一抹微笑，聲音微微發抖：「沒……沒什麼，我只是……不知道爲什麼……覺得很感動而已。我太幸福了，所以一點點小事兒都能打動我的心。」

但朱利安實在沒辦法理解女性特有的這種神經質。事實上根本什麼事都沒發生，但她們卻能感動得五體投地、全身戰慄；隨便一股熱情，都能教她們激動得像是如臨大敵；捉摸不定的情感將她們弄得如痴如醉，可能會高興異常，也可能會失望得發狂。

嘉娜剛才的眼淚讓他覺得很可笑，而他現在只是一心一意留意著險峻的山路：「妳最好還是專心騎馬吧！」他說。

他們走上一條難以通行的小徑，向下走到海灣的盡頭，然後又走向右邊去攀登陰暗的奧塔山[註3]谷。

但這條路實在太坎坷了。朱利安提議說：「我們步行過去如何？」嘉娜贊成他的意見，非常樂意走路；經歷過剛剛的感動之後，她很高興能夠與朱利安單獨在一起。

嚮導驅策騾子與馬匹走在前面，夫妻倆則慢慢地跟在後頭走。

這座山嶺由上往下開了一道裂縫，順著小徑正可以走入裂縫深處。道路沿著谷底前進，兩旁盡是高大的石壁，裂縫間還奔騰著一股洶湧的山澗。空氣沁涼，花崗岩看起來一片漆黑，再加上高空中的一線青天，讓人看了實在心驚膽跳。

突然而來的一陣聲響使嘉娜嚇了一跳。她睜大眼睛，看見一隻大鳥從岩洞裡飛了出來，原來是隻老鷹。牠張開雙翼，看起來彷彿在摸索著坑道兩旁的牆壁，然後就飛上天空消失了。

稍遠的地方，山間的裂縫就分成兩道了；小徑蜿蜒地沿著兩道深谷向上爬。嘉娜的體態比較輕盈，興致高昂地走在最前頭，她腳底踢著小石子，彎腰望向深谷時毫不害怕。朱利安則氣喘吁吁地跟在她後面，兩眼緊盯著地面，生怕會頭暈。

陽光忽然照亮了兩人，使他們覺得似乎已遠離地獄。夫妻倆都渴了，於是便順著一道水流穿越亂石堆，找到一處泉水；這泉水是用一根小木管接引出來，供牧羊人使用。附近的地面上，長了一片地毯似的青苔。嘉娜跪下來喝水，朱利安也依樣畫葫蘆。

當她正在享受著清涼的泉水時，他一把攬住了她的腰，想從她嘴邊將木管搶走。她不願讓給他，於是兩人的嘴唇便你來我往地碰在一起、擠在一起。在爭奪的過程當中，兩人都有機會搶到這根細管子，咬住開口不肯放開。於是，這一線清涼的泉水一下子被堵住，一下子又流了出來，有時四處飛濺，有時又順暢地往外滾動，噴灑在他們的臉龐、脖子、衣服和手上。水珠在他們的頭髮上閃閃發光，看起來有如珍珠。順著這絡清泉，兩人的嘴唇也密合在一起了。

這時嘉娜忽然有了一個愛的靈感。她在嘴裡飽含清澈的泉水，把臉頰鼓得像羊皮囊一樣，示意朱利安將嘴湊過來，想要嘴對嘴幫他解渴。

他微笑地張開手臂，伸長脖子張開喉嚨，一口氣就從這個活生生的水源將水份吸光，同時，一股燃燒的欲望也注入了他的心田。

嘉娜異常溫柔地依偎在他身上，心臟撲通撲通地跳動，乳房也膨脹了起來，水汪汪的眼睛看起來嬌弱無力。她喃喃低語道：「朱利安……我愛你！」這一次，輪到她來挑逗他了；她仰身躺著，雙手掩著羞得通紅的臉頰。

他撲到她身上，熱烈地擁住她。她則氣喘吁吁，軟弱無力地等待著；她突然發出一聲尖叫，彷彿被自己招來的閃電般的情感一擊而中。

兩人花了很久的時間才登上山頂，因此嘉娜感到非常疲倦，心跳急速。傍晚時分，他們才趕到愛維沙，在嚮導的親戚巴里歐．巴拉柏蒂家落腳。

這位親戚是個有點駝背的魁梧漢子，臉上有著結核病患般的憂鬱神情。他將他們安置在房間裡；簡陋的房間是用粗石塊搭建而成，然而在這種不知審美觀念爲何物的地方，已經算是很不錯了；他用一種混著法語和義大利文的科西嘉方言表達對客人的歡迎之意，但一個清脆的聲音卻打斷了他的話；原來是一個身材矮小、眼睛又黑又大的女人，一身棕褐色的皮膚讓人聯想到溫暖的太陽；她的腰身纖細，始終笑口常開；她衝過來抱了嘉娜一下，然後又和朱利安握手，反覆地說道：「您好啊，太太，您好啊，先生，您們都好嗎？」

她摘掉帽子，拿下了披肩，所有的動作都是用單手完成，因爲她的另一邊手臂還吊著一條三角巾；然後，她要丈夫將所有的人帶出去：「帶他們去散散步吧，晚餐時再回來。」

巴拉柏蒂立刻順從妻子的意思，走到這一對年輕人的中間，想帶他們到村子裡去看一看。他常常咳個不停，走路和說話都慢吞吞地，嘴邊喃喃地說：「這是因爲山谷裡的冷空氣都跑進我的胸部了。」

男主人領著他們走上一條荒廢的小徑，路旁是參天的栗子樹。他猛然停住腳步，以平淡的語氣說：「我表哥約翰·里納蒂就是在這裡被馬太·羅利殺死的。瞧，當時我就是在那個位置，離約翰很近，而馬太則在離我們十步遠的地方。他大聲地喊道：『約翰，不准你再去阿貝達斯，不准再去了；否則，我警告你，約翰，我一定會殺了你。』然後我就抓住約翰的手臂說，『約翰，不要去了，他眞的會殺了你。』這是因爲他們兩人在追求一位名叫寶琳娜·西納古比的女孩。但是約翰開始大叫，『我一定會去，馬太，你休想阻止我。』於是，馬太拿起了他的槍，我還來不及反應，他就開火了。約翰雙腳彈了起來，就像小孩子玩跳繩一樣，是的，先生，然後他就直直地倒在我身上了，正巧把我的槍給打掉了，一直滾到了大栗樹那邊。約翰的嘴巴張得大大的，但是一句話都沒說，他已經死了。」

嘉娜和朱利安怔怔地瞪著這樁兇案的目擊證人，沒想到他居然那麼冷靜。嘉娜問道：「兇手呢？」

巴里歐·巴拉柏蒂咳了很久才答道：「他逃到山上去了。第二年我哥哥就殺了他。您們都知道，我哥哥菲力普·巴拉柏蒂是個強盜。」

嘉娜發著抖說：「您的哥哥？是一個強盜？」

這個沈著的科西嘉人，眼底閃動著驕傲的神采。「是的，太太，他是一個很出名的強盜，打死過六個憲警。後來他和尼古拉·摩拉利一起被困在尼歐羅，反抗了六天之後才餓死的。」

他又以認命的表情補充說道：「這是本地的風氣。」講話的語調就和剛剛說「山谷裡的冷空氣」沒什麼兩樣。

隨後三個人就回去吃晚餐了。科西嘉小婦人熱誠地款待客人，彷彿將他們當成是二十年的老朋友一樣。

然而，嘉娜心裡一直覺得很苦惱。下一次被朱利安摟在懷裡時，她是不是也能像躺在泉水邊的青苔上一樣，再度感到那種異樣的、熱烈的顫抖呢？

夫妻倆進了臥室之後，嘉娜還是很擔心丈夫的熱吻無法挑起自己的欲望。然而，她很快就鬆了一口氣：這竟成了她愛情的第一夜。

第二天要上路時，她幾乎捨不得離開這座簡陋的小屋了，因為，這個地方讓她嚐到了一種新的幸福。

她把嬌小的女主人拉進臥室，說明自己並不是想要送她禮物，但卻堅持回程到了巴黎之後，一定要爲她寄一個紀念品來，如果她不願收下的話，嘉娜可就要生氣了，因爲這個紀念品的意義深重。

這位科西嘉少婦推辭了許久，表示自己並不需要什麼紀念品。但她最後總算是同意了：「好吧，那就請您替我寄一把小手槍過來吧，一把很小的手槍就行了。」她說。

嘉娜的眼睛瞪得老大。女主人又在她耳邊輕聲說了一些話，好像在透露一件甜蜜的內心秘密一樣：「這是要拿來殺掉我小叔用的。」她臉上浮起一抹微笑，一邊快速地拆掉手臂上的繃帶，把自己渾圓潔白的肌膚露給嘉娜看；她的手臂由這頭到那頭劃了一道刀疤，已經快結痂了；自從受傷之後，她就沒再用這隻手做事了。「如果我不是像他那麼有力，他早就殺死我了。可是我丈夫很瞭解我，根本不會嫉妒這種事；您也知道，他身上有病，這樣可以讓他火氣小一點兒。更何況，太太啊，我可是一個正經的女人呀，但我小叔聽見什麼就一古腦兒地相信了。他很替我丈夫抱不平，一定不會善罷甘休的。所以，如果有一把小手槍的話，我就可以安心了，一定可以報復他。」她說。

嘉娜答應幫她寄東西過來，又溫柔地向這個新朋友道別，然後就出發了。

接下來的旅程簡直就像一場春夢，夫婦兩人難分難解地纏綿在一起，陶醉在彼此的恩愛裡。嘉娜什麼都不管了，完全不在意沿途的風景、旅人或自己曾到過何地。她的眼裡只有朱利安。

兩人之間有了一種孩子般的親密關係；他們沈醉在愛情的喜悅裡，以種種甜蜜痴傻的話語打情罵俏，還替身體上經常親吻到的線條、輪廓和角落，通通都取了動聽的名字。

嘉娜睡覺時喜歡側向右邊，所以醒來之後左邊的乳房總是半懸著。朱利安注意到這一點，於是就說她的左乳是「流浪漢」；另一邊乳峰上的玫瑰花瓣，親吻時會比較敏感，所以就稱「多情郎」。

雙乳之間那條深邃的溝道，就成了「老媽的林蔭大道」，因爲他總是在那流連不去；另外，爲了紀念嘉娜在奧塔山谷所得到的解放，另一條更隱密的小徑就命名爲「大馬士路」。

到了巴斯提亞時，他們就得付錢給嚮導了。朱利安掏了掏口袋，發現錢不夠，就對嘉娜說：「妳母親給的兩千塊法郎既然還沒花掉，就先給我帶著吧。放我這裡會比較安全，這樣我也省得再去換零錢了。」

嘉娜便把錢包給了他。

夫妻倆又去了利武納，遊覽了佛羅倫斯、熱那亞，以及科爾尼西大道所有的風景區。

在一個颳著北風的早晨，兩人終於回到馬賽。

現在是十月十五日，他們已經離開白楊山莊兩個月了。

那一陣冷風彷彿來自遙遠的諾曼第，是從故鄉吹過來的，因此嘉娜覺得非常感傷。自從好幾天以前，朱利看起來疲倦而冷淡，彷彿變了一個人似的；她心裡不禁生起一股莫名的恐懼。

她有點捨不得離開這個陽光燦爛的好地方，因此又把歸期延後四天。她覺得自己好像剛完成一趟幸福之旅。

但他們終究還是要離開。

夫妻倆要上巴黎一趟，以便採購一些在白楊山莊定居所需的用品；想到可以拿母親給的錢去買一些心愛的東西，嘉娜覺得滿心歡喜。不過，她最先想到的，是自己答應寄給愛維沙那個科西嘉少婦的手槍。

他們一到巴黎的隔天，她就對朱利安說：「親愛的，你是不是可以把媽媽的錢還給我？我想去逛逛街。」

他很不高興地轉過身來：「妳需要多少錢？」

嘉娜吃了一驚，害怕地說：「這……你說多少就多少吧。」

他回答：「那我就給妳一百塊法郎吧，妳可千萬不要亂花。」

嘉娜目瞪口呆，尷尬不安，不知道該說什麼才好。

最後她躊躇地說：「但是……我……我把那些錢交給你……是爲了……」

他根本不讓她把話說完。

「是啊，一點兒都沒錯。既然妳的錢就是我的錢，那麼不管放在妳那裡，或是放在我的口袋裡，還不都一樣。又不是不給妳錢，至少我還給妳一百法郎啊，妳說是不是？」

她一言不發地接過那五枚金幣，不敢再向他要更多錢；所以除了一把手槍之外，她什麼東西都沒買成。

一星期後，他們就啓程回到白楊山莊。

註❶：薩貢是一處港口，位於阿雅克修（Ajaccio）北方卅八公里。

註❷：西元一六七六年，一支希臘民族爲了躲避奧圖曼王朝的暴政，逃亡至科西嘉島，並且建立了卡潔斯村。一七三一年，村莊遭鄰近的居民焚燬，後來才在馬博夫伯爵（comte de Marbeuf）的指示之下重建。當地有一座希臘式教堂，十九世紀的時候，居民都是使用希臘文交談。

註❸：奧塔是一座小村莊，位於普爾多灣（le golfe de Porto）的東方。這裡的描述非常精確，嘉娜和朱利安所走的行程，完全和當地的地形相符。

第六章

男爵夫婦領著大大小小的僕役，老早就在白磚矮牆的外頭等候。馬車到了，大家又親又吻地擁抱了很久。男爵夫人哭了起來；嘉娜感動地擦掉兩滴眼淚；男爵則激動地走來走去。

門口還在卸行李時，嘉娜已經在客廳的爐火前描述旅行的經過。在這匆忙的敘述當中，她侃侃而談，除了有些小細節遺漏之外，其餘的在半小時之內全都被她說完了。

然後，嘉娜開始拆起了行囊。羅莎麗在一旁幫她的忙，心情也很興奮。等內衣、洋裝、盥洗用品都歸了原位，一切整理完畢，小侍女才從女主人身旁走開；嘉娜有些累了，於是便坐下來。

她自問從今以後還有什麼事可做，她的雙手需要有個工作，必須為心靈找個寄託才行。這時男爵夫人正在客廳裡打盹兒，嘉娜卻無意下樓去待在母親身邊；她只想出去散散步，但田野間的景色看起來是如此淒涼，單單從窗口望出去，她內心就感到一股沈重的憂傷了。

於是，她發現自己已經沒事可做，再也沒什麼事做了。為了迎接未來的生活，她的少女時代全都花在修院裡，沈湎在幻想中。那個時候，滿懷的希望無時無刻都使她覺得激動，所以就沒注意到歲月的流逝。後來，她離開了那道嚴峻的圍牆，心裡的夢想開始成形，對愛情的期待也很快就實現了。她遇見夢想中的男人，愛上了他，並且像那些一見鍾情的人一樣，短短幾個星期之內就嫁給了他，根本還來不及考慮，馬上就被他抱在懷裡了。

如今，蜜月期的甜蜜卻已經過去了，攤在眼前的是現實的日常生活；那一扇充滿無限希望的大門，就這樣給闔上了；對未來所抱持的美麗憧憬，就這樣結束了。是的，再也沒有什麼可期待的了。

再也沒有什麼事可做了，今天如此，明天亦然，一輩子都一樣。她模糊地意識到一種幻想破滅之感，覺得自己的夢想已然消失。

她站起身，把額頭貼到冰冷的玻璃窗上。朝陰霾的天空望了一望之後，決定出門去走一走。眼前的風景、草地與樹木，還是和五月份一樣嗎？陽光下閃閃發光的樹葉、充滿詩意的離離草原，現在都變成什麼樣子了？草地上火焰般的蒲公英、血紅色的麗春花、耀眼的雛菊，還有那看起來像綁在細線頂端，四處飛舞的黃色蝴蝶，都跑到哪兒去了呢？再也找不著那種生氣勃勃、花香馥郁、秋意濃厚的氣息了。

白楊樹快要禿光了，稀疏的枝葉顫巍巍地發抖；連綿不絕的秋雨將林蔭大道都浸淫了，成排的白楊樹下，覆蓋著層厚厚的落葉。細瘦的樹枝在風中搖擺不定，抖弄著那些即將飄落的葉子。這些殘葉如今都已枯黃，看起來就像一枚枚大金幣，終日不停地凋零、飄盪、飛舞，及至墜落地面，彷彿是停不了的悲情之雨，讓人看了也不禁淚下。

嘉娜一直走到灌木叢旁邊，這兒的景象就像靈堂一樣蕭瑟。這道綠牆曾讓蜿蜒小徑顯得分外幽靜，如今都已乾枯。雜亂的灌木叢裡，細瘦的枝葉相互交纏在一起，看上去彷彿是以細木條編出來的花邊；微風吹起乾枯的落葉，瑟瑟作響地將它們捲成一堆一堆的，有如臨終病人痛苦地呻吟。

可憐的小鳥兒一直啾啾叫著，冷得四處跳來跳去，希望能找到棲身之處。只有椴樹和菩提受到那一大片榆樹林的保護，有了一道天然的防風林，所以仍舊像夏天一樣枝葉茂密；因為樹種不相同，在這初寒的時節裡，一邊看起來像披了一層紅色天鵝絨，另一邊則彷彿戴著橙色薄紗。

沿著古亞德農莊，嘉娜在白楊大道上緩緩地來回踱步。不知為何，嘉娜心裡覺得悶悶的，好像已經預感到，今後即將展開的，是一個單調、乏善可陳的人生。

然後，她在一處斜坡坐了下來；那是朱利安第一次向她表白的地方。她呆呆地坐在那兒，腦袋裡幾乎什麼都沒想，只是意態闌珊地想睡覺，希望能躲開這煩悶的一天。

這時，一隻海鷗忽然乘風劃過天際，於是她想起了自己曾經在遠方看過的那隻鷹，在科西嘉島奧塔山谷看到的那隻。想到那段已逝的美好時光，嘉娜不禁感到一陣心酸；她又看到那個風光明媚的海島、那兒天然的花香、那陽光下的柳橙與枸櫞、還有那玫瑰色的山嶺、蔚藍的海灣，以及激流奔騰的深谷。

但現在圍繞在她身邊的，卻只是淫寒的景色、凋零的落葉，以及風中陰霾的雲層；因此，嘉娜深深地感到孤單，只想趕快回家，以免等一下會忍不住痛哭起來。

她母親對於這種愁悶的生活早已習慣，沒有任何感覺了，這時正癱在壁爐前打瞌睡。父親和朱利安一起去散步，忙著談論他們男人的事。夜幕低垂，寬廣的客廳籠罩在慘淡的陰影下，只靠火爐投射出一點點光線。

窗外，就著暮色的餘光，仍可分辨出大自然在這個季節的景觀；那片灰暗的天空，看上去簡直就像一團爛泥。

不久男爵就回來了，朱利安也跟隨在後；一進入這間陰暗的客廳，男爵就大聲喊道：「快！快！把燈點上！這裡暗得叫人難受啊！」

男爵在壁爐前坐下。那雙溼漉漉的鞋子在火邊烤著，鞋底的糞土乾透之後掉落；這時他興奮地拍手說：「我看馬上就要結冰了。北邊的天空是亮的，今晚又是滿月，夜裡一定會很冷！」

然後又轉身對女兒說：「怎麼樣，孩子，回到故鄉和家裡的老人團聚，妳高不高興啊？」

這個簡單的問題卻使嘉娜覺得心虛。她撲進父親懷裡，緊緊地抱住他，眼底盡是淚水，好像是在請求他原諒似的；雖然她一直想強顏歡笑，卻已經傷心得無法控制了。她原以爲再次見到父母時，一定會感到很快樂；不料，這預期中的親暱，現在卻被一種冷漠的心情給堵住了，就像有人會在遠方思念自己所愛的人，卻已習慣不和對方見面，因此一旦相見之後，彼此的感情反而就消失了，必須經由生活中的種種接觸，才能再恢復以往的感覺。

晚餐吃了很久，大家都一聲不吭。看來朱利安早就沒將妻子放在心上了。回到客廳之後，嘉娜在壁爐前昏昏欲睡，她母親則坐在對面，早就睡得很香很沈了；兩位男士的說話聲，一下子驚醒了嘉娜，她勉強打起精神，自問以後是否也會像母親一樣，被沈悶無聊的生活打入無止境的昏睡裡。

白天的時候，壁爐裡的火焰顯得微弱而無力，現在卻又燃燒地又亮又旺，還發出劈哩啪啦的聲響。火光有時會突然反射在椅子褪了色的墊子上、照耀著上頭的狐狸與仙鶴，也照亮了憂鬱的鷺鷥、飛蟬和螞蟻。

男爵微笑地走了過來，在跳動的爐火上張開手指取暖：「啊哈！今晚這火還燒得眞旺呀！快結冰了，孩子們，快結冰了。」

然後他雙手搭在嘉娜肩上，指著壁爐說：「孩子，妳看，這就是世上最美好的東西：爐邊，一家人在爐邊團聚，沒有什麼比這更好的了。但是，大家還是趕快上床吧。孩子，你們應該都累了吧？」

上樓回房之後，嘉娜不禁捫心自問，爲什麼兩次回到心愛的老家，雖然是同樣的地方，心情卻大不相同？爲什麼她覺得自己好像受了什麼傷？這棟屋子、親愛的家鄉，還有這兒的一切，以前是多麼令她心醉神馳；然而，爲什麼今天看起來卻如此淒涼？

她的眼神突然注意到那座時鐘。小蜜蜂一如往常，停在金色的花朵上，輕快地由左到右，再由右到左動個不停。對她而言，這個會報時的小玩意兒，就像是一顆跳動的心臟；在這座彷彿有生命的小機器前面，一種突如其來的衝動，使嘉娜傷心地掉下眼淚。

回到家與父母相擁時，她的確也不像現在這麼感動。人的心靈總是有些神秘的地方，是理智無法窺測得到的。

自從結婚以來，今天是她第一次單獨睡在床上；朱利安推說自己累了，睡到另一間臥室。他們早就說好，兩人要擁有各自的臥房。

嘉娜已經不習慣獨眠，身旁的人現在突然不在了，心裡總是覺得怪怪的，再加上北風一直憤怒地吹著屋頂，也吵得她久久無法入睡。

早晨耀眼的陽光將床鋪照得通紅，也喚醒了嘉娜；窗戶的玻璃全都結了一層霜，看起來紅豔豔的，好像整個天空著了火一般。

披上一件晨褸之後，嘉娜跑向窗邊，打開了窗子。

一陣冰涼刺骨的微風吹入屋內，輕拂著嘉娜的肌膚，她感到一陣刺痛，眼淚不禁掉了下來。太陽在紫紅色的天空發出耀眼的光芒，像醉漢一般地從樹梢現身。大地鋪上了一層乾硬的白霜，農人的雙腳在上面踩得簌簌作響。原本還留在樹枝上的白楊樹葉，一夜之間竟全都掉光；荒原的後面，可以看見一大片碧綠的波濤，上頭還翻騰著白色的泡沫。

在狂風的吹拂之下，菩提和椴樹很快就凋零了。冷風每次一吹過，就會猛然捲起一股寒氣，使得飄落的樹葉像飛鳥一樣，開始盤旋飛舞起來。嘉娜穿上衣服，出了門，爲了打發時間，她便去探望那些農民。

馬丁太太吻了她的臉頰，一家人熱烈地迎接她，硬要她喝掉一小杯果仁酒。然後她又走向另一邊的農莊去。古亞德一家也一樣熱烈地歡迎她，女主人在她耳邊親了一下，這次她又被灌了一杯黑莓酒。

之後她就回家午餐了。

這一天就像前一天一樣地過了，氣候不再潮溼，但卻變得很冷。這個星期接下來的日子，也都過得和這兩天一樣；這個月以來的幾個星期，也都和第一個星期沒什麼兩樣。

然而她對遠方的思念已漸漸淡去。日漸養成的習慣，爲她的生活抹上了一層認命的色彩，就如同水中的鈣質會在器皿上留下白垢一樣。日常生活中的瑣碎小事，開始成了她關心的對象，各種簡單而平凡的牽掛，已經佔據了她整個心靈。她開始沈湎在一種憂鬱的冥想裡，對生命所抱持的幻想，已經隱隱約約地破滅了。還需要什麼呢？還盼望著什麼呢？她自己也不知道。她不嚮往世俗的榮華，不渴求任何樂趣，甚至連高興的念頭都沒有了。再說，還有什麼好高興的呢？正像客廳裡那些年久褪色的沙發一樣，在她眼裡，一切事物都逐漸失去了光澤，一切都黯淡了，變成一種蒼白而沈悶的顏色。

她和朱利安之間的關係也完全走了樣。自從蜜月旅行回來之後，他似乎就變成另一個人，好像演員扮完一個角色之後，又恢復了本來面目。他很少關心她，甚至難得和她說說話，夜裡也很少到她的臥室去；愛情的影子，轉眼之間已經消失殆盡了。

家裡的財富現在由朱利安掌管，他開始修訂契約，刁難農民，緊縮開支；他為自己穿上了一身土財主的裝束，剛訂婚時那種體面英俊的儀表，已經消失得無影無蹤了。

他從以前的衣櫥裡，找出一套絨料的舊獵裝，上頭還縫著銅製鈕扣；儘管衣服已經沾滿了汗垢，他穿上之後卻再也不想脫下來；就像有些人認為自己不需要以外表來討好他人一樣，他變得不修邊幅，不刮臉頰，鬍鬚變得又長又亂，醜得讓人不敢置信。他也不再保養雙手，每頓餐後總要喝上四、五杯干邑酒。

嘉娜曾經試著婉轉地規勸他，然而他卻粗暴地回答：「妳不要管我行不行？」從此她再也不敢對他提這件事了。

對於這些變化，嘉娜居然能夠安然接受，連她自己也很訝異。朱利安在她心中已然成為一個陌生人，一個精神上、情感上都與她隔絕的陌生人。她經常會想著這件事，不明白為什麼兩人從相識到相愛，後來又被愛情沖昏頭而結合，轉眼間卻又形同陌路，彷彿從不曾共枕而眠一般。

他冷淡的態度，為什麼她完全不覺得心痛呢？難道這就是人生？難道彼此都看錯人了？難道她的未來就註定要這麼過？

假若朱利安依然像以前一樣儀表堂堂、優雅迷人，她是否會感到更痛苦呢？

一家人已經商量好，過年後只有新婚夫婦會繼續留在這兒，父母親要回盧昂的房子去住幾個月。今年冬天，兩個年輕人都不會離開白楊山莊；他們要在這裡定下來，學著去適應、愛護這個彼此將廝守一生的地方。除此之外，這附近還有畢思惟爾、古德黎，以及傅維爾家等幾個鄰居，朱利安準備帶嘉娜去拜訪他們。

但夫妻倆目前還沒辦法出門去交際應酬，因爲他們一直請不到那位修改馬車紋章的師父。男爵早就把家裡那輛舊馬車讓給女婿用了，但朱利安卻固執地表示，德拉瑪的徽章如果沒有和勒貝爾地・戴沃家族的紋章畫在一起，他絕對不會到鄰近的莊園去拜訪鄰居。

然而，附近這一帶懂得描繪紋章的專家只有一個，那就是波爾貝一位叫做巴達伊的師父；諾曼第所有的貴族，都是請他來幫家裡的馬車繪製這種珍貴的裝飾，因此他常常忙得東奔西跑。

終於，十二月的某一天，快吃完午餐時，他們看見有人打開柵欄門，從筆直的馬路上走來。這人肩上扛了一個小箱子，他就是巴達伊。

他們將他請進餐室，像招待貴賓似地替他準備了午餐；由於他有這項特殊技能，本省的貴族都經常和他有來往，再加上他懂得各種紋章及專門術語的知識，因此大家都將他視爲這方面的專家，仕紳們可以同他握手而面無愧色。

巴達伊用餐時，男爵和朱利安就叫人拿來紙、筆，開始畫起兩家紋章的草稿。男爵夫人一遇上這種事就很興奮，這時也跟在旁邊提供意見；連嘉娜也加入了討論，彷彿有種神奇的興味，已經突然喚醒了她的心靈。

巴達伊一邊吃飯，一邊發表自己的見解，有時也拿起鉛筆畫畫草圖，舉了好些例子，還告訴他們其他名門世家的馬車是什麼式樣；他的思想、甚至說話的聲音，彷彿都帶著貴族的氣息。

他的身材矮小，蓄著灰色短髮，雙手沾滿油漆，散發出煤油的氣味。據說他從前在私德上有過一些醜聞，但因爲所有的貴族都很看重他，所以大家早就忘記他這個汙點了。

他一喝完咖啡，他們就帶他進了車庫，揭開了蓋在馬車上的油布。巴達伊仔細察看之後，就認眞地對徽章的尺寸提出自己的看法；接著，大家又商量一番之後，他就開始動工。

儘管天氣寒冷，男爵夫人還是教人搬了一張椅子過來，留在那裡看他工作；後來她覺得雙腳很冷，於是又教人拿了一個暖爐過來；她開始和師傅話起家常，向他打聽其他家族生男育女、婚喪喜慶的近況，用來補充她牢記在心的那些貴族家譜。

朱利安也隨侍在岳母身邊，跨坐在一把椅子上。他吸著菸斗，隨地吐痰，一邊聽他們說話，一邊盯著師傅用顏料描繪他的貴族徽章。

不久之後，西蒙老爹原本扛著一把鏟子要去菜園，半途中也停下來看熱鬧；巴達伊到這兒來的消息，已經傳到隔壁的兩家農莊去了，兩位主婦即刻趕了過來。她們站在男爵夫人的兩旁，連聲讚嘆說：「做這種手藝，需要多麼精巧的工夫啊！」

兩扇車門上的徽章，一直到隔天上午十一點左右才完工。每個人都立即趕來，然後，他們把車子拉到室外，以便將它看個仔細。

簡直太完美了。巴達伊受到一番誇獎，背起他的小箱子告辭了。男爵夫婦、嘉娜與朱利安都一致贊同這位師傅頗有天份，如果受到後天環境好好的栽培，他絕對可以成爲藝術家。

不過，朱利安爲了縮緊家裡的開支，已經因應現況做了一些必要的革新。

子爵先生決定自己駕車，因此原本負責這個工作的老爹，現在已經變成園丁；爲了節省草料的支出，拉車的馬兒也早就賣掉了。

然而，主人下車時總是需要有個僕人來拉住牲口，於是，原本負責放牛的牧童馬雨斯，現在就變成了他的小跟班。

最後，爲了找來拉車的馬兒，他又在古亞德與馬丁兩家的佃約上附了一個特別條款，規定每個月在他指定的那一天，兩戶農家必須各提供一匹馬出來，交換條件是可以免掉用來繳納貢賦的家禽。

於是，古亞德農莊牽來一頭黃毛大馬，馬丁農莊則帶來一匹長毛小馬，兩頭牲畜並排在一起拉車；馬雨斯整個人縮在一套西蒙老爹的舊制服裡，將馬車牽到宅邸的階梯前。

朱利安自己也梳洗一番，挺直腰桿，稍微恢復了往日那種迷人的儀表；但鬍鬚還是很長，怎麼也擺脫不掉那股土味兒。

他把那兩匹馬、馬車和小跟班全都打量了一遍，認爲還算滿意，因爲他最重視的東西，只有車門上那幅重新漆過的紋章。

男爵夫人靠在丈夫的手臂上，從臥室走了下來，然後又吃力地上車，坐到椅子上，背後還塞了一些靠墊。接著，嘉娜也出現了。兩匹馬兒的搭配讓她先笑了開來，她說那匹小白馬簡直就像黃毛大馬的小孩一樣。然後她又看見馬雨斯，那頂繡著徽章的帽子幾乎蓋住他整個臉龐，全靠鼻子把它給托住；他的手臂藏在那兩隻又長又大的袖子裡，衣服下襬像裙子般圍住他的雙腳，下面還滑稽地露出一雙套在大鞋裡的腳丫；他看東西時必須仰著腦袋，走路時必須撩起褲腳，像是要渡河那樣；馬雨斯全身都埋在寬大的衣服裡，一聽到命令之後，動作簡直像個瞎子一樣；嘉娜看到他這副德性，再也無法遏抑地笑了起來，簡直沒辦法停下來。

男爵回過頭，看到這個小傢伙驚慌失措的樣子，立刻受到嘉娜的感染，笑得說不出話來，他拚命地叫著妻子說：「妳瞧……瞧……馬……馬雨斯！眞滑稽呀！天哪，眞滑稽呀！」

於是男爵夫人從車窗探出頭來，一看到這情形也興奮地全身發抖、大聲尖笑，以致整個馬車都在彈簧上跳個不停，就像在高低不平的路上奔跑一樣。

然而朱利安卻鐵著一張臉說：「什麼事這麼好笑？你們是不是都瘋了？」

嘉娜笑得扭成一團，完全無法冷靜下來，只好坐在階梯上。男爵跟著她坐了下來，馬車裡也傳出一陣誇張的噴嚏聲，然後是連續不斷的咯咯聲，顯然男爵夫人已經笑得透不過氣了。這時，馬雨斯的大衣也忽然抖了起來。他可能弄清楚是怎麼一回事了，因此也隔著衣服，放聲大笑。

但朱利安卻怒不可遏地衝了過去，狠狠地甩了牧童一個耳光，那頂大帽子因此掉了下來，滾到草地上；然後，他轉身面向岳父，以氣得發抖的聲音罵道：「依我看來，有資格大笑的人不該是您。若不是因爲您浪費財產、坐吃山空，我們還不至於落到現在這步田地呢！假如您破產了，到時該怪誰呢。」

所有的歡笑都凍住了，鴉雀無聲，大家都不說話。嘉娜幾乎快哭出來了，安靜地坐到母親身邊。男爵嚇得愣住了，於是也坐到兩位女士對面；朱利安則是先把那個腫著臉頰、淚流滿面的孩子送到車子的前座上，然後自己也在駕駛座坐了下來。

旅程變得漫長，氣氛異常沈悶。車子裡安靜無聲。三個人的心情都不好、都不自在，誰都不願提起自己心裡的想法。他們都覺得只要這種痛苦的感覺還在心頭縈繞不去，大家就無法談論其他事，因此，每個人都寧可悲哀地保持沈默，不願去碰觸這個令人難堪的話題。

兩匹步調不同的牲口拉著馬車，沿著農莊的院子向前跑，幾隻黑母雞被嚇得三步併兩步地逃開，鑽進籬笆裡消失了；偶爾會有狼狗跟在車後狂吠，隨即又跑回自己的狗窩，豎直了毛髮，回頭朝著車子叫囂。一個年輕人穿著滿是泥漿的靴子，伸著長長的雙腿，無精打采地向前走，他的雙手插在口袋，背上的藍布罩衫被風兒吹得鼓了起來，爲了讓馬車通過，他側過身，笨手笨腳地摘下鴨舌帽，露出了緊貼在腦門上的頭髮。

每個農莊之間都有一片片的田園，一處接著一處，一直延伸到很遠的地方。

最後，車子走上一條林蔭大道，兩旁種著衫樹。馬車在寬廣而泥濘的車道上顛簸前行，震得男爵夫人尖叫起來。道路盡頭是一道關著的白色柵欄門；馬雨斯跑過去把門打開，然後，車子就進入一條弧形的道路，穿過一大片草坪，停在一棟高大、陰森、佔地遼闊的宅邸前；屋子的百葉窗都緊閉著。

正中的大門忽然打開，一個行動緩慢的老僕人走了出來，他穿著黑色條紋的紅背心，外面繫著一條工作用的圍裙，顫巍巍地步下階梯。僕人問了訪客的名字，就將他們請到一間寬敞的客廳裡，然後又費力地打開那些長年緊閉的百葉窗。所有的家具都蒙上罩子，連時鐘和高腳燭臺都用白布遮住；這地方有一股霉味，陳舊、冰冷而潮溼的氣味，彷彿滲入了客人的肺腑與皮膚，讓人覺得很難受。

四個人都坐下來等待。樓上的走廊傳來緊張的腳步聲，顯示出這裡很少有來客。主人沒料到會有訪客，趕緊以最快的速度換上衣服。時間過了很久，喚人的鈴聲也響了好幾次。另一陣腳步聲走下樓梯，然後又走回樓上。

男爵夫人經不起刺骨的寒氣，迭聲地打著噴嚏。朱利安來來回回地踱步。嘉娜坐在母親身旁，顯得垂頭喪氣。男爵腦袋低垂，背靠在壁爐的大理石上。

終於，一扇高大的門扉打開，畢思惟爾子爵夫婦過來了。他們長得都瘦小俐落，看不出是多大年紀，一副裝腔作勢的樣子，顯得很不自然。子爵夫人身穿繡花絲質洋裝，戴著一頂繫著緞帶的寡婦帽，嗓音尖銳，說話的速度很快。

她丈夫穿著華麗而合身的禮服，曲膝向客人行禮。他的頭髮簡直像打過蠟一樣，就連鼻子、眼睛、華貴的禮服，以及那兩排露出根部的牙齒，都像是受到細心呵護的物品一樣，閃閃發光。

初來乍到，經過一番客套與寒暄之後，大家就找不到話題了，只好你一句、我一句，沒頭沒腦地互相恭維起來。雙方都表示，希望兩家這種友好的關係，能繼續保持下去。一年到頭都住在鄉間，能夠和鄰居互相往來，就是精神上最大的安慰了。

客廳裡的寒氣沁人骨髓，使人連說話的聲音都凍住了。男爵夫人開始咳了起來，噴嚏也打個不停。男爵因此做了一個手勢，表示應該告辭了。

畢思惟爾夫婦殷勤地挽留他們：「怎麼這麼快就要走了呢？再多坐一會兒吧！」

儘管朱利安做著手勢，認爲訪客的時間太短了，嘉娜卻已經站了起來。

他們想要拉鈴，喚人去把車子牽來。那個鈴噹卻壞了。主人趕緊走出去，回來之後，表示牲口已牽到馬廄了。

大家只好留在原地等待。每個人都想找個隻字片語來說，於是就談起了多雨的冬季。嘉娜很擔心，不由自主地打起寒顫，忙問主人夫婦一整年的孤單寂寥到底是如何排遣。這個問題卻教畢思惟爾吃了一驚，因爲他們總是閒不下來，忙著和住在全國各地的貴族親戚通信，每天都有許多瑣事要處理，夫妻之間還要相敬如賓地保持著禮節，煞有其事地討論一些微不足道的雜務。

這間寬大的客廳裡，高大的天花板看起來黑漆漆的，所有的家具都覆上一層護套，男、女主人都是那麼嬌小、乾淨而有教養，嘉娜覺得他們很像保存在罐頭裡的貴族。

兩匹高矮不同的馬兒，終於拉著車子經過窗口。馬雨斯卻不見人影。他可能以爲天黑之前都沒事，所以就跑去田野間蹓躂了。

朱利安氣極了，託人吩咐他走回去；然後，主客之間再三地行禮道別，一行人才走向通往白楊山莊的道路。

嘉娜和男爵都還沒忘記朱利安的粗暴態度，心情沈重不已，然而，等到馬車門關上，父女倆就立刻笑了起來，模仿著畢思惟爾夫婦說話的姿勢和語調。男爵扮成丈夫，嘉娜則扮成其妻，男爵夫人卻覺得此舉有失厚道，略有慍色地說：「這麼笑人家是不對的，他們很有教養，不愧是名門之後。」

由於不想違逆男爵夫人的意思，父女倆只好安靜下來，但是他們有時還是忍不住面面相覷。男爵先恭恭敬敬地鞠了一個躬，以莊嚴的聲調模仿道：「夫人，您們的白楊山莊終日迎著海風，想必十分寒冷吧？」

嘉娜則裝出一副做作的媚態，輕輕地搖頭晃腦，好像一隻正在洗澡的鴨子一樣：「啊！男爵先生，我一年到頭都忙得不得了。我們的親戚那麼多，還得一一給他們寫信哪！畢思惟爾先生什麼事都只會推給我。他呀，只知道跟貝爾神父一起做研究。他們正在寫一本諾曼第的宗教史。」

這次輪到男爵夫人笑了出來，然而她一向寬厚爲懷，所以還是正色說道：「不許再嘲笑我們這個階級的人！」

這時車子卻倏地停了下來，朱利安大聲嚷嚷，好像在吆喝後面的什麼人。於是，嘉娜和男爵把身子伸出窗外，只見一個怪影子朝這邊滾來。他的雙腿纏在衣服的下襬裡，帽子一直往下掉，眼睛根本看不見了，兩只寬袖子上下飛舞著，好像磨坊上的風車一樣；他慌亂地踩過一個個大水坑，不斷被路上的石頭絆得東倒西歪，又蹦又跳的，身上滿是汙泥。原來是馬雨斯，他正使盡全力，拚命追趕車子。

他一趕上馬車，朱利安立刻彎下腰，一把抓住他的衣領，將他拎到身旁，接著又丟開韁繩，對那個孩子拳打腳踢起來，打得他帽子都掉到肩上，好像擊鼓似地隆隆作響。孩子在帽子裡尖叫著，掙扎著想逃開，想從座位上跳下去，朱利安又用一手將他按住，另一手還是打個不停。

嘉娜嚇得花容失色，結結巴巴地叫著：「爸爸……啊！爸爸！」

男爵夫人也氣得抓住丈夫的手臂：「賈克，快點阻止他呀！」

這時，男爵連忙搖下前座的玻璃窗，他一把抓住女婿的袖子，抖著嗓子叫道：「您把這孩子打得還不夠嗎？」

朱利安吃了一驚，轉過頭說：「您沒看見這傢伙把衣服糟蹋成什麼樣子嗎？」

男爵卻把腦袋伸到他們兩人中間說：「不論如何，您也不必這麼粗暴呀！」朱利安的火氣又上來了：「請您不要管我，這不關您的事！」然後又把手舉了起來。然而，老丈人卻一把將女婿的手臂往下拉，因爲用力過猛，便一古腦撞上木椅；男爵厲聲叫道：「您再動手的話，我就下車，我一定有辦法讓您住手！」

朱利安這才忽地冷靜下來，聳了聳肩，沒有吭聲；他抽了抽鞭子，馬車又達達地出發了。

兩位男士都鐵青著臉，動都不動，連男爵夫人胸口怦怦的心跳聲，大家都聽得清清楚楚。

晚餐時，朱利安反而變得比平常更親切，彷彿什麼事都沒發生過似的。嘉娜和父母親一向寬容為懷，也很快就把不愉快都忘了，他們看到他的和善態度，心裡也很高興，所以就帶著大病初癒的愉快心情，跟著他高興起來；然後，嘉娜又提起畢思惟爾夫婦，她丈夫也跟著一起開玩笑，不過很快又補充說：「不管怎麼樣，他們眞的很有派頭。」

從此他們就不去拜訪其他鄰居了，大家都很怕會再惹起馬雨斯的問題。他們決定過年時要寄些卡片出去，等初春天氣變暖之後，再去登門拜訪。

聖誕節到了。他們邀請神父和鎮長夫婦來吃晚餐。過年時，還是又請了這些人。日復一日，單調無聊的生活當中，這算是唯一的調劑了。

男爵夫婦一月九日要離開白楊山莊；嘉娜想要留他們下來，朱利安卻好像沒這個意思，男爵也察覺女婿的態度日漸冷淡，於是便派人去盧昂雇了一輛長途馬車。

出發的前一天，行李都整理妥當；雖然結了一點兒冰，天氣卻相當清爽，嘉娜和父親決定到漪埠去走一趟，從科西嘉回來之後，他們還沒去過那兒。

父女倆穿過了樹林，嘉娜結婚那天，也曾經和自己的終身伴侶相偎走到這裡；就是在這片樹林裡，她第一次接受了他的愛撫，第一次感受到全身的戰慄，至於肉體上的情欲，那時還只是一種預感，一直到了荒僻的奧塔山谷，兩人在泉邊嘴對嘴喝水時，她才眞正體會到那種滋味。

如今葉子都已凋零，蔓草也不見了，徒留光禿禿的枝椏，兀自在冬天裡發出枯澀的聲響。

他們走到小鎭上。空蕩蕩的街道寂靜無聲，不變的是那股混雜著大海、海藻與魚腥的氣息。到處還看得到那些棕色魚網，有的晒在門前，有的鋪在沙灘上。灰濛濛的冰冷海水隆隆作響，海上始終浮著一層泡沫，現在正開始退潮，費岡那邊，懸崖底部的青色岩石裸露在外。寬大的漁船沿著沙灘一字排開，斜斜地躺在那兒，看上去像是一條條死去的大魚。天色已暗，漁夫們穿著捕魚用的大靴，邁著沈重的步伐，成群結隊地走來，他們脖子上裹著羊毛圍巾，一手抓著酒瓶，另一手提著漁船用的燈籠。漁夫們又在斜躺的船邊繞了很久，以諾曼第人那種從容不迫的姿態，將魚網、浮標、大塊大塊的麵包、牛油、酒杯和燒酒，一一放到船上，然後將漁船扶正，使它在沙灘上刮出巨大的聲響，隨後又劃開了水上的泡沫，浮到海面上，搖晃一會兒之後，棕色的帆布就展了開來，帶著桅杆上的小燈消失在黑夜裡。

漁民的妻子都很高大，單薄的衣裳下可以看見結實的骨架；她們守在海邊，一直到最後一個漁夫啓航出發，才回到寧靜的小鎮裡；尖銳的聲響，驚醒了在黑夜中沈睡的街道。

男爵和嘉娜一動也不動，目送漁夫在黑暗中消失，這些人爲了塡飽肚子，每天夜裡都要冒著生命危險出海，但他們依然窮困，從來都沒錢買肉來吃。

站在大海面前，男爵不禁感慨萬千：「這片大海眞是既可怕又美麗。裡頭隱藏了多少危險，又威脅著多少人的生命，但它又是多麼地壯麗呀！嘉嘉，妳說是不是？」

嘉娜僵笑了一下，回答說：「還是比不上地中海。」

她父親卻抗議道：「地中海！那是灘油汙和糖水，就像桶子裡的肥皀水一樣。妳看看這裡，這些翻騰的泡沫，是多麼地嚇人呀！再想想那些出海的漁夫，他們現在已經不見人影了。」

嘉娜這才嘆了一口氣，同意地說：「好吧，如果你這麼說的話。」然而「地中海」這三個字到了嘴邊，不免又讓她感到一陣心痛，她的思緒又回到了那個遙遠的地方，那個夢想中的地方。

回家時，他們不走樹林了，父女倆順著馬路，慢慢地爬向山坡。兩人沈默無語，心裡都因爲即將分離而覺得難過。

他們沿著農家的溝渠走，有時會聞到一陣陣碎蘋果的香味；在這個季節裡，整個諾曼第的鄉間，都瀰漫著這種蘋果酒的新鮮味兒；香味朝著他們撲鼻而來，有時也從牛棚傳來一種濃烈的氣味，這種溫熱而美好的味道，是牛糞所散發出來的。一扇小小的窗口透出燈光，可見院子的盡頭住著一戶人家。

嘉娜覺得自己心胸變得很寬闊，能夠體會這種無形的事物了；分散在原野上的點點燈火，忽然使她有了一種活生生的感受，明白一切生命都是孤單、分散而獨立的，都得遠離所愛的一切。

於是，她莫可奈何地說道：「人生，並非永遠都是快樂的。」

男爵也嘆了一口氣：「孩子，妳又能怎麼辦呢？誰也沒辦法去改變人生啊！」

第二天，男爵夫婦就離開了，只剩下嘉娜和朱利安兩人。

第七章

紙牌遊戲成了這對年輕夫婦生活上的消遣。每天吃過午餐之後，朱利安都會和妻子玩上幾局撲克牌；他總是一邊抽著菸斗，一邊啜著干邑酒，漸漸的已經能喝上六到八杯之多。接著，嘉娜就上樓回到自己的臥室，坐在窗邊；即使玻璃窗受到風吹雨打，她還是照樣把全副精神都用來繡一件襯裙上的花邊。偶爾覺得累了，就抬頭望向遠處那片陰沈沈、起伏不定的大海。就這樣茫然地看了幾分鐘之後，她才又繼續完成手上的工作。

除此之外，再也沒有其他事好做，因爲所有的家務已經由朱利安一手包辦，徹底滿足了他做主人的威風與精打細算的癖好。他實在吝嗇到了極點，從來都不願給別人一點小費，伙食的支出也緊縮到最低限度；比如說，自從嘉娜來到白楊山莊之後，每天早上都要叫麵包店送來一小片諾曼第薄餅，但朱利安把這筆開支也取消了，只許她吃普通的烤麵包。

嘉娜不願多加解釋，也不想和他辯論或爭執，所以一句話也沒說；然而，每當丈夫又有不同的小氣作風時，她心中就感到一股錐心般的刺痛。嘉娜總覺得這是一種下等而可恥的行爲，她生長的那個家庭裡，從來不把金錢當作一回事。她不知聽母親說過多少次：「錢本來就是要拿來花的呀！」

如今朱利安卻一再地告訴她：「難道妳就不能改掉亂花錢的習慣嗎？」每次他在工資或賬單上扣到幾個小錢時，就會沾沾自喜地把零錢收入口袋，嘴裡還說：「積少就能成多呀！」

有時嘉娜也會沈湎在自己的幻想裡。她會輕輕地放下手中的女紅，雙手軟綿綿的，眼光也茫然失焦；她又回想起小女孩時代的美夢，沈醉在動人的故事裡。然而，朱利安吩咐西蒙老爹工作的聲音，卻猛然打斷了她的夢境；於是她只好拿起針線繼續那日復一日的工作，一邊還自言自語地說：「一切都結束了。」然後，一顆眼淚便落到她的指頭上。

小侍女羅莎麗以前總是很快樂，隨時隨地都哼著歌，但現在也變了一個樣兒。她那圓滾滾的臉頰已經失去紅潤的氣色，幾乎陷成兩個凹洞了，偶爾看起來還帶著土青色。

嘉娜常常問她：「孩子，妳是不是生病了？」

小侍女總是回答說：「太太，我沒有。」然後臉上就微微泛起一抹紅潮，連忙退了出去。她不再像以前那樣喜歡蹦蹦跳跳的，現在連邁起步來都顯得很吃力，也不再注重打扮；賣雜貨的小販把絲帶、胸衣及各式各樣的香水擺出來時，完全引不起她的興趣。

這棟大屋子現在顯得空蕩蕩的，再加上雨水在牆上留下的灰色痕跡，看起來顯得很陰森。

到了一月底，開始飄雪。從遠處灰濛濛的海面上，可以看見一朵朵肥厚的烏雲從北方飄來，白色的雪花也開始落下。一夜之間，整片原野都被蓋住，天亮之後，樹木都披上了雪片做成的冬裝。

朱利安換上長靴，一身邋遢不堪的模樣，躲到灌木林深處去打發時間；他埋伏在面對著荒原的溝渠後頭，窺伺候鳥的動靜。冰封的原野上，偶爾會有一聲槍響劃破寂靜；成群的烏鴉受到驚嚇，紛紛從樹林裡飛了出來，盤旋在天空上。

有時嘉娜實在悶得發慌，就會下樓站到屋前台階上。嘈雜的人聲從遠方傳來，在這片沈悶、死寂的雪地上發出迴音。

然後，除了大海從遠遠的那頭傳來波濤聲，除了大雪落個不停的沙沙聲之外，她再也沒聽見任何聲響。

輕柔綿密的雪花持續飄落，地面的積雪也愈來愈厚了。

就在這麼一個白茫茫的早晨，嘉娜木然地坐在房間裡，雙腳放在爐邊取暖；羅莎麗一天比一天更失常，這時正慢慢整理著主人的床鋪。突然，嘉娜聽見背後傳來一陣痛苦的呻吟。她並沒有回頭，只是問道：「怎麼了？」

小侍女還是一如往常地回答：「沒什麼，太太。」但她的聲音微弱得幾乎聽不見，似乎十分疲倦。

嘉娜注意到小侍女已無任何動靜時，心裡正盤算另一件事。她叫道：「羅莎麗！」仍然沒有動靜。她以爲小侍女已經悄悄出去了，所以又大聲喊著，「羅莎麗！」她正要伸手去拉鈴時，突然聽見身旁傳來一陣幽長的呻吟，於是她心裡一震，立刻站了起來。

小侍女面色慘白，眼神驚慌，拉長雙腿坐在地上，背脊緊靠在床邊。

嘉娜衝上去問她：「怎麼啦？怎麼啦？」

羅莎麗還是不說話，一動都不動，只是狂亂地望著女主人，並且不停地喘氣，彷彿有股可怕的疼痛正在撕裂她一般。然後，她猛然挺起身子，仰身平躺於地，又咬緊牙根發出一聲痛苦的尖叫。

她那雙裹在連衣裙裡的大腿，這時已經張開，裡頭有個東西正在蠕動。從這個地方，也傳來一種異樣的聲音，一種啪啪作響的聲音，一種被扼住脖子，透不過氣的喘息聲；接著，突然傳來一陣很長的，貓叫般的喵喵聲，這種微弱而痛苦的哀鳴，正是小嬰兒來到人世間的第一個哭聲。

嘉娜才剎時明白這是怎麼一回事，於是便慌亂地奔到樓梯口尖叫：「朱利安！朱利安！」

他在樓下回答：「什麼事呀？」

嘉娜十分爲難地說：「是……是羅莎麗……她……」

朱利安三步併兩步地衝到樓上，很快就跑進嘉娜的臥房；他一下子就撩開小女僕的裙子，看到那兩條赤裸的大腿中間，有一團皺巴巴、極其難看的血肉正在呻吟、抽搐，上頭還沾滿黏液。

他面露兇色地站了起來，把嚇呆的妻子推到門外說：「這件事妳不必管，快走吧！去把呂迪芬和西蒙老爹給我叫過來。」

嘉娜渾身發抖地走到廚房，然後就不敢再上樓了，於是便走進那間冷冰冰的客廳裡：自從父母離開後，這裡就沒再生過火了。她在客廳裡焦急地等候消息。

不久她就看見西蒙老爹衝了出去，五分鐘後又帶著唐寡婦回來。這個婦人是當地的接生婆。之後，樓梯上又忙亂了一陣，好像有人在搬運傷患一樣；然後，朱利安過來找嘉娜，說她可以回到自己的房間了。

她發著抖，彷彿剛經歷過一場意外災難似的。她又在火爐前坐下，接著問：「她還好吧？」

朱利安滿懷心事，焦躁不安地在房裡走來走去，似乎有著滿腔怒火。起先他一言不發，一會兒之後才停下來說：「妳打算怎麼處置這個女孩？」

她沒有聽懂，於是便望著丈夫問：「什麼？你說什麼？我不知道呀！」

他怒火突發地大喊：「我們總不能把一個私生子留在家裡！」

嘉娜不知所措，沈默許久才說：「不過，或許可以把孩子寄養到奶媽那兒，你說是不是？」

朱利安不等她說完就問：「那誰來付錢呢？是妳嗎？」

嘉娜又思索了很久，想找出解決的辦法，後來她終於表示：「孩子的父親會負責，只要他娶了羅莎麗，問題就迎刃而解了。」

朱利安似乎已經失去耐心，怒氣沖沖地大叫：「孩子的父親！孩子的父親！……妳知道他是誰嗎？不知道是不是？那要怎麼辦呢？……」

嘉娜心裡也動了氣，激動地說：「但他決不能就這樣放著羅莎麗不管，否則他就是懦夫！我們會問出他的名字，把這人揪出來，非叫他把事說清楚不可。」

朱利安冷靜下來，又開始走來走去：「親愛的，她不肯透露那個男人的名字；既然她不願對我說，當然也不會告訴妳……況且，如果那個男人不要她呢？……我們總不能在家裡收容一個未婚媽媽和她的私生子，妳明白嗎？」

嘉娜固執地回答：「那麼，這個男人眞是可悲到了極點；但我們還是要弄清楚他到底是誰，而且非得找他理論不可。」

朱利安滿臉通紅，又開始生氣了：「但是……找到他之前呢？」

她也不知道該怎麼辦，於是便問他：「你有什麼主意嗎？」

他馬上回答說：「啊！我看這事很簡單。給她一點錢，把她和那個孩子一起趕出去，不就得了。」

嘉娜聽了十分氣憤，不同意他的想法：「這點我絕不答應。她是我的同奶姊妹，我們是一起長大的。她自己做錯事，算她活該，但我絕對不會因此就趕她出門；必要的話，就由我來撫養這個孩子。」

朱利安氣炸了：「然後我們就會有一個好名聲了，我們這些人、同姓的族人、所有的親戚都一樣！大家會說我們包庇罪惡，收容不正經的女人；有聲望的人都不敢到我們家了。妳到底是怎麼想的呢？我看妳是瘋了！」

她依然鎮定地說：「我不會讓你把羅莎麗趕走，如果你不肯讓她留下，我母親會收留她，我們一定要弄清楚孩子的生父是誰！」

朱利安「砰」地一聲帶上了門，氣沖沖地出去了，一邊還大叫著：「女人和她們的想法全是蠢蛋。」

下午嘉娜上樓去看了產婦。這小侍女瞪大雙眼，一動都不動地躺在床上；唐寡婦在一旁看護她，一邊把初生嬰兒抱在懷裡搖。

羅莎麗一見到女主人，馬上開始抽抽噎噎地哭泣，臉龐藏在被單裡，悲痛地渾身發抖。嘉娜想擁抱她，但她矇著臉躲開了。看護婦過來把被子掀開，讓她的臉龐露了出來，於是她才不再躲開，但仍然低聲啜泣著。

壁爐裡燃燒著微弱的火光，屋子裡很冷，嬰兒在啼哭。嘉娜不敢提起孩子的事，生怕羅莎麗會更難過。她執起女僕的手，以機械化的口吻說：「不要緊，不要緊。」可憐的小侍女偷偷向看護婦那邊望著，孩子一哭就讓她打了個哆嗦；羅莎麗的悲傷尚未完全平息，她抑住眼淚時，喉嚨就發出咯咯的聲響，不時還迸出一陣痙攣的哽咽聲。

嘉娜又抱了她一下，小聲地在她耳邊說：「放心吧，孩子，我們會好好照顧他的。」羅莎麗又開始哭泣，於是嘉娜連忙退了出去。

嘉娜每天都會去探視她，而羅莎麗每次一見到女主人就嗚咽地開始哭泣。

小嬰兒被送到鄰家寄養了。

自從嘉娜拒絕辭退小侍女之後，朱利安好像就對妻子懷有極大怒意，絕少和她說話。某天，他又提起這個問題，嘉娜卻從口袋掏出一封男爵夫人的信，信上表示如果白楊山莊不願收留這個女孩，可以立刻將她送去他們那裡。朱利安氣壞了，大聲嚷道：「妳母親和妳一樣都瘋了。」但從此他就不再堅持了。

兩星期後，產婦已經可以起床工作了。

有天早上，嘉娜叫她坐下，拉住她的雙手，望著她的眼睛深處說：「孩子，把一切都告訴我吧！」

羅莎麗開始發抖，怯生生地回答：「太太，您說什麼？」

「那孩子究竟是和誰生的？」

小使女這時露出極度痛苦的表情，慌張地想掙脫雙手遮住臉蛋。

但嘉娜將她抱住，安慰她說：「孩子，這是一件不幸的事，但妳能怎麼辦呢？妳雖然一時被騙，但很多人都免不了會這樣。如果孩子的父親娶了妳，以後就不會有人再提起這件事了；我們可以雇用他，讓他和妳一起在這裡工作。」

羅莎麗像受了酷刑一般地呻吟著，不時還掙扎著想逃走。

嘉娜又說：「我知道妳心裡覺得很丟臉，但妳看我並沒有生氣，我很耐心地在和妳談。我會問妳孩子的父親是誰，總是爲了妳好；看妳傷心成這樣，我想他一定拋棄妳了，但我不會讓他這麼做。朱利安會去把他找出來，然後我們要逼他和妳結婚；既然要收留你們兩個，我們一定會叫他讓你過得很幸福。」

這次羅莎麗猛然使勁一拉，把雙手從女主人那裡掙脫開來，然後就像瘋子一般地逃掉了。

晚上用餐時，嘉娜對朱利安說：「我要羅莎麗告訴我那個男人的名字，但她不肯說。你也試著勸勸她吧，好歹要設法讓那個卑鄙的傢伙和她結婚。」

但朱利安立刻發火了：「喂！妳也知道我根本不想聽到這件事，捨不得這個侍女，你就讓她留下好了，別再拿這個話題來煩我！」

自從羅莎麗分娩以來，他的脾氣就變得更暴躁了；他已經養成一種習慣，每次和妻子說話時都要大聲嚷嚷的，彷彿永遠都怒氣沖沖一般；她卻剛好相反，總是輕聲細語，用溫和、妥協的態度和他說話，避免引起爭執；然而，到了夜晚她卻時常在床上哭泣。

蜜月旅行結束之後，朱利安似乎就忘了夫妻之愛；但最近儘管他經常生氣，卻又開始和她同床共眠了，難得連續三個晚上不到妻子的臥室去。

雖然羅莎麗仍舊是一副驚惶失措的模樣，好像有著莫名的恐懼似的，但她的身子很快就完全康復，也不再像以前那麼傷心了。

有兩次嘉娜又想追問她，但她都躲開了。

朱利安也突然變得比較和藹可親，所以即使年輕的妻子偶爾會覺得身體微恙，卻從來不說出來；她隱隱約約又對人生燃起一股希望，心情也隨之開朗。冰雪尚未開始融化，很快地，五星期過去了，白天的天空一直都像藍水晶似地澄澈，夜晚則是佈滿繁星，有如滿天的冰霜一般；寬廣的穹蒼是如此寒冷，伸展在這片平坦、堅硬而閃亮的雪地上。

四四方方的農田，孤零零地藏在沾滿白霜的大樹後，彷彿穿著白衣裳似地睡著了。人們和牲畜都閉門不出，只有縷縷輕煙從茅屋的煙囪吐出，上升到寒冷的空氣裡，因此才看得出有人在這裡生活的跡象。

原野、籬笆、成排的榆樹林，好像都被這寒冷的天氣凍死了。有時還會聽見樹木發出劈哩啪啦的聲響，彷彿樹皮裡的枝幹都已碎掉；冰冷的寒氣讓樹木的汁液都凝結了，纖維也都斷裂，所以不時會有粗大的樹枝落到地面上。

嘉娜焦急地盼望天氣回暖，以為自己渾身不適，都是由於寒冷的天氣。

她有時什麼都吃不下，一看見食物就覺得倒胃口；有時她的脈搏會狂跳不已，有時稍微吃點什麼就覺得消化不良，想把東西都吐出來；她神經緊繃，總是不停地發抖，經常感到一股難以忍受的焦慮。

有天晚上溫度計還是一直下降，餐後朱利安一直打著哆嗦（為了節省木材，餐廳裡的爐火總是燒得不夠旺），搓著雙手喃喃說道：「這樣的夜晚兩人一起入睡該有多好，親愛的，妳說是不是？」

他又像從前那樣孩子氣地笑著，接著嘉娜便伸出手臂勾住他脖子；但她那晚碰巧很不舒服，覺得渾身疼痛，而且異樣地緊張不安，於是她吻著他的嘴唇，低聲地求他讓她獨睡。她向他略爲解釋說自己身體實在不大對勁兒：「親愛的，求求你，我眞的覺得很不舒服。明天應該就會比較好了。」

他也不再堅持：「親愛的，那就依妳吧，既然病了就該好好休息。」

後來就談到別的事。

嘉娜很早就上床了。朱利安則破例叫人在自己房裡生火。傭人通知他「爐火生好了」之後，他在妻子的額頭親了一下，然後就出去了。

整棟屋子彷彿充滿寒氣，連牆壁都像顫抖似地發出聲響；嘉娜在床上冷得發抖。

她起身在爐子裡添了兩次木材，又找來一些袍子、裙子和舊衣服堆到床上。但這絲毫無法使她覺得更暖和，她的雙腳凍得發麻，從小腿到臀部都在發抖，因此不停地翻來覆去，焦慮不安到了極點。

不久她的牙齒開始咯咯作響，兩手抖個不停，胸口也縮得緊緊的；心臟猛烈地跳動，有時又微弱得幾乎要停止，喉嚨一直上下起伏，好像已經喘不過氣一樣。

難以抵擋的寒意直逼骨髓，這時，嘉娜的心裡突然覺得異常焦慮；她從未嚐過這種感覺，未曾如此地感受到生命的威脅，簡直奄奄一息了。

她心裡想著：「我快死了……我要死掉了……」

她感到一陣恐懼，於是便跳下床，拉鈴呼叫羅莎麗，等了一會兒之後，她再拉了一次鈴，然後又繼續等，身子冷得一直顫抖。

但小侍女始終沒有過來。她可能已經睡死了，什麼聲音都吵不醒；嘉娜六神無主，光著腳丫就往樓梯衝。

她一聲不響地摸上樓，找到一扇門之後便打開來，嘴裡叫著：「羅莎麗！」她繼續往前走，身子撞到床鋪，雙手在上面摸了一下，發現床根本是空的。床上空無一人，而且還冷冰冰的，好像沒人在這裡睡過覺一樣。

她驚訝地說：「怎麼一回事！這種天氣她竟然會跑出去！」

這時她的心臟突然愈跳愈亂，使她喘不過氣來，她雙腳發軟地下樓，想去找朱利安。

她以爲自己一定快死了，希望在失去意識之前能看看他，於是便猛然闖進他的房間。

在忽明忽暗的火光之下，她看見羅莎麗睡在朱利安的枕邊。

她尖叫一聲，床上的兩人都坐了起來。這個發現讓她不知所措，有一秒鐘的光景呆在那兒不能動彈。然後她逃開，躲到自己房裡；朱利安慌張地叫著：「嘉娜！」她聽了卻覺得難以忍受，很怕會看到他，怕聽到他的聲音，怕聽到他對她解釋、說謊，也怕和他四目交接；於是她很快又往樓梯口衝過去，想往樓下跑。

她在黑暗中向前奔跑，顧不得會從樓梯上滾下來，也不管會不會在石階上跌斷四肢。她一直往前奔，急著想要逃離這一切，不想再知道什麼事，也不想再見到任何人。

到了樓下以後，她在階梯上坐下，身上還是穿著睡衣、赤著腳，心慌意亂地坐在那兒。

朱利安已經下床，匆匆忙忙地穿上衣服。她聽見他在動的聲音，也聽到他的腳步聲。她立刻站了起來，想躲開他。他這時也從樓梯走下來了，一邊大叫著：「嘉娜，妳聽我解釋！」

不，她不想聽到他的聲音，也不願讓他的指尖碰她一下；她飛奔似地闖進餐室，好像在躲避殺人犯一樣。她想找一個出口，找一個可以躲避的地方，找一個黑暗的角落，設法躲開他。她在餐桌下縮成一團，但是他提著蠟燭，已經把門打開了，嘴裡還不停叫著：「嘉娜！」於是她又像野兔一般地逃開，衝進廚房繞了兩圈，好像是被圍捕的野獸一般；他還是又追了上來，她只好打開那扇通往花園的門，跑到野外去。

她光著腳丫奔跑，有時連膝蓋都陷在雪堆裡，但這冰冷的感覺，卻突然讓她有了拚命往前衝的力量。雖然全身幾乎是光溜溜的，她卻一點都不冷；內心所受的傷，已經讓肉體麻木了，所以她什麼感覺都沒有；她一直向前奔，臉色白得像雪地一樣。

她順著林蔭大道跑，穿過灌木林，越過壕溝，跑到荒原上。

看不見月亮，只有星星在黑暗的天際閃爍，彷彿是撒在那兒的點點火種；然而，慘白的大地卻是一片明亮，一切都靜止不動，籠罩在無垠的寂靜裡。

嘉娜屏住呼吸，飛快地往前跑，什麼都不知道，什麼都不去想。突然，她發現自己已經跑到懸崖邊了。她立刻本能地停了下來，茫然地蹲在那兒，失去了所有的意志力。

她面前這個陰暗的深淵裡，是那片看不見的、寂靜的大海，現在已經退潮了，散發出海藻的鹹味。

她在原地呆立良久，腦筋和身體一樣遲鈍；然後，她突然打起了哆嗦，是那種瘋狂地顫抖，就好像被風吹動的帆布一樣。一種莫名的力量，使她的手臂和手腳都抖了起來，並且猛烈而急速地搖晃著，於是，她的知覺頓時清醒過來，感到一陣心碎。

往日種種的回憶，一一在眼前浮現：她和他一起坐拉斯迪克老爹的遊艇出海，兩人之間的談心，她青澀的愛情，還有那艘小艇的命名典禮；接著，她又想到更久之前的事，想到自己回到白楊山莊的第一夜，想起那時的夢想。而如今！啊！如今！她的一生已經毀了，所有的幸福都已結束，一切的期盼都已成空；呈現在眼前的，是一個可怕的未來，一個充滿痛苦、背叛與絕望的未來。不如去死吧，那麼一切就可以馬上結束了。

但是，遠處有個聲音叫道：「在這裡，這是她的腳印。快！快！快往這裡走！」是朱利安追過來了。

啊！她不想再看到他。在面前這個深淵裡，她可以聽見一陣微弱的聲響，那是海浪輕拂著岩石的聲音。

她站了起來，決心縱身一跳，要向生命中的絕望道別；她發出垂死的叫喊：「媽媽！」年輕士兵陣亡之前，也會發出這種呼喚。

母親的形象突然出現在眼前，她看見媽媽在痛哭，也看見父親跪在自己溺斃的屍體前，一時之間，她感受到他們那種絕望的痛苦。

於是，她全身發軟倒在雪地裡；朱利安和西蒙老爹趕來時，她沒有躲開；馬雨斯提著燈火也跟在後面，他們抓住她的手臂往後拉，因爲她已經緊挨在懸崖邊了。

她已經沒有力氣動了，也只好任由他們擺佈。她覺得有人將她扛起，接著又抬上床，還用熱毛巾替她擦身體；然後她就什麼都不記得了，完全失去了知覺。

後來她做了一個惡夢。（眞的是一場惡夢嗎？）她睡在自己的臥室裡。天亮了，可是卻起不了床。爲什麼呢？她也不知道？只聽到地板上有微弱的聲響，像一種刮東西、摩擦的聲音，忽然有一隻老鼠，一隻灰色的小老鼠迅速竄進她的被窩。另一隻也跟進，接著第三隻也輕快地爬到她的胸前。嘉娜並不害怕，只是很想抓住牠，於是便伸了手，但卻沒抓到。

這時又有許多老鼠，十隻，二十隻，成千上百隻的老鼠從四面八方湧出。牠們攀上床柱，爬上壁氈，後來滿床都是老鼠了。不久牠們就鑽進被窩，嘉娜覺得老鼠在她皮膚上爬來爬去，在她腿上搔著癢，還沿著她的身體爬上爬下。她看到牠們從床腳跑出來，鑽進她的喉嚨；她想掙扎，想伸手抓隻老鼠，卻老是抓不到。

她發怒了，大聲叫著想逃開，但好像有人不讓她動似的，用強壯的臂膀將她壓得動彈不得；不過她沒看到任何人。

她完全失去了時間的概念。這狀態一直持續了很久、很久。

她醒了，覺得疲倦又疼痛，但心情卻很平靜。她覺得虛弱極了，全身虛弱。睜開雙眼之後，她看見母親坐在房裡，另外還有一個陌生的胖男人，這一切她都不覺得意外。

她現在幾歲了？她不清楚，以爲自己還只是一個小女孩。除此之外，以前的事她一點兒都不記得了。

胖男人說：「啊，她已經醒了。」

她母親開始哭了起來。於是胖男人接著又說：「我說，男爵夫人，請您冷靜一點兒，我保證她現在已經沒事了。但千萬別對她提起任何事，任何事都不行。讓她睡吧！」

嘉娜覺得自己又昏昏沈沈地活了很久，每次想要開始思考時，她就有了濃濃的睡意；她也不去回想到底發生了什麼事，隱隱約約像是害怕會知道眞相一樣。

然而，有一次她醒來時，看到朱利安獨自站在她身邊；彷彿窗簾被拉開一樣，往日的生活頓時又浮現在她眼前。

她內心感到一陣可怕的痛楚，依然想逃。她扔掉床單跳到地板上，但雙腿支撐不住，她又跌坐在地。

朱利安連忙想扶她起身，但嘉娜開始尖叫，不准他來碰她。她蜷起身子，在地上打滾。門開了，麗桑姨媽和唐寡婦跑了進來，接著是男爵，然後男爵夫人也驚慌失措，上氣不接下氣地趕來了。

大家將她抬到床上，她立刻偷偷閉上眼睛，完全不想講話，只要靜靜地想一想。

她母親和姨媽手忙腳亂地照顧她，並問道：「嘉娜，我的小嘉娜，妳聽得見我們說話嗎？」

她不想回答，假裝自己聽不見；她很清楚快天黑了。夜晚已經降臨。看護婦坐在她身邊，不時餵她喝水。

她喝了水，什麼話也沒說，但是卻不再睡了；她費力地思索著，希望回想起那些已經遺忘的種種；她的記憶好像已經破了洞一樣，很多地方都是空白的，許多日子都沒有留下痕跡。

經過很久的努力之後，她慢慢地想起所有的事了。

她持續不斷地思考著。

既然媽媽、麗桑姨媽和爸爸都來了，那麼她一定是生了很嚴重的病。但朱利安呢？他說了些什麼？父母親都知道此事了嗎？羅莎麗呢？她在哪裡？以後該怎麼辦呢？怎麼辦？她忽然有了一個想法——和爸爸、媽媽一起回盧昂吧，就像從前一樣。她會失去自己的丈夫，一切不過如此而已。

於是她開始等待，偷聽周圍的人在說些什麼；她完全都弄懂了，但沒有讓別人知道，很慶幸自己又重拾了理智；她很耐心，知道必須要點手段才行。

到了晚上，終於只剩下男爵夫人和她在一起，她低聲地叫道：「媽媽！」嘉娜被自己嚇了一跳，覺得她的聲音已經變了。

男爵夫人抓住她的手說：「孩子！我親愛的嘉娜！孩子，妳認得我嗎？」

「認得，媽媽，可是妳不要哭；我們有很多話要說。朱利安可曾向妳解釋我爲什麼會跑到雪地裡？」

「有啊，我的小寶貝，妳當時燒得很嚴重呢。」

「媽媽，事情不是這樣的。我是後來才發燒的。他有沒有對妳說過我爲什麼會發燒？爲什麼會逃到外面去？」

「沒有呀，親愛的。」

「那是因爲我發現羅莎麗睡在他床上。」

男爵夫人以爲她的神智還不清楚，於是拍著她說：「睡吧，寶貝兒，冷靜一點，乖乖地睡覺吧！」

但嘉娜固執地說道：「媽媽，我現在已經完全清醒，不像前幾天那樣語無倫次了。有個夜裡我覺得很不舒服，於是就去找朱利安。羅莎麗那時和他睡在一起。我傷心地失去理智，所以才跑到雪地，想從懸崖跳下去。」

但男爵夫人還是說：「是啊，寶貝兒，妳病得很重，病得很嚴重。」

「媽媽，事情不是這樣的，我發現羅莎麗睡在朱利安的床上，我不想再和他一起生活了。妳帶我回盧昂去吧，就像從前一樣。」

男爵夫人曾經受過醫生的囑咐，說是千萬不可違背嘉娜的意思，所以就答應她說：「好的，寶貝兒。」

但是病人卻開始不耐煩了：「我知道妳根本不相信我。叫爸爸過來吧，他一定會了解我說的話。」

於是男爵夫人便吃力地站起身，拄著兩根拐杖，拖著雙腳走出去了；幾分鐘之後，她又在男爵的攙扶之下走回來。

老夫婦一坐到女兒的床前，嘉娜馬上就開始訴苦。緩緩地道出一切：朱利安古怪的個性、他的冷酷無情、吝嗇小氣，還有他背叛她的事。她的聲音雖然微弱，卻講得清清楚楚。

嘉娜說完之後，男爵很明白她不是在胡言亂語，卻不知要如何看待、解決此事，也不知該說些什麼。

他十分慈愛地握住女兒的手，就像以往睡前說故事給她聽一樣。「寶貝兒，妳聽我說，我們做事要謹慎一些。千萬不要輕舉妄動，還沒想到解決之道以前，妳盡量先遷就他吧……妳肯答應嗎？」

她低聲回答：「我答應，但是等身體好了以後，我就不要待在這裡了。」然後又小聲地問，「羅莎麗在哪裡？」

男爵回答：「妳再也看不到她了。」

但嘉娜很堅持：「她在哪裡？我要見她。」

這時男爵才承認她根本沒離開這間屋子，不過他保證她馬上就會消失。

走出女兒房間之後，做父親的男爵內心受創，氣得全身發火；他找到朱利安，開門見山地說道：「先生，我請您解釋一下在我女兒面前所做的一切。您和您的女僕一起欺騙了她，這根本是一種雙重的汙辱啊。」

但朱利安卻故做無辜，極力否認這一切，甚至還指著上帝發了誓。況且，他們手中有什麼證據嗎？嘉娜不是在說瘋話嗎？她不是才得了腦膜炎？她剛生病時，有天夜裡不是突然發狂，逃到雪地裡去了？就是在這發狂的一刻，她幾乎赤裸裸地在屋裡跑來跑去，所以才會胡言亂語，說自己看見侍女睡在丈夫的床上呀！

於是他大發脾氣，以提出訴訟來威脅，顯得義憤填膺。男爵倒被他耍得團團轉，只好向他道歉，眞誠地伸出手去請他原諒，但朱利安卻拒絕接受。

嘉娜知道丈夫的反應之後，竟毫不生氣，只是說道：「爸爸，他在撒謊，但是我們一定會叫他承認的。」

有兩天的時間她都沈默寡言，集中精神思考。

第三天早上，她要見羅莎麗。男爵不願叫小侍女上樓來，說她已離開了。嘉娜卻毫不讓步，一再表示：「那就派人去找她回來。」

醫生進來時，她已經很激動了。他們把一切告訴醫生，好讓他診斷。但嘉娜突然大哭，神經緊繃到了極點，幾乎尖叫地說：「我要見羅莎麗！我要見她！」

這時醫生拉住她的手，以低沈的嗓音說：「夫人，請您冷靜一點；任何情緒都會引起嚴重的後果，因為您已經懷孕了。」

嘉娜愣住了，好像挨了一記悶棍似的；隨即覺得有個東西在她體內跳動。接著她一聲不吭，連別人說的話也不聽了，完全陷入沈思。她的肚子裡居然有了一個小生命；這個新奇的觀念讓她夜裡輾轉反側，根本無法入睡；但一想到這塊肉竟是朱利安的兒子，她就覺得傷心難過，擔心孩子將來也會像他父親一樣。天色一亮，她就叫人請男爵過來。「爸爸，我現在已經知道該怎麼辦了，尤其是目前這種局面，我一定要把一切都弄清楚；你聽到了嗎？我要知道一切；而且，你也知道我現在的狀況，阻止我是沒什麼好處的。你聽我說，派人去請神父過來吧！我需要他在場，免得羅莎麗撒謊；而且，神父一到你就要把羅莎麗也叫過來，你和母親都不要走開。最重要的是要防著朱利安，千萬不要讓他起疑。」

神父在一小時後到達；他還是像以前一樣肥胖，和男爵夫人一樣氣喘吁吁。神父在嘉娜身旁的沙發坐下，大肚子垂到岔開的兩條大腿上；他照例先開起玩笑，一邊用那條格子花的手巾擦著前額：「哎呀，男爵夫人，我看我們是瘦不下來了，我們兩個還眞是天生一對呀！」說著他又轉向床鋪對病人說，「嗳！嗳！少夫人，您知道別人是怎麼告訴我的嗎？不久我們又會有一次洗禮了吧？呵！呵！呵！呵！這次可不是一艘遊艇了。」然後他又用莊嚴的語氣補充說，「他將來一定是國家的守護者。」又動一動腦筋之後，他接著說，「要不然也是一位賢妻良母，」他向男爵夫人招了招手，「就像您一樣啊，老夫人。」

臥室角落的那扇門，這時卻打了開來。羅莎麗倉皇失措、淚流滿面，抓住門框不肯進來。男爵在後面推著她。後來他已經不耐煩了，一把就將她推進房裡。於是她雙手遮住臉頰，站在那裡抽抽搭搭地哭了。

一看見小侍女，嘉娜立刻坐起身子，臉色比床單還白；她的心臟已經發了狂，正在噗嗤噗嗤地跳動著，貼身的薄襯衣也跟著上下起伏。她不僅說不出話，連氣也喘不過來，覺得呼吸困難。終於，她以斷斷續續的聲音激動地說：「我……我……沒有必要質問妳。只……只要看妳這副模樣……在我……面前的……這副慚愧樣……那就夠了。」

她喘不過氣來，所以過了一會兒才繼續說：「但是我要知道一切，一切……一切……。我找神父來，就是要叫妳好好懺悔，妳聽見了沒？」

羅莎麗僵在那裡，在她那雙發抖的雙手裡，發出尖叫般的哭聲。

男爵滿腔怒火地抓住她的手臂，粗暴地將她推開，讓她跪在床邊：「說呀……妳回答呀！」

羅莎麗跪在地上的姿勢，就和聖經裡懺悔的馬德蓮一樣，帽子歪了一邊，圍裙垂地，才剛空出來的雙手，又把臉頰給遮住了。

神父對她說：「好了，孩子，人家問妳什麼，妳就回答什麼。我們不是要傷害妳，只是想知道事情的經過。」

嘉娜斜著身子靠在床邊，眼睛盯著她：「我撞見你們時，妳確實是睡在朱利安的床上吧？」

羅莎麗從指縫間啜泣著：「是的，太太。」

然後，男爵夫人也發出呼吸困難的喘息聲，開始一把鼻涕一把眼淚；她嗚嗚咽咽的哭聲裡，也夾雜著羅莎麗的啼哭聲。

嘉娜的目光緊緊盯著小侍女，問她說：「這件事已經有多久了？」

羅莎麗囁嚅地回答：「自從他來到這裡以後。」

嘉娜沒聽懂，「自從他來到這裡以後……那麼……是……是從春天就開始了？」

「是的，太太。」

「從他進我們家之後？」

「是的，太太。」

嘉娜心裡既然充滿疑問，便一古腦地問了出來：「但事情究竟是怎麼發生的？他是怎麼要求妳的？他是怎麼把妳弄到手的？他對妳說了哪些話？妳什麼時候答應他的？妳怎能把自己的身體給了他呢？」

這一次羅莎麗放下手來，也激動得想說話，想回答問題：「我怎麼知道？他第一次來這裡吃晚餐時，就進到我房裡了。他藏在閣樓，而我不想驚動別人，所以也不敢大叫。他就和我睡了，那時候我也不知道自己在幹什麼，他愛怎麼樣就怎麼樣。我什麼都沒說，那是因為我覺得他很可愛……」

嘉娜聽了尖聲說道：「那麼……妳……妳的孩子……是和他生的？……」

羅莎麗嚶嚶啜泣：「是的，太太。」

接著兩個人都沈默了。

只聽到羅莎麗和男爵夫人哭哭啼啼的聲音。

嘉娜心裡覺得很難受，眼淚也在這時簌簌地掉了下來，無聲地爬滿臉頰。女僕的兒子，竟和她自己的孩子有著共同的父親！嘉娜的怒火已經平息了。現在，她只覺得整個人都陷在一種憂傷、消沈、深刻而無邊的絕望裡。

她終於又開了口，換了女人哭泣時激動的語調說：「我們回來之後……蜜月旅行……回來之後……他什麼時候又開始和妳睡在一起？」

小侍女整個人都趴在地上了，吞吞吐吐地回答：「第……第一天晚上他就來了。」

每一句話都絞痛著嘉娜的心。原來，第一天晚上，他們回到白楊山莊的第一天，他就拋開妻子去找這個女僕了。這就是他爲什麼會讓她一個人獨睡的原因！

她現在已經知道得夠多，不想再聽下去了，於是便喊道：「妳走開！走開！」一看到羅莎麗已經筋疲力盡，動彈不得，嘉娜便招呼父親說，「把她帶走！把她帶走！」但是神父一直都還沒開過口，心想自己現在應該說一些話了。

「孩子，妳做了一件壞事，一件很壞的事，上帝是不會輕易原諒妳的。想想看，以後妳的行爲如果再不檢點，地獄就會等著妳。現在妳已經有了孩子，一定要重新做人才行。男爵夫人應該會替妳做一些安排，我們會幫妳找一個丈夫……」

他一直說了很久，但男爵又抓住羅莎麗的肩膀，把她拉起來拖到門口，然後又把她當作包袱一樣地丟到走廊上。

男爵的臉色氣得比女兒還蒼白，因此神父等他一回來便說：「你想怎麼樣呢？這裡的女孩通通都是這樣。這種事很可悲，但誰也沒辦法阻止它，對於人性的弱點，我們還是寬容一點吧。她們從來沒有先結婚再懷孕的，夫人，從來都沒有。」他又微笑補充道，「大家都說這是本地的風俗。」但接著他又用憤慨的語氣說，「就連小孩都有樣學樣。去年我不是在墳地裡撞見兩個孩子嗎？那男孩和女孩都還是教理問答班的學生呢！我通知了他們的父母，但您猜他們怎麼回答我？

『神父先生，您能怎麼樣呢？這種骯髒事不是我們教的，我們也沒辦法呀！』所以，男爵先生，您那位侍女的行爲，和其他人是一樣的。」

但男爵已經氣得發抖，打斷了他的話：「我根本沒把她放在心上！我氣的是朱利安。他居然做出這種下流勾當，我要把我的女兒帶走。」

然後他又激動地走來走去，氣憤地說：「這麼欺騙我的女兒，眞是太下流，太下流了！他是無賴！這人是流氓！是混蛋！我要找他理論，要給他幾個耳光，要用我的手杖打死他！」

神父坐在淚如雨下的男爵夫人身邊，慢慢地吸著菸斗，正想著該怎麼做才能息事寧人：「男爵先生，聽我說句自家人的話，他做的這件事，只不過是和大家一樣而已。您認識的人裡面，有幾個丈夫是忠實的呢？」他又半開玩笑地說，「我敢打賭，您自己一定也胡鬧過。我說您摸摸自己的良心，這話說得對不對？」男爵一愣，在神父面前停住了腳。後者又接著說，「看吧！您也和其他人一樣吧！誰知道您是不是也調戲過像她這樣的小丫頭呢？我告訴您，這種事每個人都會做。但您帶給太太的幸福和愛情，並沒有因此而打了折扣，您說是嗎？」

男爵不知所措，呆立原地。

這話確也屬實，他也做過同樣的事，而且還不只一次，一有機會就偷腥；他也一樣，向來不尊重夫妻之間的關係；只要太太的侍女長得漂亮，他也就肆無忌憚了！難道他因此就是一個下流胚嗎？既然他從來都不認爲自己的行爲是不道德的，爲什麼要這麼嚴苛地指責朱利安呢？

男爵夫人淚痕未乾，仍舊氣喘吁吁，但一想起丈夫的風流韻事，嘴角也不禁泛起一抹笑意；她是個多情善感的人，心腸也很好，覺得愛情的體驗是人生的一部份。

嘉娜已經很虛弱，垂著雙臂無力地躺著，眼睛睜得大大的，陷入痛苦的沈思。她不斷想起羅莎麗的話：「我什麼都沒說，是因爲我覺得他很可愛……」這眞像一把刺進心坎的錐子，讓嘉娜傷透了心。

她也覺得朱利安很可愛，而當初就是爲了這個原因，她才會把自己的一生託付給他，完全放棄了其他機會，放棄了原有的種種計畫，也放棄了未知的明天。她就這樣掉進愛情的墳墓裡，掉進這不幸、悲傷與絕望的深淵；和羅莎麗一樣，這一切只因她當時也覺得他很可愛！

房門被猛然推開，朱利安怒火中燒地出現了。他看見羅莎麗在樓梯口哭泣，馬上明白一定是有人設了圈套，小侍女可能招供了一切。但神父的目光讓他止步。

他用顫抖而冷靜的聲音問：「怎麼啦？什麼事呀？」男爵剛剛還怒形於色，這時卻一句話都不敢說，他很擔心神父的說法，怕女婿會反過來拿他當例子。男爵夫人哭得更厲害了，嘉娜卻撐起身子，喘著一口氣，盯著這個讓她如此痛苦的男人。

她斷斷續續說道：「事情就是我們什麼都知道了，你那些不要臉的事……自從……自從你進到這個屋子的第一天……還有……那侍女的孩子原來是你的……就像……就像我肚子裡的孩子一樣……他們竟然是兄弟……」想到這一點，她就感到極度痛心，所以伏在被子上，瘋狂地痛哭起來。

他則呆若木雞，不知道該說些什麼，也不知道怎麼做才好。神父又說話了。

「好了，好了，不用傷心到這種地步，少夫人，您理智一點吧！」他站起身子，走到床邊，把溫暖的手心放到這個絕望的女人額上。這個簡單的觸摸，竟然神奇地讓她靜了下來，馬上覺得十分疲倦，彷彿和這雙手一接觸，就得到了一種不可思議的平靜；神父這雙粗健的雙手，已經習慣幫人贖罪，也能替人帶來慰藉。

這個老好人一直站在原地說：「少夫人，我們永遠都要寬恕別人。您現在的遭遇非常悲慘，但是，仁慈的天主卻用另一種幸福來補償您，因爲您就要做母親了。這個孩子會帶給您安慰。我現在以他的名字來懇求您，請您原諒朱利安先生的過錯吧。這孩子可以讓您們重新結合，也能保證他以後對您忠心不二。您肚子裡懷著他的骨肉，難道能老是和他不同心嗎？」

嘉娜沒有回答。她心早就碎了，覺得難過又疲憊，甚至連氣憤與怨恨的力氣都沒了。她覺得自己的神經已經崩潰，並且一一地被劃開了，只剩下最後一口氣而已。

男爵夫人一向都不懂得記恨，也缺乏持久的意志力，於是便低聲說：「嘉娜，算了吧。」

這時，神父拉住朱利安的手，將他拉到床邊，又把他的手放到嘉娜手裡。他在上面輕輕拍了一下，好像從此就可以讓他們結合在一起似的；他收起說教的職業口吻，以高興的語氣說：「好了，事情就這麼決定了；相信我，這是最好的安排。」

兩隻手握了一會兒之後，立刻就分了開來。朱利安不敢和妻子擁吻，只好在岳母的額頭上親了一下，又轉身去拉住男爵的手臂；他岳父沒有拒絕，看到事情就這麼解決了，心裡也覺得很高興；於是，兩位男士就一起到外面去抽香菸了。

神父和男爵夫人還在慢慢地低聲交談，病人則已經累得睡著了。

神父發表己見，並加以解釋和說明；男爵夫人連連點頭稱是。最後，神父下了結論：「好，就這麼說定了。您把巴維勒的農莊送給那丫頭，我則負責替她找丈夫，找個穩重老實的青年。啊！憑著這兩萬法郎的財產，不怕沒人願意娶她。我們唯一的困擾，是到底應該選誰才好。」

男爵夫人這時也笑了，覺得很高興；她臉頰上雖然還掛著兩滴淚珠，淚痕卻早就乾了。

她堅持地說：「就這麼說定了，巴維勒這份產業，少說也值個兩萬法郎，但財產要掛在孩子的名下，他父母只有生前才有使用權。」

神父站了起來，和男爵夫人握手道別：「您千萬不要送，男爵夫人，您千萬不要送；我知道對您來說，走路是相當吃力的。」

他出去時，正巧看到麗桑姨媽進來探望病人。她什麼都沒發現，和平時一樣，人家什麼都沒對她說，她也一無所知。

第八章

羅莎麗離開了這座屋子，嘉娜則進入痛苦的待產期。太多的悲傷壓在她身上，使她全然沒感受到爲人母的喜悅。她的心情依舊沈重，擔心遇上不可知的厄運，根本無心等待孩子出世。

春天悄悄地來臨。微風還是帶著涼意，將光禿禿的樹木吹得微微顫抖，但溝渠裡潮溼的草叢中，秋天的落葉在腐爛著，黃色的報春花也開始探出頭來。整片原野上、農場的院子裡、泥濘的農田中，都瀰漫著陰溼的氣味，就像東西發酵的味道一樣。一大群青翠的嫩芽從棕色的土地裡鑽了出來，在陽光下閃閃發亮。

一個身材魁梧的胖女人接替了羅莎麗的位置，攙著男爵夫人沿著她的林蔭大道，千篇一律地來回漫步；那一條比較沈重的左腿，不斷在地上留下潮溼泥濘的腳印。

嘉娜的體態現在已經臃腫起來了，總是覺得很不舒服；男爵夫人挽著她的手臂，麗桑姨媽則在另一邊攙扶她；對於這件即將來臨的大事，對於這種她永遠無法體會的奧秘，麗桑顯得既擔心又忙碌，感到惶惶不安。

就這樣，她們一起走了好幾小時的路，一句話都沒說，而這時朱利安正騎著馬在鄉間馳騁，這個新的嗜好是突然產生的。

再也沒有什麼來打擾他們沈悶的生活了。男爵夫婦和女婿曾一起到傅維爾家去拜訪過一次，朱利安好像早就和他們熟稔，但沒有解釋雙方是怎麼認識的。至於那一對總是足不出戶的畢思惟爾夫婦，男爵一家也和他們交換了另一次禮貌性的拜訪。

有天下午將近四點鐘時，一男一女騎著馬，達達地進了莊園的前院，朱利安見狀大爲興奮，衝進嘉娜的房間說：「快，快下樓去。傅維爾夫婦來了。他們知道妳的身體狀況，所以就以鄰居的身分來看妳。告訴他們說我出去了，即刻就返。我要去換一下衣服。」

嘉娜走下樓，感到很驚訝。一個臉色蒼白、面容姣好的少婦正不慌不忙地替她丈夫做介紹；她臉上掛著病容，眼神卻很狂熱，一頭枯黃的金髮看起來好像不曾曬過太陽一樣；她的丈夫滿臉紅鬍子，身材高大，活像凶神惡煞。她又接著說：「我們已經和德拉瑪先生見過好幾次面。從他那裡得知您的玉體欠安，作爲您們的鄰居，我們不想再耽誤任何時間，所以才不拘禮節前來探望您。您看，我們騎著馬兒就來了。另外，前幾天承蒙令尊令堂光臨寒舍，我們也深感榮幸。」她說話的語氣相當自然、親切而且優雅。嘉娜被她吸引住了，立刻就喜歡上她。嘉娜心想：「可以和她交個朋友。」

傅維爾伯爵則恰好相反，他在客廳裡看起來就像一頭大熊一樣。坐下來之後，他把帽子擱到身邊的椅子上，然後又猶豫了一會兒，不知道雙手該擺在哪裡，一下子放在膝蓋上，一下子又放到沙發的把手上，最後才把雙手交握，就像祈禱的姿勢一樣。

朱利安突然走了進來。嘉娜吃了一驚，根本認不出他了。他把鬍子刮掉，變得英俊、優雅而迷人，就像他們剛訂婚時一樣。他進來之後，伯爵彷彿也醒了過來；朱利安握了握伯爵毛茸茸的大手，吻了吻伯爵夫人的纖手，她那象牙般的臉頰微微一紅，眼皮也一上一下地跳動著。

他說話了，又像從前那樣和藹可親。他那雙大眼睛也變溫柔了，是兩扇愛情的明鏡；他的頭髮剛剛還枯燥無光，一會兒的工夫就已經用梳子和髮油梳理過，恢復了柔軟、發亮的波紋。

傅維爾夫婦告辭的時候，伯爵夫人轉身對他說：「親愛的子爵先生，星期四一起去騎馬散步好嗎？」

接著，朱利安一邊鞠躬回禮一邊低聲回答：「夫人，我樂意之至。」

伯爵夫人又拉住嘉娜的手，臉上掛著深情的微笑，用一種溫柔而令人感動的語調說：「啊！等您身子康復以後，我們三個人一起騎馬到附近去逛一逛，好不好？那該多有意思啊！」

她非常自然地撩起騎馬裝的後襬，然後就像鳥兒般輕盈地躍上馬鞍，她丈夫這時才笨拙地行禮，也跨上自己那頭諾曼第大馬，四平八穩地坐在上面，看起來就像神話裡半人半馬的怪獸。

等他們繞過柵欄消失不見時，朱利安眉開眼笑地讚嘆道：「這兩口子眞令人喜歡啊！交這種朋友對我們才有幫助。」

不知道爲了什麼，嘉娜心裡也很高興，回答他說：「伯爵夫人身材嬌小，長得眞是好看，我覺得很喜歡她；不過她丈夫看起來卻是個老粗。你是在哪裡認識他們的？」

朱利安愉快地搓著手說：「在畢思惟爾那裡碰巧遇到的。這丈夫看起來有點粗魯。他啊，是個打獵狂，但眞的是名符其實的貴族。」

晚餐的氣氛可說是十分愉快，彷彿潛在的幸福已經降臨了這座屋子。

一直到了七月底，再也沒什麼特別的事發生。

有個星期二的晚上，大家圍坐在梧桐樹下的一張木桌，桌上擺了酒瓶和兩支小酒杯；嘉娜忽然尖叫一聲，雙手捧著肚子，臉色發白。她猛然感到一陣急劇的刺痛，但馬上又沒事了。

然而，十分鐘後她又痛了一次，雖然沒有上次那麼厲害，但是卻疼得更久。她舉步維艱，幾乎是由父親和丈夫抬回屋裡去的。樹下到她房間這段短短的距離，對她來說幾乎是怎麼走也走不完；肚子裡那種沈重感，實在讓嘉娜痛得受不了，她不由自主地呻吟著，走沒幾步就要坐下來休息一下。

她還沒足月，預產期估計是在九月間；但他們怕會發生什麼意外，連忙叫西蒙老爹備車，飛奔前去接醫師過來。

快午夜時，醫生趕到了，他看了一眼就認定這是早產的徵狀。

嘉娜躺到床上以後，痛苦稍微緩和了，但心中卻感到可怕的恐慌，覺得整個人都陷入一種絕望的虛弱裡，這種類似預感的體驗，使她瀕臨深奧莫測的死亡。生命裡總是有這樣的時刻，死亡會從很近的地方擦身而過，而它的氣息使人寒心。

臥室裡擠滿了人。男爵夫人倒在沙發上喘不過氣。男爵抖著雙手，四處奔跑，遞送東西，請教醫生，頭昏眼花。朱利安四下走來走去，臉色緊張，心情卻很平靜。唐寡婦泰然自若地站在床腳，一臉經驗豐富的表情，不慌不忙。看護病人、接生和守靈都是她的工作，她迎接新生兒降臨人世，聆聽他們頭一次的哭聲，在他們初生的肌膚上淋下第一瓢清水，是第一位用毛巾將他們包起來的人，同樣地，她也是用這種安詳的態度傾聽垂死者的遺言、爲他們最後的喘息與顫抖作見證，最後一次替他們梳妝打扮，用醋擦乾那些衰敗的身軀，然後用壽衣將他們包裹起來；面對生離死別的種種狀況，她始終是保持這種無動於衷的態度。

廚娘呂迪芬和麗桑姨媽一起偷偷地躲在前廳門口。

產婦不時發出一陣陣微弱的呻吟。

已經兩個鐘頭了，看來要再熬上一陣子才會有變化；不過，天快亮時，陣痛忽然又猛烈地發作，一下子就轉變成可怕的劇痛。

嘉娜咬緊牙根，嘴裡卻不由得發出哀號，心裡不斷想起羅莎麗，那女人當時一點都不疼，幾乎連哼也沒哼一聲，然後就無痛無養地生下孩子，生下了那個私生子。

她那悲痛而紛亂的心靈，一再拿羅莎麗和自己相較；她詛咒上帝，因爲她從前一向認爲祂很公平；她爲命運之神這種毫無道理的偏袒而感到憤怒，也怨恨那些宣揚正直與善良的罪人，因爲他們都在說謊。

有時她的叫聲是如此激烈，根本無力抓住這些念頭。她已全身虛脫，失去了活力與知覺，全都用來抵抗痛苦了。

肚子不痛的那幾分鐘，她的目光一直停在朱利安身上；但是，另一種痛苦，另一種心靈上的痛苦卻壓迫著她，她回想起那天，她的侍女就是倒在同一張床的床腳，雙腿間夾著那個私生子，而現在這個讓她痛得五臟俱裂的小生命，竟然就是那孩子的弟弟。她記起小侍女躺在這裡時，他對她說了一些話；現在，她也觀察著他，彷彿丈夫的一舉一動都洩露了他的思想，她看出無論是對自己或對羅莎麗，這個自私的男人都是一副事不關己的態度，同樣地不耐煩、冷淡，總之，升格爲人父根本就讓他覺得生氣。

這時，一陣可怕的抽搐再度向她襲來，這一次的痙攣是那麼殘酷，使得嘉娜開始自言自語：「我快死了，我快要死了！」於是，她心裡充滿一種憤怒的反抗，產生了詛咒的念頭；對於惹起一切事端的那個男人，還有那個尙未謀面、使她痛苦萬分的孩子，她實在痛恨到了極點。

她挺著身子，使出生平最大的力量，希望能甩掉這個枷鎖。刹時，她覺得肚子裡的東西都傾倒而出，疼痛的感覺也消失了。

看護婦和醫生都彎著腰在她身旁忙了起來。他們取出一件東西，接著就傳來一陣耳熟的喘息聲，使她發起抖來；然後，小傢伙痛苦而微弱地哭號著，初生嬰兒呱呱啼哭的聲音鑽進她的靈魂與心臟，也進入了她那可憐又疲憊的身軀；她下意識地動了動，想伸出手。

歡樂傳遍她的全身，隨之而來的是幸福的新生活。僅僅一秒鐘的時間，她已經解脫了，輕鬆了，覺得很幸福，好像從未如此幸福過一般。身心又活躍起來，知道自己已經當了母親！

她要看一看她的孩子！因爲是早產，所以他沒有頭髮，也沒有指甲；但她看到這個小娃兒在蠕動，看到他張開小嘴呱呱啼哭，她摸了摸這個長滿皺紋、動個不停、不足月的孩子，然後就沈醉在一種無法抵擋的喜悅裡了，她知道自己已經得救，從此絕不會再感到失望，她的感情已經有了寄託，其他的一切都可以不顧了。

從此之後，孩子就成了她唯一的牽掛。突然之間，她變成一個溺愛孩子的母親，她在愛情路上傷心透頂，所以對兒子的期待就顯得格外狂熱。無時無刻都堅持要把搖籃放在床邊，等到能夠起床之後，她就成天坐在窗口，輕輕地搖著那座小嬰兒床。

她很嫉妒孩子的奶媽。小傢伙肚子餓時，就會張開雙手偎向奶媽那對青筋畢露的大乳房，用嘴唇貪婪地吸吮著皺巴巴的褐色奶頭，而嘉娜每次都會臉色發白，渾身顫抖地瞪著那個強壯而沈著的農婦，想把自己的孩子搶過來，然後再狠狠垂她的胸部一頓，用指甲去抓個稀爛。

她要親自爲兒子打扮，幫他穿上精緻的衣裳，戴上琳瑯的飾品。孩子全身都裹上一層蕾絲，頭戴華麗的帽子。她只要一開口就離不開個話題，不惜打斷別人的談話，爲的只是要人家欣賞一塊包巾、一片圍兜，或是一條精心繡製的絲帶；旁人在說些什麼，她都充耳未聞，全副精神都被那些小衣裳所吸引，愛不釋手地翻弄著，希望能看得更加仔細；然後，她會忽然問道：「你們說他穿這個漂不漂亮？」

男爵夫婦對這種狂熱的母愛總是一笑置之，但朱利安卻不禁滿懷嫉妒，因爲這個哭鬧不休、飽受寵愛的小暴君出生之後，就攪亂了他的生活，也削減了他的威勢；這個小人兒，已經取代他在家裡的地位，他一再地失去耐性，憤怒地說：「她和那個孩子眞是煩死人了！」

嘉娜的母愛很快就到了著魔的地步，她每夜坐在搖籃旁，看著孩子睡覺的模樣。縱使這種狂熱而病態的守護已讓她精疲力盡，她卻完全不想休息，於是，她開始衰弱、變瘦、咳嗽，醫師只好叫人把她和孩子隔離。

她發起脾氣，哭著哀求，但大家根本不理她。孩子每晚都是放在奶媽那裡，但母親卻夜夜光著腳丫起床，把耳朵貼在鑰匙孔上偷聽，想知道孩子睡得是否安穩，有沒有醒過來，需不需要什麼東西。

有一次朱利安到傅維爾家去吃晚餐，回來得比較晚，才發現她躲在奶媽的門前；從此之後，爲了讓她好好躺在床上睡覺，他們就將她鎖在臥室裡。

孩子的洗禮是在八月底舉行的。男爵做了他的教父，麗桑姨媽則是教母。他們把孩子取名爲皮耶・西蒙・保爾，平時就叫他保爾。

九月初的時候，麗桑姨媽悄悄地離開了；不論她在不在這裡，都沒有人去注意。

有天晚上吃過飯以後，神父來了。他看起來坐立不安，好像帶來什麼秘密一樣。不著邊際地談了一陣子之後，他要求單獨和男爵夫婦談幾分鐘。

三個人一起出去了，一直走到白楊大道的盡頭，談得很起勁；朱利安這時單獨和嘉娜留在屋裡，對這個神秘之舉感到納悶、擔心又氣惱。

神父告辭之後，朱利安送他出門，在晚禱的鐘聲裡，兩人一起往教堂走去。

氣候涼爽，幾乎可說是寒冷了，男爵夫婦很快就進入客廳。大家都略有睡意。這時，朱利安突然滿面通紅，氣沖沖地回來了。

到了門口，他顧不得嘉娜也在客廳，對著岳父岳母就咆哮起來：「我的天啊，您們兩個都瘋了！為了那個丫頭，居然一出手就是兩萬法郎！」

他們都大吃一驚，沒人回話。朱利安又拉開嗓門憤怒地吼道：「做人不能蠢到這種地步，您們連一毛錢都不肯留給我們了是不是？」

這時男爵才恢復鎮靜，想叫他閉嘴：「住嘴！您現在是在自己的妻子面前說話哩！」

但他又暴躁地跺著腳說：「我才管不了這麼多，況且她也知道是什麼狀況。這根本就是她的損失啊！」

嘉娜嚇了一跳，不解地望著他。她囁嚅地問：「究竟是怎麼一回事？」

朱利安向她轉過身來，想拉她做見證，因為她和他的立場一樣，兩人的利益都蒙受損失。他立刻向她和盤托出，說他們密謀要嫁掉羅莎麗，而且還要送她巴維勒的田地作嫁妝，至少價值兩萬法郎。他一再地說道：「親愛的，妳的父母瘋了，眞是瘋了！兩萬法郎！兩萬法郎！他們腦袋眞的有問題！居然把兩萬法郎送給一個私生子！」

嘉娜若無其事地聽著，全無怒意，心裡也爲自己的冷靜覺得驚訝；現在只要是與孩子無關的事，她全然不在意。

男爵氣得喘不過氣來，不知該如何回答。最後實在忍不住了，跺著腳嚷道：「想想看您到底在說些什麼，簡直太荒唐了！我們給這個丫頭嫁妝，是因爲誰犯了錯？孩子是誰的骨肉？您現在倒想把他一扔就算啦！」

男爵激烈的反應讓朱利安吃了一驚，朱利安目不轉睛地盯著他瞧，然後用比較和緩的語氣回答說：「但給個一千五百法郎也就夠了。這裡的女人在婚前都有過孩子的。至於孩子是和這個人或是和那個人生的，根本就無所謂。現在您把自己那座價值兩萬法郎的農莊給了她，除了讓我們吃虧之外，也等於讓所有人知道事情的底細；至少，您應該替我們的名聲和地位想一想啊！」

他說話的語調嚴厲，顯得十分理直氣壯。男爵被這番意想不到的辯解弄得不知如何是好，反而在他面前呆住了。朱利安覺得自己已佔上風，於是便下結論說：「幸好現在一切都還沒敲定，我認識那個要娶她的年輕人，他爲人正直，一定很好商量。這件事就交給我來辦好了。」

大概害怕再爭論不休，所以朱利安馬上就出去了。他很得意大家都一聲不吭，以爲他們都同意了。

他一出門，男爵驚訝、氣憤萬分，一邊發抖一邊大喊：「啊！太過分了，實在太過分了！」

但嘉娜望著父親那驚愕失措的表情，竟忍不住放聲大笑，就像從前遭遇什麼滑稽事一樣，發出了清脆的笑聲。

她不停地說：「爸爸，爸爸，你有沒有聽見他提起『兩萬法郎』的那個腔調？」

隨時都能哭笑自如的男爵夫人，這時也想起女婿那副憤怒的臉色、想起他的怒吼，想起他堅決反對別人動用一筆與他不相干的金錢，而這筆錢又是要拿來送給那個被他誘拐的侍女，因此，嘉娜開的這個玩笑也讓她開心起來，笑得氣喘吁吁、不停顫抖，眼淚也流了出來。男爵受到她們的感染，也跟著笑了；三個人就像回到從前的快樂時光一樣，樂得身子都直不起來了。

等他們稍微冷靜下來以後，嘉娜驚訝地說：「奇怪，我現在一點兒感覺都沒有，已經把他當成陌生人了。我簡直不敢相信自己居然是他的妻子。你們看，他這種……他這種低俗的行爲……竟然讓我覺得很好笑。」

然後，也不知道究竟是爲了什麼，他們激動地相擁，一邊還是笑個不停。

不過，兩天之後，吃過午餐，朱利安也騎馬外出時，來了一個年約廿二至廿五歲的男子，他身材高大，穿著一件全新的藍布罩衫，衣裝熨得筆挺，袖管寬大，袖口還綴著鈕扣；這人鬼鬼祟祟地從柵欄門口溜進，好像從早上就一直埋伏在那裡一樣；他順著古亞德農莊的溝渠，繞過了宅邸，游移不定地朝梧桐樹走來；當時男爵和兩位女眷正坐在那裡。

男子一見到他們就摘下鴨舌帽，臉色不安地向前鞠躬。

當他走到近得可以聽見說話的聲音時，就嘟噥著說：「男爵先生、夫人和小姐，小的給您們請安。」

然後，因爲沒人搭腔，他又接著表示：「我就是戴西雷・勒寇克。」

這名字也並不能說明什麼，男爵便問他說：「有什麼事嗎？」

年輕人不得不表明來意，整個人都緊張起來了。他那雙眼睛不時低下來看看手中的鴨舌帽，有時又抬起來望望府邸的屋頂，吶吶地說：「就是神父先生爲那件事向我提過兩句……」然後他就住嘴不說了，怕話講得太多，也怕影響自己的權益。

男爵沒有聽懂，又問他：「你說的是什麼事啊？我聽得一頭霧水。」

對方把心一橫，放低音調說道：「關於您那個侍女……羅莎麗的事……」

嘉娜已經猜到了幾分，於是就站起來，抱著孩子走開。男爵說：「你過來。」然後又指了指女兒剛才坐的那把椅子。

那個農人立刻就坐下，嘴裡喃喃地說：「您做人眞好。」接著就等著別人開口，好像已經沒有話要說了。沈默好一陣子之後，他終於下定決心，抬起雙眼望向藍天說道，「今天眞是個好天氣。土地就是利用這個時機來供養已經播下的種子。」然後他又一聲不吭了。

男爵已經按捺不住了，索性開門見山問他：「那麼，想娶羅莎麗的人就是你了？」

年輕人隨即顯得心慌不安，表現出諾曼第人那種狡猾謹愼的特性。他懷著戒心，用比較振作的語氣說：「那得看情形了，也許是，也許不是，那得看情形。」

這番支吾的說詞讓男爵很光火：「見鬼了！你就說得坦白一點行不行？你是不是爲了這件事來的，是，或者不是？你要不要娶她？要，還是不要？」

年輕人盯著自己的雙腳，不知所措地回答：「如果是照神父先生所說的，那我就娶她；如果是按照朱利安先生的意思，那我就不娶了。」

「朱利安先生是怎麼對你說的？」

「朱利安先生說要給我一千五百法郎，但神父先生說有兩萬法郎；如果是兩萬我就娶，是一千五我就不要。」

男爵夫人這時正癱坐在長椅裡，她看見這個鄉巴佬焦急的表情，不禁笑得頻頻顫抖。農人不明白她爲何要笑，不悅地從眼角瞟了她一眼，一邊又等著男爵開口。

男爵對這番討價還價覺得很心煩，所以就直截了當說道：「我對神父先生說過要把巴維勒農莊給你，你活著的時候歸你所有，將來就留給那個孩子。這座農莊價値兩萬法郎。我說話算話。就這樣說定了，行不行？」

年輕人滿意了，謙恭地微笑起來，話匣子也打了開來。「啊！如果是這樣，那我就答應了。

本來我一直下不了決定，爲的就是這個。神父先生和我談時，我馬上就很想答應，當然囉，那時我就在想，男爵先生這麼照顧我，我一定要讓他稱心才行。不是有句話說：『利人利己，一舉兩得』嗎？我們現在就是這個情形啦。但是朱利安先生後來又去找我，說是只能給一千五。我就對自己說『一定要弄個清楚才行』，所以我就來了。這並不是說我相信他的話，但是我想要弄個明白。先小人後君子嘛，男爵先生，您說對不對……」

該是讓他住嘴的時候了，於是男爵先生問他：「你打算什麼時候舉行婚禮呢？」

這年輕人又突然害羞起來，滿臉不好意思的表情。他猶豫不決，最後才說：「可不可以先立一個字據？」

這一次男爵可生氣了：「渾帳！你以後不是會有一張結婚證書嗎？那就是最好的字據。」

這農人還是很堅持：「我覺得暫時還是先寫個小紙條吧，那樣總是沒什麼壞處。」

男爵站起身，不想繼續和他說下去了：「你到底要不要，現在馬上決定。如果不要，你就說出來，還有別人在後面等著呢！」

這個狡猾的諾曼第人一聽說還有別的競爭者，馬上開始著急了。他下定決心，像買了一頭牛似地伸出手來：「男爵先生，那就成交吧！一言爲定。反悔的是狗屁。」

男爵在他手上拍了一下，然後喊道：「呂迪芬！」廚娘從窗子探出頭來。「拿一瓶酒來。」

他們互相乾杯，慶祝已經解決了這件事。年輕人離開時，步履顯得輕鬆多了。

大家都沒把此事向朱利安透露。過戶手續是在極其保密的情況下辦理的，接著，結婚啓事刊登之後，婚禮就在某個星期一的早晨舉行了。

一個鄰居抱著小娃兒到教堂來，站在新郎新娘的背後，好像是爲那筆財富做了可靠的保障一樣。當地人根本毫不驚訝，反倒羨慕起戴西雷・勒寇克來了，說他生來就運氣好。大家臉上都帶著會心的微笑，不過卻絲毫沒有看輕他的意思。

朱利安大發雷霆，男爵夫婦因而提前離開白楊山莊。嘉娜看著他們離開，心裡並不感到特別憂傷，因爲，對她而言，保爾已經成了取之不竭的幸福泉源了。

第九章

嘉娜產後已經完全復元，夫妻倆決定到傅維爾家去回拜，此外也要去拜訪古德黎侯爵。朱利安剛從公賣場上買來一輛新車，一輛只用到一匹馬的四輪敞篷車註❶，如此一來，他們每個月就可以出門兩次。

十二月一個晴朗的日子裡，馬車上路了，在諾曼第的平原上跑了兩小時之後，車子開始順著下坡走向小山谷，兩旁的斜坡樹木成林，低窪處則留作耕地。

經過這些播了種的土地之後，不久就看到草原，接下來是一片蘆葦叢生的沼澤；高大的蘆葦在這個季節已經乾枯，長長的葉子颯颯飄動，看起來就像黃色的絲帶。

在山谷裡驟然經過一個急轉彎之後，就看到佛麗耶特莊園，城堡的背面是一片樹林密佈的山坡，另一邊則面對一座大池塘，整片牆腳浸在池水裡；池塘的對面是高大的杉樹林，沿著山谷另一邊的斜坡向上綿延。

要進到莊園的正院，必須先穿過一座古老的吊橋，然後再經過一道路易十三時代的大拱門；院子後面是一座雅緻的宅邸，同樣也是路易十三時代的式樣，門窗的框邊是用紅磚所砌，屋子兩側都有板岩蓋成的塔樓。

朱利安對這裡已經十分熟悉，老練地將各個部份的建築解釋給嘉娜聽。他對這座莊園非常讚賞，尤其著迷於它的壯麗：「妳瞧瞧那道拱門！這樣的住宅眞是宏偉壯麗啊，妳說是不是？屋子另一邊，整座牆都面對著池水，一排皇宮式的階梯一直通到了水中；台階下有四艘船停在那裡，兩艘是伯爵的，另兩艘是伯爵夫人的。在那邊的右側，妳可以看到一排白楊樹，那裡就是池塘的盡頭了；通往費岡的那條河，就是從這裡開始流出去的。那一帶的鳥獸很多，伯爵最喜歡去那裡打獵。這樣的莊園，才眞的算是領主的宅第呀！」

入口的大門已經打開，蒼白的伯爵夫人現身，面帶微笑地走到訪客面前；她身穿曳地長袍，就像中世紀莊園的女主人一樣。她看起來就像那湖上美人，生來就是要住在這種貴族的宅院裡。

客廳裡有八扇窗戶，其中四扇面向池塘，可以看見對面山坡那片蓊鬱的松林。松樹陰暗的色調，使得湖水看起來格外深邃、寒冷而淒涼；有風吹過時，樹枝顫動的聲音聽起來就像從沼澤裡發出。

伯爵夫人抓住嘉娜的雙手，好像是她青梅竹馬的朋友一般。然後請嘉娜坐下，自己也坐在她身旁的一把矮椅上；這時朱利安談笑風生、溫柔可親，最近這五個月來，他又變得像從前那麼優雅迷人了。

伯爵夫人和他談起騎馬兜風的事。她取笑他上馬的姿勢，說他是「坐不穩的騎士」，他自己也笑了，稱她為「馬背上的王后」。窗外傳來一陣槍響，使嘉娜驚叫了一聲。那是伯爵打中一隻野鴨的聲音。

他妻子立刻喊他回來。他們聽到一陣划槳的聲音，小船「砰」的一聲靠在石階上，接著伯爵高大的身影出現了，他腳上穿著靴子，後面跟著兩頭溼淋淋的獵狗，牠們在門前的地毯上躺下，狗毛和伯爵的髮色一樣都是棕紅色。

伯爵在自己家裡顯得自在多了，看到客人時相當高興。他命人在爐子裡添加木柴，又叫人端來馬代爾的酒和餅乾，然後又突然叫道：「您們務必要留下來吃晚餐，就這麼說定了。」嘉娜心裡一直惦記著孩子，所以想要推辭；伯爵很堅持，但嘉娜一直不肯，朱利安看了很不耐煩，使了一個粗魯的眼色。嘉娜擔心惹火他引起爭吵，所以雖然隔天才能看到保爾，心裡不免遺憾，也只好答應留下了。

這天下午過得很愉快。他們先去參觀泉水。這水是從長滿苔蘚的岩腳噴出，落在一個清澈的池子裡，像滾燙的熱水一樣翻騰不息；然後他們又搭小船四處遊覽，而小艇所穿梭的航道，正是從乾燥的蘆葦叢裡開闢出來的。伯爵搖著槳，兩隻狗分別坐在他身邊，鼻子在空中嗅個不停；每次槳一划動，船身便接收了這股力道，往前移動一步。嘉娜不時把手浸到冰冷的湖水裡，享受這種由指尖直沁心頭的涼意。伯爵夫人圍著披肩，和朱利安含笑坐在船尾，彷彿他倆是最幸福的人兒一樣，不必說話就很快樂。

夜幕低垂，一陣陣北風吹拂著枯黃的燈芯草，冷得讓人直打哆嗦。太陽已經落到杉樹林的後頭，火紅的天空裡，漂浮著幾朵顏色豔麗、奇形怪狀的雲彩，叫人一看就覺得寒意逼人。

他們走回寬敞的客廳裡，爐火正熊熊燃燒。一到門口，溫暖而歡樂的感覺就使人覺得愉快。伯爵這時高興極了，用粗壯的臂膀擁住妻子，將她當成孩子似地舉到了嘴邊，然後，自己也像個心滿意足的老好人一樣，在她臉頰上重重地親了兩下。

嘉娜微笑地望著這個善良的巨人，雖然他的鬍鬚使他看起來像個吃人的妖怪；她心裡想道：「眞是人不可貌相啊！」這時她的雙眼幾乎是不由自主飄到朱利安身上，只見他臉色蒼白地站在門口，一直盯著伯爵瞧。

她擔心地走到丈夫身邊，低聲問他說：「你怎麼啦？身體不舒服嗎？」

他以憤怒的語調回答：「沒事，妳不要管我。剛才我覺得有點冷。」

客人進入餐室以後，伯爵請他們答應讓狗兒也進來，牠們隨即一左一右蹲在主人旁邊。伯爵不時扔下幾塊食物，一邊撫摸牠們柔軟光滑的長耳朵。兩隻狗兒都伸直了頭，搖著尾巴，高興地抖著身體。

晚餐之後，嘉娜和朱利安打算告辭，但伯爵又留住他們，想讓客人看看自己用火炬打魚。他讓伯爵夫人和他們一起站在通往湖邊的階梯上，自己則帶著僕役上了船；僕人一手拿著魚網，另一手舉著點燃的火炬。夜色澄淨清涼，天空繁星點點。火炬沿著水面移動，劃出一道道奇異的火光；跳動的光影映照在蘆葦上，也照亮成排的高大杉樹。小艇驟然轉向，明亮的樹林上，出現一個巨大而古怪的人影。人影的頭部在樹梢之上，消失在夜空中，影子的腿部則伸進了水塘裡。這巨人揚起手臂，彷彿想摘下天上的星星。兩條粗壯的手臂猛然舉起，然後又放下；水面上可以聽見撲通撲通的聲響。

船又緩緩地掉頭，火光一轉身又照亮了樹林；這奇怪的影子好像沿著林子在奔跑，一轉眼就消失無蹤，接著又赫然出現在府邸的牆壁上，人影看起來比剛才還小，但那些古怪的動作卻看得更清楚了。

伯爵大聲地喊道：「吉蓓特，我抓到了八隻！」

船槳撥動著水波。那巨大的影子一動也不動地映照在牆上，但輪廓卻慢慢地縮小了；人影的頭部變低，身形也愈來愈瘦；伯爵走上階梯，僕役還是拿著火炬跟在後頭，這時影子已經變得像真人一般大小，隨著他的姿勢動來動去。

他的魚網帶回來八條活蹦亂跳的大魚。

朱利安和嘉娜裹著主人借給他們的大衣和毛毯回家了，途中嘉娜不由自主地說道：「伯爵的人真好！」

朱利安一邊駕車一邊回答說：「是啊，不過他在別人面前總是沒什麼分寸。」

一個星期之後，兩人又去拜訪了古德黎夫婦，這一家算是本省地位最高的貴族。他們的雷米尼莊園座落在加尼鎮註❷附近。新蓋的府邸是路易十四時代完成的，裡頭有一座很美的花園，外邊有一道圍牆。從高處望向莊園，可以看見舊宅第的遺跡。僕役們身穿制服，將客人領到一間遼闊的大廳裡。大廳中央有一個圓柱形的台座，上頭擺著一只賽佛爾製的大盤子，底座放著一封國王的親筆信，說明這只盤子是皇家頒贈給雷歐波德·艾爾非·約瑟夫·傑梅·德·瓦納維勒·德·羅勒波斯克·德·古德黎侯爵的紀念品，信紙上罩了一片玻璃板做爲保護。

嘉娜和朱利安正在觀賞這件御賜的禮物時，侯爵和侯爵夫婦進來了。夫人臉上撲了粉，表現出主人應有的和藹態度，又刻意擺出屈尊降貴的樣子，所以略顯裝腔作勢。侯爵的身材高大，滿頭白髮梳得筆直，無論姿勢、聲調或態度，都流露出高人一等的味道。

他們是屬於那種相當講究禮節的人，無論心態、感情和言談舉止，永遠高高在上。

他們只顧自己說話，根本不讓別人回答，同時臉上又心不在焉地微笑著，彷彿是因爲自己天生的地位，所以不得不履行義務，禮貌性地接待附近的小貴族。

嘉娜和朱利安覺得很彆扭，竭力想表現出高興的模樣，侷促得再也坐不住了，卻又不知該怎麼告辭才好；幸好侯爵夫人自己中止了這次訪談，她簡單而自然地結束了談話，等候來客自動告退，就如同一位彬彬有禮的皇后一般。

回程時，朱利安對妻子說：「如果妳願意的話，我們的敦親睦鄰就到此爲止吧！對我來說，和傅維爾來往就已經足夠了。」嘉娜贊成他的意見。

十二月的日子過得很漫長，這個黑暗的月份，是歲暮中一個陰沈沈的窟窿。像去年一樣，幽居的生活又開始了。但嘉娜時時刻刻都忙著保爾的事，完全不覺得無聊；朱利安對孩子卻總是冷眼旁觀，表現出厭煩的神情。

嘉娜常常將保爾抱在懷裡，百般慈愛地將他撫弄一番，就像每個母親對待自己孩子那樣，她又把孩子遞給朱利安，一面說道：「你倒是親親他呀，人家會以為你不喜歡他呢！」他總是露出厭惡的表情，彎著身子閃得遠遠地，然後才用唇尖碰了碰孩子光禿禿的前額，彷彿不想碰到那雙亂撲亂抓的小手一樣。然後他就連忙走開了，旁人看了都會覺得他是不勝其煩，想躲開孩子。

鎮長、醫師和神父偶爾會來家裡晚餐；有時傅維爾夫婦也會來，兩家人的關係愈發親密。

伯爵似乎很喜歡保爾。他每次一來總是把小傢伙抱在膝上，有時甚至還抱上一整個下午。他用自己那雙巨大的手掌小心翼翼地撫弄孩子，用自己長長的鬍鬚搔著孩子的鼻尖，然後又滿懷感情地擁吻著，就像每個做母親的一樣。他一直苦於婚後沒有子嗣。

三月間的氣候清爽、乾燥，可說是相當溫和宜人。伯爵夫人吉蓓特又提起四人一同騎馬去兜風的建議。單調乏味的白晝與漫漫長夜，早已讓嘉娜覺得有點厭煩，因此欣然接受這個提議；一個星期以來，她都興致勃勃地縫製著騎馬裝。

他們開始出遊了。四個人一直都是倆倆同行，伯爵夫人和朱利安走在前面，嘉娜和伯爵走在後頭。後面這一對像朋友一般地輕聲聊天，他們為人正直，心思單純，所以相識之後就建立了友誼。另一對則總是低聲細語，偶爾會發出一陣劇烈的大笑，然後又猛然互相對看，彷彿還沒說出口的話，都靠眼神傳遞給對方了；兩人像是很想逃走一樣，突然縱馬急奔，跑到了比較遠的地方，很遠的地方。

然後吉蓓特似乎耍起性子。她那生氣的聲音被微風吹來，偶爾還傳到後面兩位騎士的耳裡。於是伯爵便微笑對嘉娜說：「內人不是每天都有好脾氣的。」

有天傍晚騎馬回來時，伯爵夫人挑逗著她的那匹牝馬，她先用馬刺戳牠，然後又出其不意地拉住轠繩，朱利安好幾次都警告她說：「小心一點兒，小心一點兒，您會摔下來的。」

她回答：「別管我，這不關您的事。」她的語氣斬釘截鐵，字字句句都很清晰，響徹原野，好像聲音一直都迴盪在空中一樣。

那匹牝馬開始反抗，口吐白沫地向前衝。伯爵非常擔心，忽然奮力喊道：「吉蓓特，小心一點！」女人一旦發了神經，什麼都擋不住她們，這時，她又挑釁地揮鞭，於是鞭子就一下子落在兩個馬耳之間的腦門上，馬兒激怒地跳了起來，兩條前腿在空中亂撲，一落地之後就猛力向前一竄，使盡力氣向原野狂奔而去。

牠先穿過一片草原，接著又闖進耕地，把又溼又爛的泥土踩得四處亂噴；牠跑得飛快，轉眼間人和馬就完全分不清楚了。

朱利安嚇得愣住，只是絕望地喊著：「伯爵夫人！伯爵夫人！」

伯爵這時卻發出一陣咆哮，同時又彎身趴在馬頸上，使盡全身的力量讓那匹高大的座騎向前跑；他用呼喊、用手勢、用馬刺去刺激牠、激怒牠，命令牠向前飛奔，看起來就像一個魁梧的騎士用雙腿夾著牲口騰空飛去。他們以一種難以想像的速度，當著另外兩人的面直射出去；嘉娜遠遠地看見伯爵夫婦，他們的身影一直奔跑，奔跑，愈變愈小，接著就模糊難辨，最後就消失，彷彿是兩隻鳥兒在互相追逐，然後又消失、隱沒在地平線裡。

朱利安還是踱來踱去，一邊又憤怒地嘀咕著：「我看她今天是瘋了！」

夫妻倆也朝著那兩個同伴的身後走去，這時伯爵夫婦早已消失在高低起伏的原野中。一刻鐘之後，兩人又看見他們正往回走，於是四個人很快就會合在一起了。

伯爵滿面通紅，渾身是汗，帶著勝利的表情得意地笑著，手裡緊牽著妻子那匹打著哆嗦的馬兒。伯爵夫人臉色發白，露出痛苦而畏縮的表情；她一隻手撐在丈夫肩上，彷彿快要昏倒。

這一天嘉娜才終於了解，伯爵十分狂熱地愛著妻子。

接下來的一個月，伯爵夫人顯得非常愉快，好像從未如此快樂。她愈來愈常到白楊山莊，老是笑意盈盈，擁抱嘉娜時也熱情洋溢。旁人看了，都覺得一股神秘的喜悅已經降臨到她的生命。她丈夫也感到很幸福，視線始終離不開她，時常柔情無限地摸摸她的手或衣衫。

有天晚上他對嘉娜說：「現在我們眞的很幸福，吉蓓特從來都沒有這麼可愛過。她的心情已經轉好，也沒再發過脾氣。我覺得她是愛我的。先前，我從來都不敢肯定她到底愛不愛我。」

朱利安好像也不一樣了，變得比從前快樂，也不再那麼沒耐心，彷彿這兩戶人家的友誼，爲彼此都帶來了歡樂與和平。

這一年的春天來得特別早，天氣也比往常溫暖。從熹微的早晨到寧靜溫暖的傍晚，陽光灑滿整個大地。轉眼之間，所有的嫩芽都同時欣欣然地鑽了出來，帶來一股無法抗拒的生機，也帶來活力，在這得天獨厚、難得的好年頭裡，這些景象都讓人相信春回大地。

嘉娜的思緒因生命的悸動而隱約受到波動。面對著草地上的一朵小花，她頓時覺得很疲憊，油然生起甜蜜的感傷，好幾個小時都在無精打采地胡思亂想。

然後她想起自己的初戀時期，種種動人的回憶又淹沒了她；倒不是她對朱利安又有了戀愛之感。她對他的感情已經結束，永遠無法恢復；這是因爲她的身體受到微風的愛撫，沈浸在春天的氣息裡，像是有一種看不見的溫柔正呼喚著她、挑逗著她，撩亂了她的心思。

她很喜歡一個人沈醉在溫暖的陽光下，享受那種既朦朧又安詳的心情與樂趣，完全不受思緒的干擾。

有天早晨她也是這樣昏昏沈沈的，一幅影像倏地掠過她的腦海，那是在艾特丹附近的小樹林裡，周圍都是陰暗的枝葉，陽光從一處縫隙灑下。就在那裡，在那個愛戀她的年輕男子身邊，她初次感受到肉體的悸動；就是在那裡，他第一次呑呑吐吐地對她表白內心的願望；也是在那裡，她驀然發現期盼已久的美好未來，已經信手可得了。

她很想再去看看那座樹林，進行一趟感傷而迷信的巡禮，彷彿只要舊地重遊，就能讓她的生命歷程產生什麼變化。

朱利安天一亮就出門，她不知道他去了哪裡。近來她偶爾會騎騎馬丁家的小白馬，她叫人幫這匹馬裝上鞍子，然後就出發了。

在這安靜的日子裡，風彷彿死去一般，四面八方的一草一木都沒有動靜，一切都是靜止的，彷彿世界末日。就連昆蟲也好像消失無蹤了。

熾熱的陽光從高空潑灑下來，無聲無息地將大地籠罩在一片金黃色的水氣裡。嘉娜一晃一晃地騎著小馬，覺得非常快樂。她不時抬起頭來，遙望藍天上那朵小白雲，渾圓的雲層看起來像團團棉花，也像凝結在半空中的雪片，孤單地懸在那裡，彷彿已經被人遺忘。

她順著山谷往下走，道路朝著海邊鋪展，一直通到了懸崖邊的岩洞，那裡就是艾特丹拱門；嘉娜就這樣慢慢走到進樹林。樹木的枝葉這時還很稀疏，陽光從上方傾瀉而下。她走遍了許多小路，卻找不到上次那個地方。

穿過一條長長的小徑時，她赫然發現道路盡頭有兩匹裝了鞍的牲口，都拴在一棵大樹下；她馬上就認出那是吉蓓特和朱利安所騎的馬。她正好覺得很寂寞，所以很高興有這個意想不到的巧遇；於是，她策馬向前奔去。

她走到牲口旁邊大聲呼喊，但卻沒人回答；兩匹馬兒很有耐心，好似早已習慣這種漫長的等待。

草地被壓平了，上面丟著兩條鞭子和一只女用手套。那麼，他們之前一定是坐在這裡，後來又丟下馬兒到比較遠的地方去了。

她等了十五分鐘、二十分鐘，心裡不免訝異他們還能做些什麼。她已經下了馬，把牲口拴在樹幹下，不再四處走動了；這時有兩隻小鳥飛到她身旁的草皮上，好像根本沒注意到她。其中一隻鳥兒動個不停，在另一隻的身邊蹦蹦跳跳，展開雙翅不停抖動，又搖頭晃腦嘰嘰喳喳地啼叫；驀地，兩隻鳥兒交尾了。

嘉娜吃了一驚，彷彿不知道有這種事一樣；然後才自言自語說：「沒錯，春天已經來臨。」緊接著，她腦海中浮現了另一個念頭、一種猜疑。她又看了看那只手套、兩條馬鞭，以及兩匹被丟在那裡的馬兒；然後她就猛然跳上自己的座騎，迫不及待地逃開了。

嘉娜往白楊山莊飛奔著。她腦中不停思索、推理著，把所有事實組合起來，把一切情況都串連在一起。她以前爲什麼就沒注意到？爲什麼就看不出來呢？朱利安常常不在家，又變得像從前一樣優雅迷人，脾氣也變好了，她怎麼沒發現這一切有什麼不對勁呢？她又想起吉蓓特那種神經質的暴躁，她那種過於誇張的溫柔，以及她近來那種愉快的心情，連伯爵都因而覺得很幸福。

她勒住馬兒讓牠漫步前進，因爲她需要好好思考一下，跑快了會影響她的思緒。

這種激動的感覺過去之後，她內心幾乎又恢復了平靜，既不吃醋，也沒有怨恨，但輕視的感覺卻油然而生。她完全沒想到朱利安，他做的一切早就讓她死心；但是伯爵夫人的雙重背叛，卻讓她由衷感到憤怒。看來世界上到處都是騙子，個個陰險而虛偽。這時她不禁淚水盈眶。當我們爲想像中的事物哭泣時，傷心的程度不下於哀悼死者。

然而她決定裝作一無所知，專心地疼愛保爾、敬愛雙親，再也不讓任何情感來觸動自己的心弦；在其他人面前，她得保持冷靜。

她一回到家，就撲向兒子，把他抱到自己房間，瘋狂地親吻，足足有一小時都停不下來。

朱利安滿面笑容地回來吃晚餐了，態度親切，處處想討她歡心。他問道：「難道爸爸和媽媽今年不來了嗎？」

這份殷勤又讓她感動得幾乎要原諒樹林裡那件事了；她心頭剎時有了一股衝動，想看看那兩位老人家，除了保爾之外，他們是她最最親愛的人了；她花了一整晚時間寫信給父母，催促他們前來。

他們捎來信息，表示五月二十日可以回來。這時候是五月七日。

嘉娜迫不及待地盼著他們，這除了是一種思念父母的心情之外，她彷彿也體認到另外一種需求，想讓自己的內心去接觸一些誠實的心靈；她想敞開心胸與純眞聖潔的人交談，因爲他們的一生都和卑鄙的行爲扯不上邊，無論是行動、思想和一切的願望，永遠是非常正直的。

她現在覺得內心很寂寞，因爲身旁盡是些心靈不健全的人；雖然她也突然學會了掩飾自己，雖然她還是笑容可掬地接待伯爵夫人，而且還緊緊握住她的手，但這種空虛之感，以及對人類的輕視，卻愈發擴大，及至縈繞不去；每天所聽到的各種小道消息，徒然在她的心靈激起更大的反感，讓她對人們更加輕視。

古亞德家的女兒剛生下一個孩子，不久就要結婚了。在馬丁家幫傭的那個孤女，肚子被弄大了；附近一個十五歲的女孩也懷有身孕；那個又髒又跛，綽號「狗屎」的窮婆子更是聲名狼籍，連她也有了孩子。

隨時都會聽到有人懷孕的新消息，或是某人又做出什麼荒唐的醜事，主角可能是某個少女、某個已婚的農婦，或是生產過的母親，就連向來受人尊敬的富農，妻子也可能會紅杏出牆。

這個熱情的春天不僅讓草木欣欣向榮，似乎也讓人們變得更亢奮了。

而嘉娜呢？她已心如止水，情感也被澆熄了，她那多愁善感的靈魂雖然狂熱地幻想著，卻已然毫無欲念，彷彿只有在春風溫存的吹拂下，才會覺得感動；夢境讓她如痴如醉，肉體的欲念卻早已絕跡，她非常厭惡這種骯髒的獸性，甚至感到很驚訝，進而滿懷怨恨。

一切生物的性行爲都使她覺得憤怒，彷彿這違反了大自然的法則一樣；嘉娜怨恨吉蓓特，並不是因爲她搶了自己的丈夫，而是因爲她也像大家一樣，都跌進了這個深淵。

吉蓓特並不像那些受本能支配的粗人。她怎麼也會像那些畜生一樣沈淪下去呢？

就在嘉娜父母抵達的那天，朱利安很興奮地對她說了一件既自然又滑稽的事，更加引起她的反感——麵包店的老闆前一夜聽到爐子裡有聲音，但那天並不是烘麵包的日子；他以爲有野貓鑽了進去，沒想到卻在裡頭發現自己的妻子，「而她並不是在烘麵包。」

朱利安又接著說：「麵包店老闆把爐子的門關上，那對姦夫淫婦在裡頭幾乎要悶死了，幸好老闆娘的小兒子去告訴鄰居；這孩子曾看到母親和鐵匠一起鑽進爐子裡。

朱利安笑著說：「這兩個傢伙是想讓我們嚐嚐愛情的麵包啦！這個故事簡直像拉封丹的寓言一樣精彩。」

嘉娜從此再也不敢碰麵包了。

長途馬車在台階前停下，男爵愉悅的臉龐在窗口出現了，這場景在嘉娜的內心和靈魂都激起深刻的回應，感到前所未有的激動。

然而，她看見母親時卻愣住了，幾乎要昏過去。雖然只離開六個月，但經過這個冬天之後，男爵夫人卻好像已經老了十歲。她那肥大、鬆弛而下垂的臉頰，看起來好像充滿血絲，漲成紫紅色；兩眼呆滯無神，除非兩隻手臂都有人扶持，否則已經走不動了；她原本就呼吸困難，如今更是夾雜著嘶嘶聲，而且愈來愈困難，使身邊的人都感到痛苦不堪。

男爵和她朝夕相處，反而沒發現她的每下愈況；當她抱怨自己呼吸愈來愈困難，身體愈來愈沈重時，他總是回答：「那倒不會啊，親愛的，妳不是一向都這樣嗎？」

嘉娜陪他們進到臥室之後，覺得驚慌不安，於是便回到自己房間去大哭一場。後來她去找父親，哭倒在他懷裡，兩眼盡是眼淚：「啊！媽媽怎麼會變那麼多呀！她怎麼啦？告訴我，她是怎麼啦？」

男爵很驚訝地回答她說：「哪有這回事？妳爲什麼會這麼想？她不是老樣子嗎？我和她天天都在一起，可以保證她沒什麼毛病，還是像往常一樣。」

當晚朱利安告訴妻子：「妳母親的情況不大對勁，我看拖不了多久。」嘉娜聽了忽然嚎啕大哭，使朱利安感到很不耐煩。「眞是的，我又不是說她馬上就會死。妳每次都這麼大驚小怪。她因爲上了年紀，所以外表變了，就是這樣而已。」

過了一個星期，她已經看慣母親的新容貌，不再想著這件事了；有些人因爲天性自私，難免會想追求心靈的平靜，於是，面對種種煩憂，他們便拒絕接受，或者是一味地逃避，或許嘉娜也是如此，硬把自己的恐懼給壓抑下來。

男爵夫人現在已經走不動了，一天只能出來半小時。每當她在「她的」林蔭道上走完一趟之後，就累得動彈不得，需要坐在「她的」長椅上休息片刻。當她覺得自己走不完一整趟時，就會說：「走到這裡就好了，我的心室肥大症今天已經讓我走不動了。」

她再也不笑了，只有以往讓她長年都開懷不已的事，才能夠使她微微一笑。不過她的眼睛還是看得很清楚，有好幾天的時間都在閱讀《柯麗娜》和拉馬丁的《沈思集》；隨後她又叫人把那只裝了「回憶」的抽屜拿過來，這些陳舊的信件使她心裡覺得很甜蜜。她把它們全都倒在膝上，將抽屜擺到身旁的椅子，接著又把這些「老古董」都慢慢讀過一遍，然後才一封一封地放回盒子裡。而且，甚至在四下無人、只有她獨處時，還會把其中幾封信拿到嘴邊吻著，就像親愛的人去世之後，我們會偷偷親吻他的頭髮那般。

偶爾嘉娜突然闖進去時，會發現她在哭泣，悲傷難抑地掉淚。嘉娜吃驚地叫道：「媽媽，怎麼回事呀？」

男爵夫人深深嘆了一口氣，回答說：「都是因爲這些老古董。我又想起了從前的快樂時光，但那些景象已經一去不復返了。有些我早已忘記的人，現在又突然出現。我覺得好像看到他們，也聽見他們的聲音，多麼令人心驚啊！這種感覺妳以後就會明白的。」

在這悲傷的時刻，如果男爵剛好走了進來，就會輕聲說道：「嘉娜，親愛的，聽我的話，燒了妳的信吧！所有的信，不論是妳母親寫的、或是我寫的，通通都燒掉吧！沒有任何事比老了之後還沈醉在舊日回憶更可怕的了。」但嘉娜還是把自己的信件都留下來，也準備要弄一個「裝老古董的盒子」，雖然她很多地方不像她母親，但是卻遺傳了這種愛幻想、多愁善感的性格。

幾天之後，男爵因爲要處理一件事，所以離開了白楊山莊。

這是一個美好的季節。一大早就有光彩奪目的晨曦，接著是燦爛的白晝與晴朗的黃昏，然後是寧靜的夜晚、柔和的夜色，以及滿天星辰。不久之後，男爵夫人的身子較爲硬朗，而嘉娜也忘了朱利安的花心、吉蓓特的背叛，差不多覺得很幸福了。原野上花香瀰漫，海洋從早到晚都靜靜地在太陽下閃閃發光。

有天下午，嘉娜把保爾抱在懷裡，走到田野中。她一下看看兒子，一下又望望沿路開滿野花的草地，陶醉在無邊無際的幸福裡。她不停地親吻孩子，又慈愛地把他摟在懷裡；鄉間甜美的氣息輕飄而過，使她魂銷骨散，感到無比舒暢。然後，她開始編織起孩子的未來。他會是怎麼樣的一個人呢？她有時希望他成為一個有名、有勢的大人物，有時又寧可他留在自己身邊，成為一個既孝順又溫和的孩子，永遠都和媽媽維持親熱的感情。當她以母愛的私心來看待他時，希望他永遠都是她的兒子，只當她的兒子就好了；然而，當她用理智的感情來愛他時，又渴望他揚名於世上。

她坐在溝渠旁邊，端詳著孩子，覺得自己好像從未看過這個小生命。他有一天會長大，會長著滿臉鬍子，會邁著強健的步伐走路，並且用洪亮的聲音說話，一想到這裡，她驀地驚訝起來。遠遠那頭有個聲音在叫她。嘉娜抬起頭。馬雨斯正往這裡跑來。她心想一定是家裡有訪客，她覺得受到打擾，於是很不情願地站起身。然而小僕人卻跑得飛快，一到了她聽得見的距離就大聲嚷道：「太太，男爵夫人不行了。」

她心頭一涼，覺得有滴冷水沿著背脊流下；於是，她慌慌張張地朝家裡奔去。

嘉娜大老遠就看見梧桐樹下擠了一堆人。她衝過去，大家立刻把路讓開，她看見母親躺在地上，頭底墊著兩個枕頭。男爵夫人臉色發黑，雙眼緊閉，她那喘了二十年的胸部，再也不動了。

奶媽從嘉娜懷裡接過孩子，把他抱開了。

嘉娜瞪著眼睛問道：「怎麼回事？她是怎麼倒下來的？快叫人去請醫生。」神父不曉得是怎麼得到消息的，她一回頭，就發現他也來了。他捲起長袍的袖子，熱心地幫起忙。但無論用醋或花露水幫男爵夫人按摩，都沒有起色。

「得讓她寬了衣裳，躺到床上去才行。」神父說道。

古亞德農莊的約瑟夫開始動手，西蒙老爹和呂迪芬也來幫忙。畢柯神父幫著他們，想把男爵夫人抬走；但是才把她扶起來，她的頭就往後垂下，裹在身上的衣服也裂開了，她實在太重，大家都搬不動。嘉娜嚇得開始尖叫。他們把這個肥胖、軟綿綿的身軀又放回地上。

應該從客廳裡搬一張長椅過來才行。他們把男爵夫人放在椅子上，這才把她給抬走。大家一步一步地走上階梯，然後又爬上樓梯，終於進了她的房間，將她安置在床上。

廚娘呂迪芬怎麼也沒辦法將她的衣服脫下，唐寡婦卻及時出現了；依照僕人們的說法，她和神父一樣，都是因爲「聞到死亡的氣息」而趕來的。

約瑟夫飛奔前去請醫師了。神父正想回去拿聖油時，唐寡婦卻在他耳邊喁喁私語：「神父先生，您別忙了，我看她已經過去了。」

嘉娜不知該怎麼辦，瘋了似地問人要從哪裡著手、還有什麼藥可以試。神父卻突然唸起赦罪禮的禱文。

在這個發紫、毫無生氣的身體旁邊，大家已經等了兩小時。嘉娜這時既焦急又心痛，跪在地上涕淚交流。

醫生打開門走進來時，她如遇救星，感到很安慰，覺得又有了希望：她撲上前，結結巴巴地把所知的全說給他聽：「她像平常一樣在散步……沒有覺得不舒服……精神甚至還很好……中午吃了兩個蛋，也喝了湯……她忽然就倒下來了……就像您看見的這樣，臉色發黑……她一動都不動……爲了讓她醒來，我們什麼方法都試過了……都試過了……」說到這裡她卻噤口，因爲唐寡婦偷偷向醫生做了一個手勢，表示病人沒救了，早就沒救了。但她不願去思索其中含意，一直焦急地問，「嚴不嚴重？您說這情形嚴不嚴重？」

醫生回答她：「我想恐怕是……恐怕已經沒救了。勇敢一點，千萬要勇敢一點。」

嘉娜張開雙臂，撲倒在母親身上。

朱利安進門後愣住了，顯然十分不悅，絲毫沒有因爲難過或絕望而哭號，彷彿這個場面太過突然，使他根本來不及裝出適當的表情。他自言自語地說：「我早就料到了，早就知道她已經不行了。」接著他掏出手帕擦了擦眼睛，又跪下來在胸前劃了一個十字架，嘴裡喃喃地念了什麼東西，然後就站起身，同時也想扶起妻子。但她抱著屍體吻著，幾乎是趴在死者身上了。別人只好把她拖走。她看起來像瘋了一樣。

一小時後，人家才又讓她進來。一切希望成空。臥房現在已經佈置成停屍間。朱利安和神父在窗邊竊竊私語。唐寡婦則酣然地躺在一張長椅上，已經快要熟睡；她很早就習慣這種守屍的工作，不論哪一家死了人，她都能住得像家裡一樣自在。

天黑了。神父走到嘉娜身邊，抓住她的手鼓勵她，把聖經上那些安慰人的話語都一古腦地倒給這顆破碎的心靈。他談起了死者，用一些職業上的辭彙來讚美她，裝出一副身為教士應有的假慈悲，要求在屍體旁邊禱告一晚；事實上對神父而言，人死了多少都有點好處。

但嘉娜抽抽噎噎地哭泣，根本聽不進去。在這個永別的夜晚，她寧願一個人留在這裡，只有她一個人就好。朱利安走過來說：「這怎麼行，我陪妳留下來。」

她說不出話來了，搖搖頭表示「不要」。後來終於說道：「這是我的母親，我自己的母親，我要一個人守著她。」

醫生悄悄地說：「由著她吧！可以叫看護婦留在隔壁房間裡。」

神父和朱利安也比較想睡在自己的床上，所以就同意了。神父跪在地上做完禱告，然後就站起來走出房間了，嘴裡一邊唸著：「這是一個聖潔的靈魂。」那聲調就像他唸「天主保佑你」一樣形式化。

這時朱利安用平淡的語氣問道：「妳想不想吃一點東西？」

嘉娜不知道他是在對自己說話，所以沒回答。他又問了一次：「妳最好還是吃點東西，不然身體會受不了。」

她心不在焉地回答：「趕快叫人去找爸爸回來。」於是他走出房間，派人騎馬到盧昂。一種僵化的痛苦侵蝕著她，彷彿她早就在等著與母親獨處的最後時光，才能盡情宣洩心頭那股絕望的悲痛。

黑暗籠罩了房間，死者身上蒙著一層陰影。唐寡婦輕輕地來回穿梭，以看護病人那種靜悄悄的動作，在黑暗中摸索著看不見的東西，再將它們一一放好。然後她點了兩枝蠟燭，輕輕地擺在鋪著白布的床頭櫃上。

嘉娜好像什麼都沒看到、沒聽見，也什麼都不明白。她在等著自己獨處的時刻。朱利安吃過晚餐，又走了進來；他再次問道：「妳什麼都不想吃嗎？」他妻子搖搖頭表示不要。

他沒有什麼悲傷的感覺，帶著無可奈何的表情坐了下來，不再說話。

三個人都待在自己座位上，彼此之間離得很遠，一動都不動。

有一陣子唐寡婦熟睡，發出輕微的鼾聲，然後又突然醒來。

朱利安終於站起身，走到嘉娜身邊：「妳現在還願意一個人留在這裡嗎？」

她不自覺地抓住他的手說：「是啊，讓我留下來吧！」

他在她頭上吻了一下，喃喃說道：「我會常常過來看妳。」然後就出去了。唐寡婦也跟在後面推著椅子，到隔壁房間去了。

嘉娜關上門，把兩扇窗都打開。晚風帶著青草的氣息，溫和地向她迎面吹來。這些草葉是前一天才割下的，成堆地躺在明亮的月光下。

這種輕柔的感覺卻刺痛了她的心，彷彿是在嘲諷她的痛苦一樣。

她又走到床邊，握住一隻冰冷而僵硬的手，開始對著母親端詳起來。

男爵夫人已經不像剛倒下時那麼臃腫。現在她躺在那裡，彷彿從未睡得如此安穩；慘淡的燭光在微風裡顫抖，死者臉上的光影也搖曳著，彷彿她又有了生命，已經復活了。

嘉娜熱切地望著母親，童年時代遙遠的回憶，又出現在她腦海裡。

她想起母親到修院去看她的情景，想起她在會客室把一袋糕餅遞給她的模樣，想起許多的小細節、小事情，想起她的慈愛、她的言談、她說話的聲調，以及那些熟悉的手勢，她笑起來時眼角會有皺紋，剛坐下時也會重重地喘著氣。

嘉娜就這樣看著母親，一直呆呆唸著：「她現在已經死了。」這個字眼可怕的含意，通通都出現在她的面前。

躺在這裡的人，是她的媽媽，她的老媽，她的阿黛萊德媽媽，已經死掉了嗎？她再也不會動了，再也不會說話、不會笑，再也不能坐在爸爸的面前吃晚餐，再也不會對她說一聲：「早啊，嘉嘉！」她已經死掉了！

他們會把媽媽裝到盒子裡埋起來，然後一切就沒了。從此再也見不到她了。真的是這樣嗎？怎麼會這樣呢？她永遠都沒有母親了嗎？這個親愛的臉龐是如此熟悉，這個她一睜開眼就看見，一張開手臂就喜歡的人，這個母愛的泉源，這個在她心裡比任何人都重要的母親，已經過世了。她只剩下幾個小時可以守候這張臉孔，這張看不出喜怒哀樂、一動都不動的臉孔；以後什麼都沒有了，除了回憶之外，什麼都沒有了。

在一陣可怕的恐慌與絕望之中，她跪倒在地，雙手發抖地擰著被單，嘴唇貼在床板上，整個頭都埋在床單和被褥裡，以令人心碎的聲音叫著：「啊！媽媽，媽媽，我可憐的媽媽！」

這時她覺得自己快瘋了，就像那天夜裡逃到雪地一樣，於是她站起身子跑到窗口去透氣，去呼吸一下沒有死亡氣息的空氣，和這屋內截然不同的新鮮空氣。

修剪過的草坪、樹木、荒原、遠處的大海都寂靜地安息了，沈睡在溫和迷人的月光下。這種平靜柔和的氣氛感動了嘉娜，使她緩緩流下了淚水。

她走回床邊坐下，又抓住了母親的手，好像是在看護病人一樣。

一隻蟲子在燭光的吸引之下飛了進來。牠像一顆小球似地飛撞著牆壁，又從房間的這頭飛到那頭。嗡嗡的聲響讓嘉娜分了心，於是她抬起頭看著這隻飛蟲；不過，她只在白色的天花板上，看到牠那飛來飛去的影子。

然後嘉娜就沒再聽到蟲子的聲音了。她注意到掛鐘發出輕微的滴答聲，另外還有一種很小的聲音，小得幾乎讓人聽不見。原來是男爵夫人的錶，他們把她的衣服褪下來之後，就放到床腳的一張椅子上，錶也被遺忘在那裡。人已經死了，錶卻還是走個不停；這個隱隱約約的對比，突然又加深了嘉娜的錐心之痛。

她看了看時間，已經快十點半了。想到要在這裡坐上一整夜，她心裡就覺得非常害怕。

她又想到一些其他的事，想起自己的生活、羅莎麗、吉蓓特，以及幻想破滅所帶來的痛苦。這世間的一切不外是苦難、憂傷、厄運以及死亡罷了。每個人都在欺騙、撒謊，每件事都使人痛苦、落淚。何處才會有一點點安寧與喜樂呢？大概只能到另一個世界去找吧！屆時靈魂就會從人間的試煉中解脫。靈魂！這種難以理解的奧秘的讓她產生了種種幻想，滿腦子都是詩情畫意的信念，但其他同樣虛幻的假設，又隨即否定了這些想法。那麼，此刻她母親的靈魂在何方？這個冷冰冰的僵硬軀體，靈魂到哪兒去了？大概是在很遠的地方吧！是在地球上的某個角落嗎？那麼到底是在哪裡？難道是像乾燥花的香氣一樣，在空氣裡蒸散了？或是像出籠的鳥兒一樣，已經飛得無影無蹤了。

是被上帝召回去了嗎？還是無意間藏身在初露面的嫩芽裡，撒落在新生的景物中？

會不會就在很近的地方呢？是不是就在這個房間裡，在這個她才離開的屍體旁邊？嘉娜赫然覺得有個東西掠過，彷彿自己和靈魂有了接觸。她覺得很害怕，感到一種難以忍受的恐怖，這感覺是如此劇烈，使她根本不敢亂動，不敢呼吸，也不敢轉身看看背後有什麼東西。她的心臟害怕得咚咚跳。

突然之間，那隻看不見的昆蟲又飛了起來，來回盤旋地在牆上撞來撞去。嘉娜全身顫抖，等她明白那只是蟲子飛動時的嗡嗡聲之後，才又安心；她站起身子，回頭望了一望。她的目光落在那張雕著獅身人面像的寫字檯上，裡面裝著母親的老古董。

她心裡有了一個親切而古怪的念頭，想要在這個最後的夜晚，把死者最珍愛的老信件拿起來閱讀，就像是閱讀禱告書一樣。她覺得自己是在履行一個甜蜜而神聖的任務，覺得這是一種孝心的表現，會讓另一個世界裡的母親感到欣慰。

那都是外公、外婆寫給她母親的信，而她從來沒有見過他們。她想越過母親的遺體向他們伸出雙手，想在這個悲傷的夜晚迎向他們，彷彿外公、外婆也同樣感到痛苦；這兩位老人家離世已久，母親則是剛剛過世，自己卻仍然留在人間，她想在自己和另外三個人之間，以溫情建立一道神秘的鎖鏈。

她站了起來，打開寫字檯的桌板，從底層的抽屜取出十來捆發黃的信札，這些信件都是按照順序紮起來的，整整齊齊地擺在那兒。

出於一種細膩的感情，她把這些信都倒在床上，擱到母親的臂彎裡，然後才開始展讀。這些老舊的信件，在許多家庭古老的寫字檯裡都可以找得到，感覺像是另一個世紀的東西。

第一封信的抬頭是「我的小親親」。另一封是「我可愛的小女兒」，接著是「我親愛的小不點兒」、「我的小可愛」、「我最摯愛的女兒」，然後是「我親愛的孩子」、「我親愛的阿黛萊德」、「我親愛的女兒」，這些稱呼是隨著收信人的年紀而慢慢改變的，最初是小女孩，接著是少女，再來就變成了少婦。

每一封信都充滿熱烈而稚氣的感情，寫滿種種私密的瑣事，以及家裡那些單純平淡的大事，看在不相干的人眼裡，根本毫不爲奇：「父親染上流行性感冒、女僕歐彤絲的手指燙傷了、貓兒「捉耗子」已經歸西、柵門右邊那棵杉樹砍掉了、母親從教堂做彌撒回來時弄丟那本經書，她覺得是被人家偷走的。」

信裡也提到一些嘉娜不認識的人，但她隱隱約約記得，小時候自己曾經聽過這些人的名字。

這些細節讓她知道了很多事，使她覺得很感動；她好像一下子闖進母親往日的私生活，踏入她的內心世界。她凝視著母親那平躺的身軀，陡然高聲地把信唸出，她要唸給亡者聽，彷彿想幫她解悶，想安慰她。

死者一動也不動，似乎覺得很快樂。

她把信一封一封地丟到床腳，後來又覺得應該把它們都放到棺木裡，就像一般都會在裡頭放上鮮花一樣。

她把另一捆信札拆開。這是一個陌生的筆跡。她開始唸道：「沒有妳的愛撫我活不下去。我愛死妳了。」

信上只有這樣，沒有署名。

嘉娜把紙條翻來翻去，不解其中含意。收信人的名字是「勒貝爾地·戴沃男爵夫人」。

於是她又打開下一封信：「今晚他一出門，妳就過來吧！我們有一小時的時間。我愛妳。」另一封信上寫著：「我徹夜都發狂地想著妳。懷裡好像擁抱著妳的身子，嘴貼著妳的雙唇，眼神與妳相對。然而這時妳卻睡在他身邊，他可以隨心所欲地擁妳入懷……一想到這裡，我就恨不得從窗口跳下去。」

嘉娜目瞪口呆，完全弄糊塗了。

這是什麼意思？這些情話是誰寫的？又是寫給誰的？

她又繼續看下去，每封信都是狂熱的示愛，都謹愼地叮嚀了幽會的時間，信尾總是會加上一句話：「此信務必焚燬。」

最後她打開一紙便條，那是一張應邀接受晚宴的回函，筆跡和之前一樣，署名是「鮑爾·東納馬爾」，男爵如果提起此人，總是用「我可憐的老鮑爾」來稱呼他，他妻子是男爵夫人最要好的朋友。

這時嘉娜恍然大悟，原本在腦中輕輕掠過的猜疑，立即就得到確認了。這個人是她母親的情夫。

她腦筋忽然變成一片空白，慌亂地把這些齷齪的信件丟開，就像扔掉爬在身上的毒蟲一樣，然後她向窗子跑去，開始淒切地哭泣，不由自主地扯著嗓子嘶吼；後來她全身都虛脫了，沮喪地哭倒在牆角，爲了不讓別人聽到她的哭聲，她蒙住臉，在無邊的絕望裡悲泣。

她也許會徹夜都這麼哭下去，但隔壁房間的腳步聲，使她倏地站起。會不會是她父親呢？所有的信件還丟在床上和地上呢！他只要看到其中一封就完了！而父親，他到底知不知道此事呢？

嘉娜撲了過去，把那些發黃的信都抓在手裡，外公、外婆寫的，她母親的情夫寫的，甚至連她還沒拆過的，以及還留在抽屜裡的那幾捆，她全都一古腦地扔到壁爐裡。接著她拿起夜桌上那支還在燃燒的蠟燭，點燃這堆信。熊熊烈火冒起，火舌張牙舞爪，照亮了臥室、床鋪和屍體；死者僵硬的臉龐，以及被單下那個龐大身軀，都在床後的白帘子映照成顫動不已的黑色輪廓。

等爐底只剩下一堆灰燼時，她又走到敞開的窗口坐下，彷彿已經無法繼續待在死者身旁；她雙手捧著面頰，又開始掉淚，痛心疾首地哭叫著：「啊！我可憐的媽媽，啊！我可憐的媽媽！」

她腦中升起一個難以忍受的想法：假如媽媽還沒死，假如她只是湊巧罹患嗜眠症而沈睡，假如她突然坐起來說話了呢？她對母親的孝心，會因為看了這些可怕的信件而降低嗎？她還會像以前那樣眞心地親吻母親嗎？還會用同樣聖潔的感情來尊敬她嗎？不，這是不可能的！這個想法讓她傷透了心。

夜已闌珊，星星也黯淡下來，這是破曉之前清涼的一刻。低垂的月亮，已經快要沈入大海，整個水面都煥發著珍珠般的光彩。

嘉娜又想起自己首次回到白楊山莊的那個晚上。那已是多麼遙遠的事啊！世事萬物已經有了多少改變呀！現實生活中的未來，和想像中的又是多麼不同呀！

此時天際已經變成玫瑰色了，那是一種歡樂、多情而迷人的玫瑰色。嘉娜看著這光輝燦爛的拂曉，就像目睹了什麼奇景一樣，覺得非常驚訝；她問自己，世上既然有這麼美麗的黎明，爲什麼卻沒有一點點幸福與快樂？

開門的聲音使她一驚。原來是朱利安。他問她說：「還好吧？妳不累嗎？」她含糊地回答「不會」，很高興自己不再是獨自一人了。

「妳快去休息吧！」朱利安說。

嘉娜用一個痛苦而哀傷的親吻向母親道別，然後就回自己的房間了。

這一天就在喪禮的準備工作中度過了，氣氛十分感傷。男爵傍晚時趕回來了。他哭了很久。

隔天，就舉行了葬禮。

嘉娜在母親的額頭親了最後一下，替她做好最後一次的梳妝，看著屍體放進棺材，然後才退下。受邀的賓客就快來了。

吉蓓特最早到達，她撲在嘉娜的胸口抽抽噎噎地哭了。

從窗子望出去，看到幾輛車子在柵門那邊轉彎，快步地跑了過來。賓客的聲音在大廳迴響。女士們身穿喪服，陸續走進房間，嘉娜根本就不認識她們。古德黎侯爵夫人、畢思惟爾子爵夫人都過來和她擁抱。

嘉娜突然發現麗桑姨媽躲在自己的背後。她非常熱情地抱了姨媽一下，使這位老小姐感動得幾乎要暈倒了。

朱利安身穿黑禮服走了進來。他看起來頗為稱頭，一副很忙碌的樣子，顯然對這種熱鬧的場面感到很滿意。他竊竊私語地詢問妻子的意見，又偷偷告訴她：「場面很像樣，所有的貴族都來了。」然後他又走去向女客們莊嚴地打了招呼。

葬禮舉行時，只有麗桑姨媽和吉蓓特一直陪著嘉娜。伯爵夫人不斷地擁抱她，嘴裡不停地說道：「我可憐的寶貝兒！我可憐的寶貝兒！」

傅維爾伯爵過來接他太太時，也哭得像自己的母親過世一樣。

註❶：這是一種很輕便的馬車，然而安全性也很低。

註❷：加尼鎮位於費岡東部二十公里，當地的確有一座路易十四時代的宅邸，不過花園裡並沒有舊宅院的遺跡。

第十章

接下來的日子可說過得相當淒慘，一個親人走了，而且是永遠都不在了，因此家裡顯得非常空曠，時間在哀傷中度過；這些日子裡，每當看到逝者經常使用的東西，就令人十分痛苦。心中時時刻刻都會浮現一些回憶，叫人感到很難過。這是她的長椅、那是她留在大廳裡的陽傘，還有那個她以前用過、女傭卻忘了收起來的杯子！每個房間都可以零零星星找到一些物品——她的剪刀、一只手套，或者是一本書籍，書頁已經被她那雙沈重的雙手給翻爛了；除此之外還有許多微不足道的東西，但樣樣都象徵著心痛的感覺，因爲它們會讓人想起種種瑣事。

她的聲音一直追逐著你，你覺得自己老是聽到她在說話，因此很想逃走，隨便逃到什麼地方都好，只希望能躲開這屋裡的氣氛。然而你還是得留下來，因爲其他人都還在這裡，而且都在忍受這種痛苦。

自從發現那個秘密之後，嘉娜的心靈就受到傷害。這種感覺一直沈甸甸地壓著她，她的心已經被搗碎，再也無法復原。這樁可怕的秘密，讓她現在又覺得更孤獨了；她心中最後的信仰，已隨著這最後的信任而消失殆盡。

男爵不久之後就離開了白楊山莊，濃濃的哀愁已讓他愈陷愈深，他需要換個環境，呼吸一下別處的空氣，才能讓自己跳脫出來。

這座大房子就這樣看著主人一個個離開，然後又恢復了平靜規律的生活。

後來保爾生了一場病。嘉娜快急瘋了，接連十二天沒有闔眼，幾乎也沒吃什麼東西。孩子的病痊癒。但從此之後嘉娜就很恐慌，擔心有一天他若也死去。屆時她該怎麼辦呢？她會變成什麼樣子呢？慢慢地，她心裡有了一個念頭，想要再生一個小孩。不就之後她又編織起自己以前的那個夢想，全心期待有兩個孩子可以承歡膝下，最好是一男一女。這個想法一直糾纏著她。

然而，自從發生羅莎麗那件事後，她就沒和朱利安同房了。以目前的情況來看，要恢復兩人之間的關係，似乎是不可能的事。她也知道朱利安尙有其他愛人，況且，一想到還要再接受他的愛撫，她就憎惡地顫抖起來。

但是，想再生個小孩的念頭一直糾纏著她，爲了這個，她願意忍受一切；可是要如何才能恢復她和朱利安之間的性生活呢？與其說害怕朱利安會發現她的意圖，還不如說她自己會先羞愧而死；況且，他現在好像都不想要她了。

這麼說來嘉娜或許會放棄這個想法了，然而她卻夜夜夢見一個小女孩，並且看見她和保爾一起在梧桐樹下玩耍；有時她實在忍不住了，心裡很想離開床鋪，然後再靜悄悄地溜進丈夫的房裡去找他。有兩次她甚至走到他的門口了，卻又很快地回到自己的臥室，內心感到一陣羞愧。

父親離開，母親去世，再也沒有人可以和嘉娜商量，她已經沒有信任的對象可以傾訴內心的秘密。

最後她決定去找畢柯神父，想用懺悔的方式把心裡的難題說給他聽。她到的時候，神父正在那個種著果樹的花園裡讀經書。

兩人閒話家常，又談了一些其他的事，然後，嘉娜紅著臉，支支吾吾地說了：「神父先生，我想要懺悔。」

神父愣了一下，推了推眼鏡，仔細地打量嘉娜；然後，他開始笑了起來。「您不會是良心上有什麼過意不去的事吧！」

嘉娜心裡慌亂，趕緊告訴他說：「不是呀！我只是有件事想徵求您的意見，這件事情很……很……很難啓齒，我不敢在這裡說給您聽。」

他立刻收起那副好好先生的表情，改用神父的口吻說道：「那麼，孩子，我就到懺悔室裡去聽您講，走吧！」

但嘉娜一怔，又開始猶豫起來，心裡突然有了顧忌，覺得在空蕩蕩的教堂裡，在那種靜肅的氣氛中，這種丟臉的事實在說不出口。

「神父先生……，我看……還是不用了……，我可以……我可以……如果您願意的話……我可以在這裡說給您聽。那麼，我們坐到那裡去，到您那個小亭子去好了。」

兩人慢慢地走了過去。她在盤算該怎麼開口，怎麼解釋才好。他們坐了下來。於是，嘉娜開始訴說，就像眞的在懺悔一樣：「我的聖父……」接著她遲疑了一下，又重新說道，「我的聖父……」然後她整個人慌得根本說不出話來。

神父雙手交叉放在腹部，等著她說話。看見她那副窘迫的樣子，他便鼓勵地說道：「來吧！孩子，有什麼不能說的呢？說吧，勇敢一點兒！」

嘉娜下定了決心，就像一個生性膽小的人卻縱身往危險一跳那樣：「我的聖父，我想要再生一個小孩。」神父一頭霧水，沒有回話。她想向他解釋，卻因爲心裡慌亂，一時不知如何表達。「我現在的生活很孤單，父親和丈夫處得不好，母親又過世了，而且……而且……」她渾身發抖，把音量放得很低，「那一天，我差一點兒就失去我的孩子了！如果眞的那樣的話，我該怎麼辦才好？……」

嘉娜不說話了。神父被她難倒，只好盯著她瞧。

「我看，您還是開門見山地講清楚吧！」

嘉娜繼續說道：「我想要再生一個孩子。」

這時神父微微一笑；鄉間的農民經常在他面前肆無忌憚地開玩笑，而他也早就習慣那種鄙俗的笑話了；他點點頭，促狹地回答說：「哎呀，這件事可得靠您自己才行。」

嘉娜抬起眼睛，天眞地看著他，然後心慌地囁嚅道：「可是……可是……您知道，自從……

自從……自從那個侍女……那件事情您是知道的……後來我和我先生就……我們就完全不在一起了。」

神父聽慣了鄉下那種混亂而輕佻的男女關係，現在又聽嘉娜這麼說，不由得驚訝起來；突然之間，他深信已經摸到這個少婦眞正的心思了。他用眼角瞧著她，對她的困境充滿善意與同情：「是的，我現在完全懂了。我明白，您那……您那孤單的生活使您覺得十分痛苦。您現在還很年輕，身體也很健康。不論如何，這是很自然的事，非常自然的事。」

他帶著鄉下神父那種毫不拘束的眞性情，開始微笑起來；他輕輕地拍著嘉娜的手說：「依照戒律，是允許您這麼做的，甚至是非常贊成您這麼做。只有婚姻關係才能允許肉體的結合。您已經結婚了，不是嗎？所以您是名符其實有這個權利。」

這次換她聽不懂神父話裡所隱藏的意思了，等她明白之後，立刻滿臉通紅，急得眼淚都掉下來了：「啊！神父先生，您在說什麼呀？您在想的是什麼呢？我向您發誓……我向您發誓……」她哽咽地喘不過氣來了。

神父嚇了一跳，連忙安慰她說：「好啦，我無意使您難過呀。剛剛是鬧著玩的，只要內心正直，開開玩笑是無傷大雅的。這件事交給我吧！您就交給我來辦好了。我會去找朱利安先生談一談。」

嘉娜不知道該說什麼才好。現在她反而想拒絕神父的幫忙了。唯恐他會弄巧成拙，卻又不敢開口回絕：「謝謝您，神父先生。」她結結巴巴地扔下這句話，然後就逃開了。

一個星期過去了。她一直都覺得既焦急又擔心。

有天晚上用餐時，朱利安以一種特別的眼神看著她，嘴角帶著一絲微笑，以她對他的瞭解，這是他嘲弄別人時慣有的表情。他甚至帶著那種幾乎察覺不出來的諷刺，對嘉娜獻起殷勤來；後來夫妻倆在男爵夫人的白楊道上散步時，他在她耳邊輕聲說道：「我倆好像已經和好了。」

嘉娜一聲不發。她盯著地上瞧，以前那一道筆直的痕跡，現在又長出草來，幾乎快要看不清楚了。那是男爵夫人用腳步劃出來的痕跡，如今已經消失了，就像回憶一樣，漸漸消失了。嘉娜心如刀割，傷痛萬分；她覺得自己在生命裡迷失了方向，孤立無援。

朱利安又說：「對我來說，這是求之不得的事。我本來還以為妳不肯呢！」

太陽下山了，天色變得很柔和。嘉娜有一股想哭的衝動，她需要有個知心的人來讓她吐露心事，需要別人來擁抱她，讓她傾訴一下內心的痛苦。嘉娜的喉嚨哽咽起來。她張開雙臂，撲進朱利安的懷裡。

她哭了。朱利安很驚訝。他望著她的頭髮，看不見藏在自己懷裡的那個臉蛋。他以為她還是愛他的，便在她的頸背上吻了一下，好像這是給她的恩賜一樣。

兩人沈默無語地走回屋子。他跟著她回房，那一夜就睡在她那裡。

他們又恢復了從前那種關係。他做這件事好像是在盡什麼義務一樣，但心裡並不排斥；對她而言，這卻是一種噁心又痛苦的酷刑，決定等懷孕的症狀一出現，就要永遠終止這種關係。

然而，不久之後，嘉娜發現丈夫和她行房的方式，已經和從前不一樣了。他的舉動或許變得純熟，但是卻有所保留。他對待她的方式，好像自己是一個小心翼翼的情人一樣，根本不像一般的丈夫。

她感到很訝異，開始暗自觀察，不久，嘉娜就發覺丈夫每次和她親熱，都在她能夠受孕之前就停住了。

於是，有天晚上當他們接吻時，嘉娜喃喃地問道：「為什麼你不像從前那樣毫無保留地給我呢？」

他開始冷笑：「當然是為了不讓妳懷孕。」

嘉娜渾身打顫：「為什麼你不想再要孩子？」

朱利安嚇呆了：「什麼？妳說什麼？妳是不是瘋了呀！再生一個孩子？啊！那可不行！有一個小傢伙在哪裡吵吵鬧鬧的已經夠煩了，人人都要為他操心，還得為他花錢。再生一個孩子？不必了！」

她把他摟在懷裡，熱烈地親吻他，低聲說道：「啊！我求求你，讓我再當一次母親吧！」

但他卻生起氣來，好像被她刺傷了一樣：「我看妳是真的發瘋了。求求妳，不要再對我說這種蠢話了！」

她噤了口，決心要使個詭計來強迫他，才能爲自己帶來夢想中的幸福。

於是，她設法把親熱的時間延長，就像演戲一樣地裝出狂野的激情；在她假裝神魂顛倒的那一刻，雙臂也緊緊地纏繞著他。她使盡渾身解數，但他始終能夠把持得住，一次也沒有忘記。

嘉娜的願望愈來愈強烈，最後她決心鼓起勇氣，什麼都不怕，又回去找畢柯神父了。

神父剛吃完午餐。餐後他的心臟總是跳得很快，所以整個人都紅通通的。一見到嘉娜進來，他就大聲地問道：「事情怎麼樣了？」他也很想知道自己斡旋的結果。

嘉娜現在心意已決，不再感到靦腆害羞，所以立刻就回答：「我先生不想再要孩子了。」神父轉身面對她，他對此事很感興趣，準備用出家人的好奇心來探索這個閨房中的秘密，這就是他藉由工作幫自己解悶的方式。

他問她：「怎麼說呢？」

嘉娜雖然早已下定決心，一旦眞的要解釋，卻又開始心慌意亂：「是他……他……他不肯讓我再生孩子了。」

神父明白了，這種事他是知道的；他開始追根究柢地向她詢問種種細節，就像一個人雖然奉行齋戒，卻還是嘴饞一樣。

他思考了一會兒，然後就像在估計豐收的成果一樣，替她想了一個萬無一失的妙計，他用平靜的語調對嘉娜說：「親愛的孩子，您現在只有一個方法，那就是讓他相信您已經有了。這樣他就不會再存著戒心，到時您就眞的會懷孕了。」

嘉娜羞得連眼睛都紅了，但既然已經打算豁出去了，於是又緊追著問道：「如果……如果他不相信呢？」

神父是最擅長掌握、瞭解人們的心思了：「那就把您懷孕的事到處宣傳，說給每個人聽，最後他一定會相信的。」

神父好像想從這個計謀脫罪，於是又說了一句話：「這是您的權利，教會之所以允許男女之間的關係，就是爲了要繁衍下一代。」

嘉娜聽從了這個狡猾的忠告。兩星期後，她告訴朱利安說自己可能懷孕了。他嚇了一大跳：「不可能！不可能會有這種事。」

她立刻說出自己可能懷有身孕的理由。但他卻放了心。「唔！再等一等吧，現在還不能確定呢！」

後來，他每天早上都會問她說：「怎麼樣？」

而她每次都回答：「還沒來。如果這樣還不是懷孕的話，我就眞的搞不懂了。」

這下子輪到他開始擔心了，除了驚訝之外，他也覺得十分氣惱。不斷地說：「我眞是不懂，一點都不懂。就算打死我，我也弄不懂這是怎麼一回事！」

一個月之後，嘉娜把懷孕的事都說給每個人聽了，但出於一種微妙而複雜的心理，她不好意思把這件事告訴伯爵夫人吉蓓特。

朱利安自從開始產生懷疑之後，就不再碰嘉娜了；現在他氣極了，想想也就算了，還說了一句話：「這一個可是自己找上門來的。」從此他又開始到妻子房裡去過夜了。

神父預料的結果，果眞完全實現。嘉娜懷孕了。

她的喜悅難以言喻，每晚都把房門關得緊緊的，不斷地感激著她隱隱約約所崇敬的天主，發誓永遠都要守住貞節。

她幾乎又開始感到幸福了，沒想到母親過世之後，她的悲傷會消失得這麼快。她原先以爲自己已經得不到安慰了，然而只不過是兩個月的時間，這個淌血的傷口竟然就癒合了。現在她心裡只剩下淡淡的憂鬱，彷彿是一層以哀愁做成的薄紗，將她的生命包圍起來。她覺得不會再有什麼變故發生了。她的孩子們會長大，並且都很愛她，她則將平靜地看著時間流逝，很高興不必再爲自己的丈夫操心了。

大約在九月底時，畢柯神父穿著一件新長袍，向他們做了一次禮貌性的拜訪；通常只有每週日講道時，他才會穿上這件衣服。他向大家介紹即將接替自己職位的多比雅克神父。這位神父很年輕，身材瘦小，說話時有點誇大，有一雙深陷的眼睛和黑眼圈，感覺是個很暴躁的人。

畢柯神父已經榮升爲戈德市的長老了。

嘉娜對於他要離開此地，覺得很難過。她年輕時代的種種回憶，都和這位好好先生的身影脫不了關係。他幫她主持婚禮，幫保爾施洗，還主持了男爵夫人的葬禮。只要提到艾杜風村，她就一定會想到畢柯神父走過農莊庭院的樣子；他是一個樂天而淳樸的人，所以她很喜歡他。

神父雖然升了職，看起來卻不甚開心。他說：「子爵夫人，我很難過，我覺得很難過。我在這裡已經十八年了啊！這個村子的收入很少，沒什麼多大的收益。這裡的男人對宗教信仰不夠虔誠，而女人，您也知道，這裡的女人品行並不好。女孩子如果不是先去拜了大肚子的聖母，是不會到教堂來結婚的，在這個地方，貞節是值不了幾文錢的。儘管如此，我還是很喜歡這裡呀！」

新神父已經很不耐煩了，滿臉漲得通紅。他插嘴說：「只要我在，就不能再這麼下去。」他身上穿著一襲乾淨而破舊的長袍，整個人看起來卻又瘦又小，像個脾氣暴躁的小孩一樣。

畢柯神父斜睨著這個年輕人，他每次戲弄人時總是會這麼看人家。他說道：「神父，您知道嗎，想要防止這種事，可得用鏈子把所有的教民都鎖起來才行；就算眞的這麼做，搞不好還是沒用呢！」

年輕的神父粗暴地回答說：「我們等著瞧吧！」

老神父吸了一口菸，微笑地說：「神父，等您年紀稍大以後，經驗也多，就會比較心平氣和了；依照您的做法，除了把最後幾個信徒也趕出教堂之外，是沒什麼好處的。在這種地方，大家都相信上帝，但是也很會胡鬧，這一點您可得注意呀！老實說，每次講道時，只要看見有個女孩稍微胖了，我就會對自己說『她又要讓我多一個教民了』。然後我會想個辦法讓她嫁出去。您知道嗎，您根本沒辦法阻止她們失足，但是您可以把那個男孩找出來，免得讓他拋棄孩子的母親。設法讓他們結婚吧，神父，設法讓他們結婚吧，其他的事您就別管了。」

新來的神父冷冷地回答說：「我們的看法不同，再怎麼爭也沒用。」畢柯神父又開始惋惜地提起他的村莊，提起他宿舍窗口就看得到的那片海洋，也提起了那些漏斗形的小山谷，他常常在那裡一邊誦讀經文，一邊遠眺從遠方航行而過的船隻。

兩位神父都告辭了。老神父和嘉娜吻別，她幾乎快哭出來了。

一個星期之後，多比雅克神父又來了。他談起自己的改革，好像是個剛即位的王儲一樣。然後他又要求嘉娜千萬不要在週日的彌撒缺席，並且還要參加所有的節慶。「您和我一樣，」他說道，「我們在這裡都有帶頭的作用；所以我們應該要管理這個地方，凡事都要爲人表率。爲了獲得權勢、受人尊敬，我們必須合作才行。只要教會和莊園站在同一邊，住茅屋的村民就會害怕我們、服從我們了。」

宗教觀念在嘉娜的心裡，完全是出自於感情的成份，就像所有女人一樣，她的信仰帶著幻想的色彩；她之所以能勉強盡到教徒的本分，主要是因爲在修道院已經養成習慣；她父親那套萬物皆可宗的哲學，早就讓嘉娜把自己的信仰拋到九霄雲外去了。

畢柯神父見她多少願意盡一點義務，也就覺得滿意了，從不曾苛責她。然而，新來的神父發現她上星期沒去做禮拜，馬上就嚴肅地跑來，憂心忡忡。

嘉娜不想和教會產生裂痕，只好答應他的要求，但心裡卻提不起勁，只打算保留一下情面，參加剛開始的幾個禮拜就好了。

然而她卻漸漸養成上教堂的習慣，這個瘦小、正直的神父也對她產生了影響。他對宗教信仰的那種狂熱和激情，讓她十分欣賞。她和每個女人一樣，內心都隱藏著對宗教的詩意，而他正好爲她撥動了這根心弦。他生性嚴峻、執拗，蔑視世俗和肉欲，也厭惡人間的汲汲營祿，他熱愛上帝，對人情世故卻顯得青澀無知，他的言辭生硬、意志堅定，這一切都使嘉娜認爲這就是殉道者該有的形象；於是，飽經苦難的嘉娜，就被這個孩子般的、狂熱而嚴肅的天國使者所吸引。

他領她走向安慰人心的基督，告訴她虔誠的信仰會怎麼撫慰一切的痛苦；當她卑躬屈膝地跪著懺悔時，在這個看起來只有十五歲的神父面前，她覺得自己既渺小又卑微。

但是，過不了多久，所有村民都開始討厭這個神父了。

他嚴以律己，並且用相同的尺度去看待別人，毫不寬貸。有件事讓他感到特別生氣、憤怒，那就是「愛情」。每次講道時，他都會依照教會的習慣，以粗俗的字眼激昂地提起此事；在這群鄉下聽衆的面前，神父經常會大發雷霆地譴責淫欲，他那怒火中燒、繪聲繪影的描述，總是讓自己氣得跺腳、渾身發抖。

這裡的年輕年輕人，在教堂裡也敢公然和女孩們眉來眼去地調情；老農民們則一向喜歡拿這事開玩笑，因此，每次作完彌撒走回家裡時，他們總是和穿著藍布衫的兒子、披著黑斗篷的妻子並肩而行，議論起這個年輕神父的不近人情。整個鄉間，群情激憤。

人們竊竊私語地說起他聽教民懺悔時是何等嚴肅，處罰人時又是何等嚴酷；當他拒絕爲失貞的少女赦罪時，大家都開始譏笑他的頑固不堪。做節日彌撒時，若有年輕男女寧願留在座位上，拒絕隨衆人去領聖體，大家就會發出會心的微笑。

不久之後，神父就開始窺伺情侶們的行動，想破壞他們的幽會，彷彿哨兵在追趕違禁打獵的人一樣。他會在月夜裡沿著溝渠巡邏，闖入穀倉裡，或是摸進山坡上那片栗色的燈芯草叢，以便驅逐那些偷情的男女。

有一次他逮到一男一女，兩人在他面前照樣卿卿我我；在一個滿是石礫的溝壑裡，他們互相摟著腰，一邊走路一邊接吻。

神父對著他們咆哮：「你們夠了沒？眞是沒家教！」

那年輕人轉過頭來回答說：「神父先生，您把自己管好就行了，這不關您的事。」

神父聽了馬上撿起地上的石子，像打狗一樣地朝他們扔了過去。

兩個年輕人笑著逃走了。接下來的那個星期日，神父當著衆人的面，公佈了他們的名字。

從此之後，村裡所有的年輕人都不去望彌撒了。

神父每週四都會到白楊山莊吃晚餐，其他時間也常來和嘉娜聊天。她和他一樣，一提起精神上的事務就情緒激昂，宗教辯論各種古老而複雜的技巧，她已經能夠操縱自如了。

他們兩人沿著男爵夫人的白楊大道邊走邊聊，談起耶穌基督和祂的門徒，也談起聖母和教會的聖者，好像自己眞的認識這些人一樣。偶爾他們也會停下來相互討論一些深奧的問題，能讓雙方盡情地旁徵博引，她會天馬行空地發表一些詩情畫意的議論；他則是比較嚴謹，總是像偏執狂一樣地做出推論，就像用數學原理來研究化圓爲方的問題一樣。

朱利安對這個新來的神父相當尊敬，常說：「這個神父從不和人妥協，很對我的脾胃。」所以他也自願去懺悔、做禮拜，爲村民立了一個出色的榜樣。

他現在幾乎每天都去傳維爾家，伯爵常和他一起打獵，已經不能沒有他了；此外，不論颳風或下雨，他都會陪著伯爵夫人騎馬外出。伯爵也說：「他們兩人眞的很迷騎馬，不過這對我太太的身體倒有好處。」

十一月中的時候，男爵又回到白楊山莊。他看起來大不如前，變得衰老虛弱，整個人都沈浸在濃濃的哀愁裡。轉眼間，他對女兒的依戀更爲深切，彷彿這幾個月來的憂傷與寂寞，又使他更需要親情的鼓勵與呵護。

嘉娜完全沒對父親提起她思想上的變化，她沒告訴他自己已經和新來的神父成了朋友，也沒向他吐露她信仰上的熱忱；不過，自從第一次見到神父之後，男爵就對他產生了強烈的敵意。

那天晚上，嘉娜問他：「你覺得神父這個人怎麼樣？」

男爵回答：「那個人呀，他根本就像古時的宗教法官一樣，是個危險人物！」

後來，從一些農民朋友的口中，男爵知道年輕的神父生性嚴格、有暴力傾向，也聽說他迫害自然法則及人類本性的行爲，從此之後，他心裡就更討厭此人了。

男爵本身屬於老派的哲人，非常熱愛大自然，一看見動物交合就覺得很感動；他尊崇萬物皆有神的觀念，不認同天主教唯一的神祇「天主」，那個「天主」符於中產階級的觀念，具有耶穌會士的性格，也帶有暴君的復仇意念；那個「天主」在他看來，事實上就是世事萬物的縮小版，就是這些魅力十足、無邊無際、卻又舉足輕重的世事萬物，同時也是生命、陽光、土地、思想、植物、岩石、人類、空氣、動物、星辰、上天和昆蟲等種種事物的總和，世事萬物創造了一切，因爲它們本身也是一種「創造」，它比意志還堅強，比思想還廣博；太陽的運轉溫暖了大地，隨著時機的需要，在浩瀚的宇宙裡，這種「創造」從四面八方創造了一切，沒有目的，沒有理由，也沒有終點。

這種「創造」包括了所有的根芽，它培育了思想和生命，就如同樹木會開花結果一般。

因此，在男爵看來，生殖就是一個普遍性的大原則，是一種神聖、可敬而絕妙的行爲，也爲宇宙實現了永恆而深奧的願望。於是，他開始積極行動，一個農莊接一個農莊，鼓勵大家反抗這個性格偏激、迫害生命的神父。

嘉娜覺得很苦惱，她向天主禱告，向父親哀求，但男爵總是回她這句話：「這種人就是要讓大家來鬥爭的，這是我們的權利，也是我們的義務。」

他搖曳著長長的白髮，不斷地說：「這種人根本就沒有人性，他們根本什麼都不懂，一點都不懂。他們做什麼事都是胡來一通，違反自然的原則。」他一直喊著「違反自然」，好像這是個咒語一樣。

神父也知道自己遇上敵手了，然而，他打算把莊園和年輕的女主人都控制在手裡，因此便靜待機會，確信自己最後必然會贏得勝利。

後來，神父偶然發現朱利安與吉蓓特有曖昧的關係，於是他心裡便起了一個固執的念頭，想使出所有手段來拆散這兩人。

有一天他來找嘉娜，經過一番神秘的長談之後，神父要求嘉娜和他合作，一起來對抗、消滅她家裡的罪惡，拯救兩個陷在危險中的靈魂。

嘉娜不解他的意思，想要問個明白。神父回答說：「時機尚未成熟，我以後會再告訴您。」然後他就突然離開了。

冬天即將結束，正如鄉下人所說，這是一個發霉的冬天，溫暖而潮溼。

幾天後神父又來了，他用了一些模模糊糊的字眼，說是某些人之間有著不正常的關係，而照理來講，這些人應該是完美無缺的。他又說，知道這種事的人一定要設法阻止他們才行。然後他又發表一些冠冕堂皇的議論，抓住嘉娜的手，勸她要睜亮眼、弄明白，要幫他的忙。

嘉娜這次聽懂了，但一想到平靜的家園又要惹來一場風暴，她心裡就感到害怕，因此默不作聲；假裝聽不懂神父所言。他這時已不再拐彎抹角，隨即把一切說得清清楚楚。

「子爵夫人，我要完成的這個任務非常令人痛苦，但已經別無他法。我的職責告訴我，對於這件您可以阻止的事，不能再讓您蒙在鼓裡了。您要知道，您的丈夫和傅維爾夫人之間，有著不可告人的關係。」

嘉娜強忍心中委屈，無力地低下頭來。

神父又說：「您現在打算怎麼辦？」

嘉娜只好吞吞吐吐地回答：「神父先生，您要我怎麼辦呢？」

他粗暴地回答說：「您必須出面阻止這樁罪惡的戀情。」

嘉娜哭了起來，痛心地說：「他老早就瞞著我和女僕偷來暗去了，我說的話他根本聽不進去呀！他現在已經不愛我了，如果我有什麼要求不合他的意，他就對我很差。我又能如何呢？」

神父沒有正面回答，只是高聲地說：「所以您就這樣逆來順受、委曲求全！您默許他們的行為啦？通姦的人就住在您家裡，而您卻原諒他！您眼睜睜地看著罪惡發生，卻假裝沒有看到？您稱得上是一個妻子嗎？稱得上是教徒嗎？算是一個做母親的人嗎？」

嘉娜啜泣著：「您要我怎麼辦呢？」

神父回答：「隨便怎麼做都比一味地容忍來得好。我告訴您，隨便怎麼做都行。離開他吧！逃出這個骯髒的家庭吧！」

她回答說：「神父先生，可是我現在沒錢，也沒有勇氣；況且，我又沒有證據，怎麼走得了呢？我甚至連離開的權利都沒有。」

神父渾身發抖地站了起來：「夫人，這都是因爲您儒弱怕事呀，沒想到您居然如此無能。您根本不配得到上帝的憐憫。」

嘉娜跪下來：「啊！我求求您不要丟下我，請您告訴我應該怎麼做吧！」

神父簡潔地說：「將這件事告訴傅維爾先生。讓他來斬斷這樁姦情。」

嘉娜一想到此事就很害怕：「神父先生，他會殺了他們呀！那我就犯了告密罪了！啊！不行呀！絕對不行！」

神父氣炸了，舉起手來，好像在詛咒一樣：「那您就繼續留在恥辱和罪惡裡吧，因爲您的罪惡比他們還嚴重！您是一個姑息姦情的妻子！我已經沒必要留在這裡了。」

然後他就走了，氣得渾身發抖。

嘉娜驚慌失措地跟在他後面，準備要讓步答應他。但他依然怒不可遏地快步向前衝，氣憤地搖著那把幾乎和他同高的藍色大雨傘。

神父瞥見朱利安站在柵欄門旁邊，正在指揮下人修剪花木，所以他就向左一拐，想從古亞德農莊走出去；他嘴裡不停地叫著：「夫人，讓我走吧，我對您無話可說了。」

就在他走到院子裡時，一群孩子正好圍在母狗米爾莎的住窩旁，其中有些是農莊裡的小孩，有些則是附近的鄰居；孩子們全神貫注、安靜而好奇地盯著什麼東西瞧。男爵也湊在中間，背著雙手好奇地觀望，看起來簡直像個小學老師一樣。但是，等他瞧見神父從遠處走來時，就連忙躲開，免得還要和這個人打照面、握手寒暄。

嘉娜還在哀求他說：「神父先生，給我幾天的時間吧，到時請您再來一趟。我會告訴您我能做那些事，以及我能準備的一切，然後我們再一起商量。」

這時他們已經來到孩子們這裡，神父也湊了上去，想知道什麼東西這麼吸引人。原來那隻母狗正分娩。狗窩前方，已經有五隻動來動去的小狗圍在母狗身旁，牠筋疲力盡地癱在地上，溫柔愛憐地舔著剛出生的狗兒。神父彎下腰時，母狗剛好痙攣地挺了挺身子，然後第六隻小狗就出來了。所有的孩子都樂不可支，開始拍手嚷道：「又生一隻了，又生一隻了！」在他們眼裡，這就像一個遊戲，一個很自然的遊戲，沒有任何不潔的成份。他們觀看母狗生產，就如同看見蘋果落地一樣自然。

多比雅克神父起初是愣住了，隨後就突然發起飆來，生氣地舉起他的大雨傘，用盡全力朝孩子的頭頂敲下去。孩子們嚇得拔腿就逃，神父卻猛然轉向那隻還在生產的母狗；狗兒掙扎地挺起身子，但神父根本不讓牠有機會站起來，他已經昏了頭，開始對著母狗猛打。狗兒被鏈子綁住，無法逃開，在神父的痛擊之下，牠只好一邊掙扎，一邊痛苦地呻吟著。神父的雨傘敲斷了。這時他手上已經沒有東西，乾脆就跳到母狗身上，瘋狂地又跺又踩，想把牠搗個稀爛。在他的踐踏之下，最後一隻小狗也被擠了出來；母狗全身淌血，還在那堆連眼睛都還沒張開、嗚嗚叫的小狗中間抽搐著，牠們已經嗷嗷待哺；神父又狠狠地用腳跟踩了下去，這才結束了母狗的生命。

嘉娜早就逃開了。神父突然覺得有人抓住他脖子，摔了他一個耳光，把三角帽都打落了；男爵氣炸了，把神父一直拖到柵欄門那邊，又把他扔到馬路上。

男爵回來時，發現他女兒跪在那群小狗中間嚶嚶啜泣，一邊把牠們都撿到她的裙子上。他大步走向嘉娜，比手畫腳地大聲嚷道：「妳看看，妳看看，這就是那個穿著道袍的傢伙！現在妳看清楚了吧？」

農莊裡的人都跑過來了，大家盯著那隻肚破腸開的母狗瞧；古亞德家的女主人嘆道：「怎麼會有這麼野蠻的人呀！」

嘉娜把七隻小狗撿了起來，打算飼養牠們。

她試著餵牠們喝牛奶，有三隻在隔天就死了。於是西蒙老爹便四處奔走，想找來一隻會分泌乳汁的母狗。他找不到母狗，卻帶了一隻母貓回來，說是這樣也行得通。結果後來又死了三隻小狗，僅存的一隻，就交由這隻異族的奶媽來撫養。母貓立刻就收容了小狗，牠在狗兒的身旁躺了下來，讓牠吸自己的奶吃。

爲了不讓母貓過度勞累，兩星期後，他們就讓小狗斷奶了，由嘉娜親自用奶瓶來餵牠。她爲這隻狗兒取名「多多」。男爵卻堅持要換掉這個名字，更名爲「屠殺」。

神父沒有再來過，然而，接下來的那個星期日，他在講道時，趁機對白楊山莊大聲詛咒、辱罵和威嚇，說是一定要對症下藥，革除男爵的教籍才行，男爵一笑置之；神父同時還畏畏縮縮、若有所指地說了一些話，影射朱利安另結新歡。當事人聽了自然很憤怒，卻又怕這件不光彩的醜聞會宣揚出去，只好把火氣壓了下來。

於是，每次佈道時，神父都會趁機報仇，預言天主顯靈的時辰即將來臨，他所有的敵人都會得到報應。

朱利安滿腔怒火地寫了一封信給總主教，措詞恭敬，語氣卻很強硬。多比雅克神父因此而有了失去職位的危險，從此便住了口。

現在，大家常常看到他獨自邁著大步四處行走，神情顯然十分激動。吉蓓特和朱利安每次騎馬外出都會遇到他，有時是在原野的盡頭，或是在懸崖邊，遠遠地看上去像個黑點似的；有時他們正要走進一個狹窄的山谷，卻發現神父在裡面讀著經書。於是，兩人只好轉過韁繩，免得還要從他身旁經過。

春天來了，他倆的愛情也更纏綿了，每天都要騎馬尋找隱蔽的地方，不是在這裡，就是在那裡，以便和對方擁抱在一起。

樹木的枝椏這時還很稀疏，草地也很潮溼，所以他們無法像盛夏時那樣躲進矮樹林裡，爲了不讓別人撞見他們在親熱，兩人常常躲在一間牧羊人的救難小屋裡；自從秋天來臨，這棟木屋一直荒廢在沃溝特[註1]的山頂上。

這座活動的屋子孤零零地立在原地，高高地架在輪子上，離崖邊有五百公尺遠，剛好落在山谷陡降的地方。他們在裡面可以俯視整個原野的動靜，絕對不會有措手不及的情況發生；兩匹馬兒拴在屋子的轅木上等著，直到主人玩到盡興爲止。

但是，有一次他們離開小屋時，發現多比雅克神父居然坐在山坡上，整個人幾乎都藏在栗色的燈芯草叢裡。

「以後要把馬兒留在山谷裡才行，否則他大老遠就會發現我們了。」朱利安說。後來他們都把牲口拴在一處長滿荊棘的山凹裡。

有天晚上，兩人要回去佛麗耶特莊園和伯爵共進晚餐，卻看見多比雅克神父從裡頭走出。他們側身讓路給他，雖然打了招呼，眼神卻不敢和他交會。

他們憂心忡忡，但很快就忘記這回事了。

然而，有個五月初的下午，戶外颳著大風，嘉娜正在爐邊看書，乍見傅維爾伯爵急急忙忙地跑來；她有預感，不好的事即將發生。

嘉娜很快地下樓接待他，當她和他面對面時，還以爲伯爵已經瘋了。他的大帽子平常只有在家裡才會戴，現在卻頂在頭上；他身上穿著獵裝，臉色蒼白如紙，使他紅鬍子看起來格外明顯，幾乎像是一團火焰。他的眼神驚慌失措，眼珠子滾來滾去，一副失魂落魄的神情。

他結結巴巴地問道：「我太太是不是在這裡？」

嘉娜的腦子已經昏了，回答說：「沒有啊，我今天都沒看到她。」

伯爵坐了下來，好像雙腿全斷了一樣；他摘下帽子，好幾次機械式地用手帕擦拭前額；然後他抖了抖身子站起來，走到嘉娜身邊，伸著雙手，張著嘴，好像想對她傾訴某種極度的痛苦般；但是他又站住了，定定地看著她，就像發囈語般說道：「但他是您的丈夫呀……您也……」然後他就朝海邊直奔而去了。

嘉娜也追了過去，想要叫喚他、哀求他，阻止他，她嚇得膽戰心驚，心裡想著：「他全都知道了！他想怎麼做呢？啊！希望他找不到他們！」

但她追不上他，她的話他也聽不進去。他毫不遲疑地走在嘉娜前面，很清楚自己在做什麼。他越過溝渠，大步地跨過燈芯草叢，終於來到懸崖。

嘉娜站在滿是樹木的土崗上，目光隨著他走了很久；直到她再也看不見他，才滿心憂慮地走回家去。

伯爵轉向右邊，開始跑了起來。大海波濤洶湧地掀起浪潮，巨大的烏雲像瘋了似地飛來，一片接著一片，每片雲都為山坡帶來一陣驟雨。狂風吹襲，颳平了草原，壓倒了農作物的新苗，連遠方一群白色的大鳥，也被吹到地上，就像起伏的浪花一般。

豆大的雨點隨後就打在伯爵臉上，水珠順著他溼透的臉頰和鬍鬚滴下來，耳朵只聽到大雨嘩啦嘩啦的聲音，心跳急促。

那邊，就在他的面前，沃溝特山谷大剌剌地張開了喉嚨。一眼望去只見一個空蕩蕩的羊圈，旁邊還有一間牧羊人的小屋。有兩匹馬兒拴在這幢活動小屋的轅木上。在這種暴風雨的天氣裡，還有什麼好怕的呢？

一看見那兩匹牲口，伯爵馬上把身子趴在地上，接著便用雙手和膝蓋匍匐前進；他龐大的身軀沾滿泥濘，頭戴毛皮製成的帽子，看起來簡直像個怪獸。他爬到那座孤零零的房子旁，躲到屋子底下，免得裡頭的人會從木板縫隙瞧見他。

兩匹馬兒看到他時，起了一陣騷動。他用手中的小刀悄悄地割斷韁繩，這時又突然吹來一陣狂風，冰雹敲打在傾斜的屋簷上，小木屋在輪子上搖搖晃晃地，嚇得兩匹牲口拔腿就跑。

於是，伯爵又直挺挺地跪在那裡，眼睛貼住門底的縫隙，窺伺裡頭的動靜。

他一動都沒動，好像在等待什麼。過了一段很長的時間，才又猛然站起，從頭到腳都沾滿汙泥。他憤怒地推上門拴，把門外的擋泥板關了起來，然後又抓住轅木，拚命搖動這幢屋子，好像想把它撕碎一樣。然後，他忽然彎著身子，就像一頭拉車的牛一樣，氣喘吁吁，死命地拖著這棟活動的小屋，把它連同關在裡面的兩個人，一起拉向陡峭的山坡。

那對姦夫淫婦在裡頭大聲尖叫，一直用拳頭敲著木牆，還不知道發生了什麼事。

伯爵把屋子拖到坡頂之後，鬆手一放，這座小木屋就順著斜坡滾下去了。

它像瘋了似地往下飛滾，而且愈滾愈快，偶爾像野獸一般地彈了起來，然後又跌下去，轅木在地上撞個不停。

有個老乞丐縮著身子躲在山溝裡，正好看見這個木盒子從自己的頭頂飛奔而過；他聽見裡頭傳出可怕的叫聲。

有個輪子忽然撞落，屋子歪斜，開始像皮球一樣往下滾，就像一棟連根拔起的房子一樣，從山頂往下飛奔。然後，當它滾到最後一道山溝的邊緣時，又彈到空中劃了一個弧形，跌落在山谷裡，像雞蛋一樣地碎掉了。

等它撞落在滿是石礫的地面之後，看見它飛過的那個老乞丐，立刻穿過荊棘，躡手躡腳地走下山谷；他帶著鄉下人特有的小心謹慎，不敢直接靠近那座破碎的木屋，只先跑到附近農莊去通報消息。

人們立刻趕來，他們撥開了殘骸，發現裡頭有兩具屍體。兩個身子都撞得粉身碎骨，血肉模糊。男的前額裂開，整張臉壓得稀爛。女的受了重創，下巴脫落。兩人的四肢都撞斷了，軟趴趴的皮肉下，好像已經沒了骨頭。

但他們還是認出死者身分，議論紛紛了好一陣子，推測這樁慘劇發生的原因。

「他們到這屋子裡去幹嘛？」一個女人問。老乞丐便說，他們顯然是爲了躲避暴風雨，才會藏到裡面去，後來一定是狂風把屋子吹倒，它才會滾下來。他還說自己本來也是想躲在那裡，卻看見兩匹馬兒拴在轅木上，才知道裡頭早就有人了。

他又得意地補充說：「若非如此，死在這裡的人就是我了。」

有人回了他一句話：「那不是更好嗎？」

於是，這個老頭勃然大怒地說道：「爲什麼我死掉就會更好呢？因爲我很窮，他們比較有錢嗎？看看他們現在這副德行……」

他氣得發抖，衣衫襤褸，渾身溼透，鬍子骯髒不堪，長髮從破帽子露了出來，和鬍鬚纏繞在一起，他用彎曲的拐杖指著兩具屍體說：「死了之後，大家還不是都一樣。」

另一批農民這時也趕來了，他們站在角落觀看，神情顯得疑懼不安、驚慌而自私。大家開始商量要如何處理，後來眾人都希望能拿到一筆賞金，所以就決定把屍體運回莊園。他們準備了兩輛小馬車。這時又有新的難題。有些人主張車子只需簡單地鋪一層稻草即可，其他人卻認爲應該放個墊子才像樣。

剛才說話的那個女人嚷道：「但墊子會沾滿血跡，還得用漂白水才洗得掉。」

於是，一個氣色愉快的胖農夫回答說：「自然有人會出錢。我們用的東西愈貴，他們出的錢就愈多。」這句話幫大家做了最後的決定。

兩輛馬車沒有彈簧，高高地架在輪子上，一輛向左，一輛向右，快步地出發了，兩具屍體隨著車輛的顛簸而搖來晃去，他們生前緊緊地摟在一起，現在卻再也見不了面了。

伯爵自從看見小木屋滾下陡峭的山坡之後，立刻就頂著狂風暴雨飛快地逃走了。他就這樣跑了好幾個小時，穿過馬路，跳下土崗，越過籬笆；傍晚時他回到家裡，自己也不知道是怎麼回去的。

僕人正驚惶失措地等他回來，說是兩匹牲口剛剛才到家，朱利安的馬跟在另一匹後面，騎馬的人卻沒有回來。

傳維爾伯爵一陣眼花，斷斷續續地回答說：「在這種可怕的天氣裡，他們或許是出了什麼意外。叫所有人都出去找吧！」

他自己也出了門，然而一到別人看不見的地方，他馬上就躲到樹叢裡，窺伺路上的動靜；他現在仍深愛的那個女人，馬上就要從這條馬路回來了，她或許已死，或者還留著最後一口氣，也可能變成殘廢，永遠都毀了容。

不久之後，一輛小馬車從他面前經過，上面載了奇怪的東西。

車子在莊園前方停下，然後又駛進去。終於回來了，是呀，她回來了；然而，一陣極度的恐慌將他牢牢地釘在那裡，他害怕面對事實，不敢接受事情的眞相；他一動也不動，像隻兔子似地蜷縮在那裡，一點風吹草動都讓他嚇得發抖。

他等了一個小時，也或許是兩個小時。車子一直都沒再出來。他對自己說道，妻子也許一息尚存，但是，一想到要看見她，接觸她的目光，他就感到恐怖；他忽然很怕有人會發現他躲在這裡，強迫他回去接受這個打擊，所以又逃到樹林裡去了。但是又赫然想到，她現在可能極需別人的幫助，而屋裡又沒人可以照料她，所以他又瘋了似地跑回家去。

進了莊園之後，他遇見園丁，於是就大聲問道：「怎麼啦？」園丁不敢回答。伯爵幾乎是大吼地問，「她死了嗎？」

這個下人結結巴巴地回答：「是的，伯爵先生。」

伯爵如釋重負，感到無比輕鬆。他原本血脈賁張，頓時又平靜下來，肌肉也不再顫抖；他以穩健的步伐，登上了那座宏偉的台階。

另一輛馬車駛進了白楊山莊。嘉娜老遠就發現了，她看到車上的床墊，心想上面一定是躺了人，隨即猜到了一切。她受到強烈的刺激，立刻不省人事地昏了過去。

等她清醒時，她父親正托著她的頭，拿香醋擦在她的太陽穴上。他躊躇地問道：「妳知道了嗎？……」

嘉娜喃喃地回答：「爸爸，我知道。」然而，當她正想起床時，卻痛得怎麼站也站不住。

當天晚上，她就生下了一個死嬰，是個女孩。

朱利安下葬時，她什麼都沒有看見，也什麼都不知道。她只知道一、兩天之後，麗桑姨媽又來了；嘉娜焦躁地做著惡夢時，仍一直思索著，想知道這個老小姐上次離開白楊山莊是在何時，當時是哪個時期，又發生了什麼事。她一點都想不起來，清醒之後也一樣，只確定母親去世之後自己還見過她。

註❶：沃溝特是漪埠附近的一個小村莊。

第十一章

嘉娜在床上躺了三個月，她變得如此虛弱、蒼白，大家都覺得她不久人世了；人人莫不如此認為。後來她卻逐漸恢復元氣。父親和姨媽都在白楊山莊住下，再也不離開她了。經過這次的打擊之後，她得了精神衰弱症，一點點聲響就會讓她感到頭暈，隨便什麼小事都讓她昏迷不醒。

她從來沒問過朱利安的死因。管這些事做什麼呢？她知道的還不夠多嗎？所有人都以為那是一場意外，她心裡卻心知肚明，而把這件痛苦的秘密埋藏心底：丈夫和別人通姦的事，她早就知道了；他們出事那天，伯爵忽然怒氣沖沖地跑來找她，這一幕她還記得。

然而現在佔據她整個心靈的，盡是溫馨、甜蜜而惆悵的回憶，以及從前丈夫帶給她的歡樂，他那短暫的愛情。每當突然想起他時，她就渾身發抖；這時她看到的，是訂婚時期的朱利安，是她心愛的那個朱利安，當時他們在科西嘉頂著豔陽旅行，她那純粹的熱情才剛開始萌芽。他的缺點變少了，他的冷酷也消失了，就連他的不忠，現在也因當事人進了墳墓，隨著時光流逝而獲得原諒。這個男人曾將她攬在懷裡，如今他死了，嘉娜對他存著一份感激的心情，她不再計較從前所受的痛苦，一心只想著那些快樂的時光。時間不停地往前走，一個月接一個月，遺忘就像那逐漸堆積的塵沙一樣，掩蓋了她所有的痛苦與回憶；於是，她把一切都寄託在兒子身上。

這孩子成了寵兒，在他身旁那三個大人的眼裡，他是他們唯一的牽掛；他就像個高高在上的暴君。三個大人成了孩子的奴隸，甚至還會互相吃醋──孩子騎在男爵膝上玩耍，騎完之後還親熱地吻著外祖父，嘉娜每次看了都十分嫉妒。麗桑姨媽仍像平常一樣被大家冷落，就連這個還不會講話的孩子，也不怎麼理會她，有時甚至把她當成下人，所以她經常躲在房裡掉眼淚，一邊埋怨孩子對母親和外祖父總是親親熱熱，自己卻必須煞費苦心才能討得他些許歡心。

時間又平靜地過了兩年，沒有發生任何大事，三個人全心全意地照料孩子。第三個冬天來臨時，大家決定到盧昂去過冬，等春天再搬回來；於是全家人都出發了。然而，這座潮溼的屋子已經很久沒人住，一來到這裡，保爾就染上嚴重的支氣管炎，三個大人生怕他會轉成胸膜炎，不免驚慌失措，都說孩子離開白楊山莊的空氣是不行的。等他復元之後，一家人立刻又遷回。

從此又恢復了年復一年、平靜單調的生活。

三個大人總是和孩子寸不離身，有時在他房裡，有時是在客廳，有時是在花園；孩子開始牙牙學語，他那些滑稽的用語、他的一舉一動，在在逗得其他人驚喜不已。

他媽媽親暱地喊他「寶寶」，孩子發音不準，卻說成「泡泡」，讓他們笑翻了天。從此「泡泡」就成了他的小名，大家都這麼叫他。

孩子長得很快，替他量身高就成了三個大人最感興趣的事情之一；男爵笑稱孩子簡直有三個「媽媽」。

他們在客廳的門板上以小刀劃了一連串刻紋，記下他每個月長高的尺寸。這一道道標記就叫做「泡泡的高度表」，在全家人心中佔了很大的份量。

然後，家裡又多了一個重要的角色，那就是小狗「屠殺」；自從嘉娜開始全心全意照顧兒子之後，就把這隻小狗打入了冷宮。牠孤零零地被繩子拴著，住在馬廄前的一只舊木桶裡，一向都是廚娘呂迪芬在餵牠。

有天早上保爾發現了這隻小狗，開始吵著要抱牠。他們戰戰兢兢地將孩子帶了過去。保爾和小狗玩得很開心，大人要把他倆分開時，他尖叫著不肯答應。於是，他們只好解開「屠殺」的鏈子，讓牠住到屋子裡。

保爾一刻也離不開小狗，和牠成了永遠的好朋友。他們一起在地上打滾，一起躺在地毯上睡覺。不久，「屠殺」竟睡到牠朋友的床上去了，因爲孩子根本不想和牠分開。狗兒身上的跳蚤，有時會讓嘉娜覺得很煩惱；麗桑姨媽也很埋怨這隻小狗，她認爲牠在保爾心裡佔了太大的份量，原本孩子應該留給她的那份感情，現在倒被狗兒搶走了。

他們和畢思惟爾及古德黎兩家僅僅互相拜訪了幾次。定期在這座古老莊園出入的，只剩下鎮長和醫生兩人。自從神父打死母狗以後，嘉娜就沒去過教堂，她懷疑朱利安和伯爵夫人的慘死，和神父脫不了關係；天主居然會有這樣的手下，她覺得非常氣憤。

多比雅克神父時常詛咒白楊山莊，並且毫不隱諱地暗示那裡有「邪惡的精靈」、「反抗上帝的精靈」、「罪惡和謊言的精靈」、「傷風敗俗的精靈」，以及「墮落、淫穢的精靈」。他指的就是男爵。

再加上一些其他的原因，大家都不喜歡上教堂；每當神父走在田邊時，在那裡犁田的農民，從不會停下來和他談天，也不轉過頭來和他打招呼。除此之外，他曾經幫一位中邪的女人驅走邪靈，因此人家就把他當成巫師。大家都說他知道驅逐妖魔的咒語，對他來講，那只不過是撒旦設下的圈套而已。只要他把雙手放在母牛身上，牠們就會分泌出藍色的乳汁，尾巴也會捲成一個圓圈；他只要唸幾句別人聽不懂的話，遺失的東西就能夠找回，

他那狹隘而狂熱的心思，特別喜歡研究宗教書籍，包括魔鬼在地球出現的歷史、魔鬼威力的各種顯現、魔鬼變幻莫測的影響力、魔鬼的一切手段，以及魔鬼常見的詭計等。他認爲自己有一個特殊的使命，那就是對抗這股神秘的勢力，因爲它會帶來不幸；教士手冊裡各種驅魔的咒語，他全都學了起來。

他隨時都覺得有邪靈在黑暗中徘徊，嘴裡時時刻刻都掛著這句拉丁文：Sicut leo rugiens circuit quoerens quem devoret，意思是「像怒吼追趕獵物的獅子一樣來回奔馳」。

於是，他這種神秘的力量引起了恐慌，人們愈來愈怕他。就連他的同行，那些無知的鄉下神父，也把宗教和魔法混爲一談；在他們的信仰裡，魔王佔了重要的地位，這股惡勢力顯靈時，儀式上種種詳盡的規定讓他們深感迷惘，所以就把多比雅克神父當成巫師那一類的人物；他們認爲

他具有一種神秘的力量，而這股力量和他那無可指摘的嚴謹生活，同樣都令人感到欽佩。

他現在遇到嘉娜時，都不肯和她打招呼了。

麗桑姨媽對此情形感到痛苦不安，這位老小姐惶恐的心靈裡，實在不明白嘉娜為何不去做禮拜。她自己可能很虔誠，可能也會去懺悔、領聖體，但根本沒人知道此事，也沒人想知道。

每當她一有機會和保爾獨處時，就會小聲地對他講述「仁慈的天主」。當她講到開天闢地那些奇妙的故事時，孩子多多少少還聽得進去；然而，等她告訴孩子一定要非常、非常敬愛這位仁慈的天主時，他偶爾會反詰：「姨婆，天主在哪兒呢？」

於是她就指著天空說：「就在那呀，泡泡，但是你可別說出來呀！」她怕男爵會不高興。

但泡泡有天卻對姨婆說：「仁慈的天主到處都有，就是不在教堂裡。」他把姨婆那些神秘的啓示，都對外祖父說了。

孩子已經十歲了，他母親看起來卻像四十歲一樣。他長得很強壯，蹦蹦跳跳的，爬起樹來膽子很大，腦袋裡的東西卻不多。他覺得讀書很無聊，老是坐不住。每當男爵要他多看一會兒書，嘉娜馬上就過來說：「讓他去玩吧！他還這麼小，不要讓他累著了。」在她眼裡，他始終都像個半歲或一歲大的孩子一樣。她實在不願相信他已經能跑、能跳，也能像個小大人似地說話了；她總是放不下心，生怕他會跌倒、著涼，怕他動久了會太熱，吃多了對胃腸不好，吃少了又不夠營養。

孩子十二歲時，關於他第一次參拜聖體的事，引起很大的困擾。

有天早上麗桑姨媽來找嘉娜，勸她不能夠再拖延孩子的宗教教育，耽誤他履行教徒的基本義務。姨媽舉出了上千個理由，以各種方法來說服她，而其中最重要的就是外人的眼光。做母親的聽了很為難，猶豫不決，只好表示應該可以再等一等。

但是一個月後，嘉娜去拜訪畢思惟爾子爵夫人時，對方不經意地說了一句話：「您家的保爾今年應該要開始參拜聖體了吧！」

嘉娜措手不及地回答說：「是的，夫人。」這短短的一句話讓她下定決心。她完全沒和父親商量，便託麗桑姨媽帶孩子去參加教理問答班。

有一個月的時間，事情進行得相當順利；但是，有天晚上泡泡回來之後，嗓子變沙啞了。第二天他就咳嗽起來。他母親驚慌地詢問怎麼一回事，才知道原來孩子上課時不守規矩，神父要他在教堂門口罰站，對著風口一直站到下課為止。

從此嘉娜就把孩子留在家裡，親自教他一些宗教上的基本知識。然而，儘管麗桑姨媽一再請求，多比雅克神父還是認為孩子學得不夠多，拒絕讓他參拜聖體。

第二年的時候還是一樣。男爵為此非常生氣，表示孩子若是想成為一個正直的好人，根本就不必相信這種無稽之談，也不用接受那些愚蠢的象徵，把麵包和葡萄酒當成是耶穌的血和肉；男爵決定以基督徒的精神來教養自己的孫子，不必讓他成為一個道地的天主教徒，等他成年之後，再讓他選擇自己喜歡的宗教。

不久之後，嘉娜去拜訪畢思惟爾家，但這次對方卻沒有回拜。嘉娜知道自己的鄰居十分講究禮節，因此覺得很驚訝；後來才由古德黎侯爵夫人高傲地向她解釋了她遭到排擠的理由。

這侯爵夫人由於丈夫的地位和頭銜，再加上他們的鉅額財產；一向都以諾曼第貴族中的女王自居，而她事實上也像個女王般地統治一切，說話毫無顧忌，有時很親切，有時卻盛氣凌人；她什麼事都要管，根據各種不同的情況去教訓、批評別人，有時也會誇獎人家一番。嘉娜去她家的時候，這位貴婦人冷淡地說了幾句話之後，就以無情的聲調說道：「這個社會分成兩個階級，一種相信天主，另一種則是不信。如果相信天主的話，即使是最貧窮的人也和我們平等，我們會把他們當成朋友；至於那些不相信天主的，我們就全然不放在眼裡了。」

嘉娜覺得這是一種人身攻擊，於是便反詰：「不常上教堂的人，難道就不能信天主嗎？」

侯爵夫人回答說：「夫人，那是不行的。信徒要向天主禱告時，就得到教堂去，就像我們要找人的時候一樣，總得到那個人的家裡去呀！」

嘉娜心裡受創，回答說：「夫人，天主是無所不在的。像我就打從心底相信天主，相信祂的慈善，但如果有一些神父擋在我和天主之間，我反而看不見祂了。」

侯爵夫人站起身：「夫人，神父是爲教會掌旗的人；誰不跟著這面旗子走，就是反對教會，反對我們。」

嘉娜這次也站了起來，顫抖地說：「夫人，您相信的，是某一派的天主。至於我呢，我相信的是正直人的天主。」

她行了禮，然後就出去了。

農民們也議論紛紛，指責嘉娜沒盡到一點力，不讓泡泡開始去參拜聖體。這些農人自己從來不去望彌撒，也不去參拜聖體，或是按照明文的規定，只有復活節時才會去參加；不過，一說到孩子，這就成了另一回事了；教養孩子時，人人都沒膽量違背這條公認的戒律，因爲，宗教畢竟是宗教啊！

這些譴責嘉娜都看得很清楚，並且打從心底感到憤怒：這些人昧著良心串通在一起，因而畏懼一切，他們內心明明很怯懦，卻還要用一些冠冕堂皇的理由來掩飾一切。

保爾的教育於是交由男爵來指導，開始學習拉丁文。做母親的只是在三叮嚀：「千萬別讓他累壞了。」但她還是不放心，一直在上課的房間轉來轉去，後來男爵就不准她進來了，因爲她不時都會打斷祖孫倆的教學，不停地問孩子說，「泡泡，你的腳冷不冷？」她也會攔住父親，不讓他繼續上課，「別讓他說這麼多話，他的嗓子會累壞的。」

孩子一到下課，就跟著母親與姨婆一起去花圃。他現在非常熱愛耕種，春天時，三個人就一起栽樹苗、撒種子，這些植物只要發了芽、開了花，都會讓他們開心不已，忙著修剪枝葉、摘下花朵，然後又紮成一把把的花束。

這孩子對栽種青菜最感興趣。他開闢了四大塊菜園，細心地種了萵苣、直立萵苣、菊苣、苣鬚菜、帝鬚菜等各種常吃的菜種。那兩位媽媽幫著他一起鬆土、澆水、除草、分種，好像女工一般地接受他的指揮。三個人可以在田埂裡跪上好幾個小時，把衣服和雙手弄得髒兮兮的，先以手指在地上挖出一個窟窿，然後再把菜苗種上去。

泡泡長大了，如今已經十五歲；客廳裡的高度表已經劃到一百五十八公分，然而兩個娘子軍每天都將他看得緊緊的，再加上還有一個跟不上時代的慈祥老人，所以他心靈上還是一個幼稚無知的小孩。

有天晚上，男爵提出送孩子去上中學的事；嘉娜立刻就哭了起來。麗桑姨媽也嚇壞了，躲到陰暗的角落。

孩子的母親回答說：「他學那麼多東西有什麼用呢？就讓他在田裡住下去吧，當一個鄉紳就行了。就像許多貴族一樣，他可以耕種自己的田地。我們比他還早在這棟屋子生活，以後也會死在這裡，他同樣可以在這裡快快樂樂地活到老死爲止。除此之外，還有什麼好奢求的呢？」

然而男爵卻搖搖頭：「等孩子廿五歲時，如果他問妳：『我什麼都不是，什麼都不知道，這都是妳的錯，因爲妳是一個自私的媽媽。我沒有工作能力，在社會上也沒有地位，但是我不該過這種不見天日、卑微低下的生活，妳沒有遠見，只顧著疼我，卻害我以後要悲慘而終。』到時妳要怎麼回答呢？」

嘉娜一直哭泣，哀求兒子說：「泡泡，你說啊，你將來絕對不會怪我太疼你，是不是？」

孩子嚇了一跳，回答說：「媽媽，不會的。」

「你發誓嗎？」

「是的，媽媽。」

「你想留在這裡，對不對？」

「是的，媽媽。」

男爵這時很堅決地大聲說道：「嘉娜，妳沒有權利支配這個孩子的生活。妳現在的想法很不長進，而且是不對的；爲了自己的幸福，妳卻犧牲了這個孩子。」

嘉娜雙手遮住臉頰，哽咽地啜泣著，結結巴巴地說：「我的命好苦啊……好苦……現在我和他過得好好的，人家卻要把他帶走……以後……我孤伶伶一個人……該怎麼辦才好？……」

嘉娜的父親站起來，走到她身旁，將她攬到懷裡：「嘉娜，那我呢？」

她猛然摟住父親的脖子，緊緊抱住他，然後她還是抽抽搭搭、哽咽地說：「是的，爸爸……或許……你是對的。我太糊塗了，當時我實在太難過了。我很願意送孩子去上學。」

泡泡搞不清楚人家要怎麼處置他，這下子輪到他開始掉眼淚了。

然後，這三位媽媽都過來親他、摸他、鼓勵他。等他們上樓去睡覺時，每個人的心裡都很難過，在自己的床上哭泣，就連一向有淚不輕彈的男爵也不例外。

事情就此決定，開學之後，他們會送孩子到勒阿佛的中學去；這一整個夏天，他又比以前受到更多寵愛了。

做母親的一想到要和孩子分開，老是唉聲歎氣的。她替兒子準備的行李，多到好像他要出門去旅行十年一樣；然後，十月的某一天，男爵和兩位女士整夜都沒闔眼，隔天一早終於和孩子一起坐上馬車，由兩匹馬兒拉著出發了。

他們上次去時，已替孩子選好宿舍的床位，也挑好課堂上的座位。在麗桑姨媽的幫忙之下，嘉娜把帶來的衣物塞進一個小小的五斗櫃，就這樣忙了一整天。他們帶來一大堆東西，塞進櫃子裡的卻不到四分之一，嘉娜去找了校長，想再要一個櫃子。總務主管過來了，但他表示這麼多的衣物根本派不上用場，反而會礙手礙腳；他以校規為由，不願再多給一個櫃子。做母親的發起愁來，後來決定到隔壁的小旅店去租一個房間，並且還特地吩咐老闆，只要泡泡有什麼需要，他一定要在最短的時間內，親自把東西送去給孩子。

然後一家人又到勒阿佛港的河堤去散步，看著船隻進出。

淒涼的夜色降臨，城裡的燈火漸漸變多。他們去一家餐館吃晚餐。大家都沒有胃口，含著眼淚互相對望，菜餚一道道地送上來，擺到他們眼前，後來幾乎又原封不動地端回去。

接著他們開始緩緩走向學校。大大小小的孩子們由家長或僕人護送著，從四面八方走來。很多人都哭了。燈光黯淡的大廳裡，盡是哭泣的聲音。

嘉娜和泡泡擁抱了很久。麗桑姨媽躲在後面，臉頰藏在手巾裡，人家根本忘了她也在這裡。男爵心裡也很激動，但為了縮短道別的時間，他只好把女兒拉走了。馬車已在門口等候，三個人都上了車，就著夜色返回白楊山莊。

黑暗中不時傳來嗚咽的聲音。

第二天嘉娜一直哭到晚上。接下來那天，她叫人準備了馬車，又到勒阿佛去了。上次分離之後，泡泡的心情好像已經平復。從小到大他第一次有這麼多同學，所以一心只想要玩耍，在會客室的椅子上簡直坐不住了。

從此嘉娜每兩天就來看他一次，星期天就接他回家。泡泡上課時，她沒事可做，也沒有力氣和勇氣離開學校，只好一直待在會客室裡。校長派人請她到辦公室去，求她以後不要常常到學校來。她卻完全沒把這勸告當一回事。

於是校長只好告訴她，若她再繼續妨礙孩子，使他下課時不能玩耍，上課時無法專心學習，學校只好請她把孩子接回家；男爵也接到一紙通知。從此他們就牢牢地看住嘉娜，不讓她離開白楊山莊，好像她是個犯人一樣。

她比孩子還焦急地等待假期到來。

嘉娜的心裡一直很憂慮。她開始在附近到處遊蕩，一整天都獨自帶著「屠殺」去散步，一邊胡思亂想。有時，她整個下午都會坐在崖頂眺望海洋；有時也會穿過樹林走到漪埠去，重覆著以前散步的路線，緬懷著往日回憶。她當初在同一地點散步時，還是一位沈醉在幻想的少女，那是多麼遙遠的事啊，多麼遙遠啊！

每次看到兒子時，她都覺得好像和他分離了十年一樣。他一個月又一個月地長大了；她也一個月又一個月地衰老了。嘉娜和父親看起來就像兄妹一樣，至於麗桑姨媽，她自從廿五歲以後就已經容顏憔悴，所以現在看起來並沒有變老，和嘉娜倒像是姊妹一樣。

泡泡並不用功，光是初中二年級就念了兩年。三年級勉勉強強混了過去，到了高一又重讀了一年，等他念到最高年級時，已經二十歲了。

他長成一個高大、金髮的年輕人，鬢角長得很茂密，也開始有小鬍子了。現在每到星期天，都是他自己回到白楊山莊來。他很早以前就學會騎馬了，只要租來一匹馬兒，他兩個小時就可以回到家裡。

嘉娜一大早就和姨媽、父親一起到外面去等他。男爵的背愈來愈駝，走起路來也像個老頭子一樣，雙手總是盤在背後，好像想防止自己向前仆倒一樣。

他們沿著馬路慢慢往前走，有時也坐在溝渠上，一邊眺望遠方，看看有沒有騎馬的人出現。每當他像個黑點似地出現在白茫茫的馬路上，這三個長者就拚命地揮動自己的手帕，然後，他就會快馬加鞭，像一陣旋風似地衝來，嘉娜和麗桑姨媽都嚇得心驚膽跳，他外祖父則是興奮地直喊「棒極了」，心情非常亢奮。

雖然保爾已經比他母親高出一個頭了，她卻始終把他當成小孩子，還是會問他說：「泡泡，你的腳冷不冷？」午餐過後，每當他吸著香菸，走到台階去散步時，她就會打開窗子向他喊著，「求求你，千萬不要光著腦袋就出去呀，這樣會著涼的。」

夜裡他騎馬回學校去時，她更是擔心得不得了：「小泡泡，你千萬不要騎得太快啊，小心一點兒，記住，要是你出了什麼事，可憐的媽媽可是會急瘋的。」

可是，有個星期六早上，她收到一封保爾寫來的信，上面說他第二天不回來了，因爲有朋友辦了一個同樂會，也邀請他去參加。

那個星期日，嘉娜一整天都在焦慮中度過，彷彿已經大難臨頭了一樣；挨到星期四之後，她終於忍不住了，於是親自趕到勒阿佛去。

她覺得兒子看起來有點不一樣了，卻說不出是哪個地方有了改變。他好像比以前還活潑，說話的聲音也更像一個男人了。他突然對她說了一些話，就像這是理所當然的事一樣：「媽媽，妳也知道，既然今天妳來了，那麼星期天我就不回白楊山莊了，因爲我們又有聚會了。」

她整個人都愣住了，說不出話來，好像以爲兒子要出發到新大陸去一樣；後來，她終於說了一句話：「啊！泡泡，發生了什麼事？告訴我，這是怎麼一回事？」

他笑了起來，抱著母親說：「媽媽，眞的什麼事也沒有。只是和朋友一起去玩而已。我都已經這麼大了。」

嘉娜不知道該怎麼回答他，當她獨自坐在馬車裡時，想到許多古怪的念頭。她已經認不出她的泡泡，認不出從前那個小泡泡了。這是她第一次發現兒子長大，再也不屬於她了，他現在要去過自己的生活，不管這些老人家了。她覺得他在一天之內就變成另一個人了。什麼？這個有主見的男孩，難道就是她的兒子嗎？就是從前叫她種菜的那個可憐小東西嗎？他現在已經長了鬍子，變得又高又壯了。

之後的三個月，保爾只是偶爾回來看看家人，每次都巴不得能早點兒離開，就算提早一個小時也好。嘉娜驚恐不安，男爵便一直安慰她說：「讓他去吧！這孩子已經二十歲了。」

但是，有天早晨來了一個衣衫破爛的老頭，他操著德國腔的法語，要求和「子爵夫人」見個面。然後，他恭敬地行了一個禮，從口袋掏出一個髒兮兮的皮夾，並且對嘉娜說：「這裡有一張小紙條要給您。」他打開一張沾了油汙的紙片，將它交給女主人。

嘉娜看了一遍又一遍，瞧了那個猶太人一眼，然後又看了一遍紙條，她問道：「這是什麼意思？」

那個老頭滿臉阿諛奉承的笑容，解釋說：「我來講給您聽。您的公子當時需要一筆現金，我因爲知道您是一個慈祥的母親，所以就借了一點錢給他，讓他應應急。」

嘉娜發起抖來：「他爲什麼不來找我拿呢？」那個猶太人解釋了很久，說那是一場賭債，必須在第二天中午之前就還清，由於保爾還未成年，自然沒有人願意借錢給他，如果不是他幫了這個年輕人「一點小忙」，恐怕保爾就要「名譽掃地」了。

嘉娜想請男爵過來，卻激動得全身都僵住了，根本站不起來。終於，她對那個放高利貸的人說：「麻煩您幫我拉個鈴好嗎？」

老頭兒躊躇不決，很怕自己會上當。他支支吾吾地說：「如果您現在不方便，那我改天再來好了。」她搖搖頭，表示沒有必要。於是他拉了鈴，兩個人面對面，一聲不吭地等著。

男爵來了之後，馬上就把這件事弄清楚了。借據上寫的是一千五百法郎。他付了一千法郎，並且盯著對方的眼睛說：「下次可不要再來了。」老頭兒向他道謝，鞠了躬，然後就告辭了。

外祖父和母親立刻動身到勒阿佛去，然而到學校之後，他們才知道保爾已經一個月沒來上課了。校長曾收過四封由嘉娜署名的信函，起初是通知孩子生病的消息，然後又報告了他的病情。每封信裡都附了一張醫師證明，當然，全都是假造的。父女倆都嚇呆了，面面相覷地站在那裡。

校長也覺得很痛心，只好帶他們到警察局去。兩位家長就在旅館裡住了一宿。

第二天，他們在一個阻街女郎的住處找到這個年輕人。外祖父和母親將他帶回白楊山莊，漫長的旅程中，三個人都沒說一句話。嘉娜用手帕掩住臉龐，不斷地哭泣。保爾望著鄉間的景色，一臉漠不在乎的神情。

不到一星期的時間，他們就發現這三個月以來，他竟然欠下一萬五千法郎的債務，債主現在都還沒找上門來，因爲，他們知道當事人不久就要成年了。

保爾沒有多做解釋。全家人想以柔情攻勢來攫住他的心。他們讓他吃好吃的東西，寵著他，慣著他。那時正好是春天，儘管嘉娜總是膽戰心驚，大家還是幫他在漪埠租了一條小船，讓他可以隨意到海上遊玩。

不過他們不准他騎馬，怕他又會跑到勒阿佛去。

他無事可做，脾氣很糟，有時甚至變得相當粗暴。男爵很擔心他的學業會半途而廢。一想到又要和兒子分離，嘉娜就急得快瘋了，但如果不這麼做，又不知道該如何是好。

有天晚上他沒回來。他們知道他是和兩個水手一起搭船出海。做母親的驚慌失措，夜裡沒戴帽子就跑到漪埠去了。

海灘上，幾個男人正在等著那艘船回來。

海面上出現一盞小燈光，愈來愈大，搖搖晃晃地朝岸邊飄來。保爾不在船上。他又到勒阿佛去了。

警方找來找去，根本找不到他。上次將他藏起來的那個女孩，現在也失蹤了，沒留下一絲線索，她的家具都賣光了，房租也付清了。至於白楊山莊，他們在保爾的房間裡，找到兩封那女人的來信，看得出來她正瘋狂地迷戀他。信裡提到她準備去英國的事，說是必要的費用都已經有著落了。

從此白楊山莊這三個人就生活在淒慘的地獄裡，沈默寡言，悶悶不樂。嘉娜的頭髮本來就已經變灰，現在又轉成白色了。她天眞地自問，爲什麼命運會這樣捉弄她。

她收到一封多比雅克神父寫來的信：「夫人，天主的懲罰已經降臨閣下。您當初拒絕將自己的孩子交給天主，現在輪到祂把您的兒子丟給一個妓女。上天的這個教訓，還不能叫您睜亮眼睛嗎？天主的慈悲是永無止境的。只要您肯回來跪在祂面前，或許祂還會原諒您。我是天主謙卑的僕從，如果您回來敲祂的房門，我一定會替您開門。」

她沈思許久，膝上一直放著那封信。或許神父的話是對的。以往對於宗教信仰的種種疑慮，現在又開始折磨著她的心靈。難道天主也像人類一樣，都會記恨、吃醋嗎？然而，祂若不吃醋，可能就沒人會怕祂，也沒人會崇拜祂了。或許是爲了讓我們更了解祂，所以祂才會以凡人的感情來對待人類。正是由於這種膽怯的疑惑，所以猶豫、痛苦的人們才會上教堂去；有天傍晚太陽下山時，嘉娜偷偷跑到神父宿舍去，跪倒在那個瘦小的神父面前，乞求他的原諒。

他只願意赦免她一部份的罪孽，因爲，天主不會把全部的恩澤都降臨到男爵這種人的家裡：「不久之後，妳就會感受到天主的寬容大度。」他表示。

過了兩天，嘉娜眞的收到一封兒子的信；在極度恐慌的情形之下，她把這封信當成了天主恩澤的開端，就像神父答應的一樣。

親愛的媽媽：

請妳不要擔心。我現在在倫敦，身體康健，可是很缺錢。我們現在一毛錢都沒有了，經常有一頓沒一頓的。和我在一起的這個女孩，我是眞心愛著她；她爲了留在我身邊，已經把自己五千法郎的財產都花光了；妳也知道，我以名譽擔保過，要先還她這筆錢。我已經快成年了，所以，我的好媽媽，可否先從爸爸的遺產裡撥個一萬五千法郎給我？這樣就可以幫我解決問題了。就這樣了，我親愛的媽媽，我用整顆心來擁抱妳，也擁抱外公和姨婆。希望不久之後就能見到妳。

兒子　保爾・德拉瑪子爵

他寫信來了！所以他並未忘記媽媽。她根本沒想過兒子是寫信來要錢的。既然他已經沒錢，就幫他寄過去吧。錢算得了什麼呢！重要的是他寫信回來了！

她哭著跑去找男爵，把信拿給他看。麗桑姨媽也被叫來。這封信寫了他的消息呀，大家逐字看了一遍，討論著每句話的意思。

嘉娜已經掙脫了絕望的心情，陶醉在滿滿的希望裡，一直爲保爾辯護著：「他會回來的，既然他已經寫了信，一定會回來的。」

男爵比較冷靜，對她說道：「有什麼用，他離開我們，爲的就是那個女人。他當時一點都不猶豫，這證明他還是比較愛她，沒那麼愛我們。」

一陣可怕的痛苦，赫然襲上嘉娜的心頭；對於這個搶走她兒子的女人，怨恨之情油然而生；這是一種難以平息的狂烈怨恨，一個母親的嫉恨。在此之前，她整顆心都懸在保爾身上，很少想到兒子之所以會誤入歧途，就是這個壞女人所造成的。但是，男爵這番話突然點醒了她，使她注意到這個敵手，注意到對方手上那股強大的威力；她覺得自己和這個女人之間，已經展開了一場奮戰，她覺得寧可捨棄自己的兒子，也不願和另一個人來分享他。

嘉娜滿心的喜悅化爲烏有。

他們把一萬五千法郎寄去，之後的五個月，再也沒收到任何消息。

後來，一個經紀人出面了，說要清理朱利安的遺產細目。嘉娜和男爵沒有異議，把賬目整理出來，甚至連嘉娜的用益權都放棄了。保爾又回到巴黎，並且動用了十二萬法郎。半年之內，他寫了四封信回來，簡短地報告他的消息，信末再加上幾句冷淡的問候：「我在上班，」他寫說：「我在交易所找到一份工作。親愛的家人，希望有一天我能回到白楊山莊去擁抱你們。」

關於他的情人，信上隻字未提；即使他寫上四張信紙來談論她，也不能比這種緘默說明更多事實。在這些冷漠的信件裡，嘉娜覺得幕後另有其人，在這個做母親的眼裡，那女人就是永遠的死敵。

三個寂寞的老人討論著應該怎麼做，希望能拯救保爾；但他們什麼一籌莫展。親自到巴黎去一趟嗎？有什麼用呢？

男爵說：「等他那股衝勁用完之後，就會自己回來了。」

他們過著淒慘的生活。

嘉娜和麗桑姨媽經常瞞著男爵，一起到教堂去。

很長的一段時間過去了，仍是音訊全無，然後，有天早晨，保爾寄來一封絕望的信件，把他們都嚇壞了。

可憐的媽媽：

我完了，如果妳不救我的話，我只好開槍斃掉自己的腦袋了。我做了一項投機的生意，本來以爲勝算很大，沒想到竟然失敗了；現在我欠人家八萬五千法郎。如果沒辦法償還這筆債務，那我就名譽掃地了，不但會破產，以後也什麼事都做不成了。我完了。我再說一遍，與其要我接受這種恥辱，還不如叫我開槍斃掉自己的腦袋算了。如果沒有她來鼓勵我，也許我早就這麼做了；以前我從未提過這個女人，但她眞的是我的一切。

再見了，親愛的媽媽，我衷心地擁抱妳；或許這是最後一次了。

保爾

信裡附了一疊生意上的單據，爲他投資失敗的事做了詳細的解釋。

男爵立刻以原班郵車回了信，答應會照他的要求去做。接著，他趕到勒阿佛去了解情況；他又抵押了一些田產，得來的錢都寄給保爾了。

這年輕人寫了三封信回來，表示他非常感激，不勝感動，並說他會立刻回來擁抱三位親愛的家人。

但他沒有回來。

又過了整整一年。

嘉娜和男爵準備動身前往巴黎，企圖做最後的努力，想把他找回來；這時，他們卻接到一封很短的信，說他又到倫敦去了，開了一個以「保爾德拉瑪」爲名的汽船公司。他寫道：「我認爲這次的情況很有保障，或許還可以賺大錢。沒有任何風險。從現在開始，你們就可以看到各種有利的條件了。下次再看到你們時，我在社會上一定會有很好的地位。想要突破目前的困境，唯有投資商業這個方法了。」

三個月後，汽船公司就破產了，由於公司賬目有不法之處，官方正在追究經理的責任。嘉娜開始發起神經來，好幾個小時都歇斯底里的，後來就病倒在床上了。

男爵又趕到勒阿佛去打聽情況，見過律師、經紀人、代理人與法警之後，才知道「德拉瑪公司」的債務竟高達廿三萬五千法郎，他只好又去抵押了房產。白楊山莊和附屬的兩座農莊都抵押出去了，才弄到一筆鉅大的款項。

有天晚上，男爵到經紀人辦公室去辦理最後的手續時，忽然中風，倒在地板上。他們派人騎馬去通知嘉娜。等她趕到時，他已經去世了。

她把屍體運回白楊山莊，經過這些打擊之後，與其說她感到絕望，還不如說她已經麻木了。多比雅克神父不顧兩位女士苦苦地哀求，拒絕讓屍體進入教堂。在一個黃昏的時刻，男爵下葬了，沒有舉行任何儀式。

保爾還躲在英國。從一個清算債務的代理人那裡得知外祖父的死訊。他寫信回來道歉，說自己接到這個噩耗時已爲時太晚，所以才沒趕回來。「不過，親愛的媽媽，現在妳已經幫我度過難關，所以我要回法國了，一定很快就可以去擁抱妳。」

嘉娜的精神是如此衰弱，好像什麼事都搞不清楚了。

麗桑姨媽已經六十八歲，冬天快過完時，她罹患支氣管炎，後來又轉成了肺炎；她臨終時，嘴裡還含糊不清地說：「可憐的小嘉娜，我會去見仁慈的天主，求祂對你發發慈悲。」

嘉娜護送靈柩到墳地去，看見泥土落在棺木上，自己也覺得不想活了，這麼一來就不會再痛苦，也不用再思考了，在她快要暈過去時，一個強壯的農婦將她攬在懷裡，就像抱孩子一樣地將她帶走了。

嘉娜在姨媽的床頭已經熬了五個通宵，因此，回到莊園之後，她只好乖乖聽從陌生農婦的擺佈，任憑對方溫柔而專斷地將她安置在床上；在痛苦和疲勞的轟炸之下，嘉娜昏沈沈地睡去。

半夜時，她醒了過來。壁爐上點著一盞小油燈。椅子上睡了一個女人。這個人是誰呢？嘉娜不認得她。一個廚房用的杯子裡，點了一根晃來晃去的燭芯，就著這點微弱的光線，嘉娜彎身靠在床邊，想要仔細看看對方的容貌。

她覺得自己似乎見過這張臉。然而是什麼時候呢？又是在哪裡見到的呢？那個女人安靜地睡著，腦袋垂到一邊的肩膀上，帽子也掉到地上去了。她的年齡約在四十歲到五十五歲之間，身材強壯，膚色很深，輪廓分明，魁梧有力。她修長的手臂懸在椅子兩側，頭髮已經開始斑白了。經歷過種種不幸的事之後，嘉娜剛剛才從昏睡中醒來，現在還迷迷糊糊的，一直盯著那個女人看。

她的確看過這張臉孔！是以前見過的嗎？還是最近才看到的？她實在搞不清楚。這個問題一直糾纏著她，使她感到焦慮不安。她輕輕站起來，躡手躡腳地走過去，想看得清楚一點。她模模糊糊地想起，從墓園將她帶回來，又將她安置在床上的，就是這個女人。

但是，年輕時，她是不是也在別處見過這個人？或者她昨天的記憶還是迷迷糊糊的，所以才會以爲自己認得這個農婦？那麼？這人怎麼會在這裡？怎麼會在她的臥室裡？爲什麼呢？

那個女人張開眼睛，看到嘉娜之後，她倏地站了起來。兩個女人面對面，彼此之間站得那麼近，胸部都快要撞在一塊了。這陌生人咕噥著說：「什麼，您怎麼下床了！這樣會著涼的！還是回去躺著吧！」

嘉娜問她：「您是誰啊？」

這女人張開手臂，環住嘉娜，將她抱了起來，然後又使出男人一般的力量，將她搬回床上。她彎著腰，溫柔地幫嘉娜蓋上棉被，身體幾乎貼在對方的身上了；她開始哭泣，瘋狂地親吻著嘉娜的臉頰、頭髮和眼睛，淚水滴到女主人的臉上；她抽抽噎噎地說：「我可憐的女主人，嘉娜小姐，我可憐的女主人，難道您一點都不認得我了？」

嘉娜大叫一聲：「羅莎麗！我的孩子呀！」然後，她伸出雙臂摟住對方的脖子，抱著她親吻起來；兩個人都哭了，緊緊地擁在一起，淚水混在一塊兒，一點兒都不想分開。

羅莎麗自己先冷靜下來：「好了，要乖一點，別著涼了。」她說完理了理被子，把床鋪平，又把枕頭塞回昔日女主人的頭底；往日的回憶，頓時在嘉娜心頭湧現，使她渾身發抖，不停地嗚咽著。

最後她終於問：「我可憐的孩子，妳怎麼會回來呢？」

羅莎麗回答說：「當然囉，現在只剩下您一個人了，我能這麼放著不管嗎？」

嘉娜又說：「把蠟燭點起來吧，讓我看看妳。」燈光擺上夜桌時，兩人對看了很久，一句話都沒說。

然後，嘉娜把手伸向這個年華已老的侍女，嘴裡喃喃地說：「孩子，妳知道嗎，妳的樣子變得好多，我根本認不出來了，當然，我變得比妳還多呀！」

羅莎麗看著這個瘦弱憔悴的白髮婦人，當年自己離開她時，她是那麼地年輕、美麗又嬌豔欲滴呀：「嘉娜太太，您是眞的變了，而且也變得太多了。但是您想想看，我們已經廿四年沒見面了呀。」

兩人緘口，開始沈思起來。後來嘉娜才支支吾吾地問：「至少，妳應該過得很幸福吧？」

羅莎麗害怕會勾起一些令人痛苦的回憶，猶豫不決，吞吞吐吐地回答：「夫人，當然……可以……可以這麼說。我沒什麼可抱怨的，的確，我是過得比您還幸福。只有一件事，一直讓我覺得很難過，那就是沒能留在您身邊……」她發現自己不小心碰觸到那個話題了，於是便突然噤了口。

但嘉娜很溫和地接著說：「孩子，那又能怎麼辦呢？我們不可能事事順心如意啊！妳丈夫也死了，是不是？」然後，她感到一陣痛苦，聲音顫抖起來，又接著問，「妳有沒有……有沒有再生過孩子？」

「沒有，太太。」

「那麼，妳……妳那個兒子……他現在怎麼樣了？妳對他還滿意吧？」

「是的，太太，他是一個好孩子，工作很認眞。他半年前結了婚，把農莊接手經營了，所以我就到您這兒來了。」

嘉娜感動得一直顫抖，喃喃地說：「孩子，所以妳不會再離開我了吧？」

羅莎麗立刻回答：「當然不會啊，太太，我已經都安排好了。」

接下來的一段時間，她們都沒有再說話。

嘉娜忍不住開始比較兩人的命運，心裡卻沒有悲傷之感，對於老天的殘酷不公，她現在已經都逆來順受了。她說道：「妳的丈夫，他對妳怎麼樣？」

「啊，太太，他是一個老實人，勤勞又節儉，後來是害肺病死的。」

於是嘉娜在床上坐了起來，很想知道詳細情形：「那麼，孩子，把妳的生活都說給我聽吧！現在，這麼做會讓我好過一點兒。」

羅莎麗抓來一張椅子，坐了下來，開始聊起她自己，談起她的屋子、她的小天地，還描述了她的院子，就像鄉下人最喜歡的那樣，鉅細靡遺地訴說；偶爾聊到一些過去的事，想起往日美好的時光，她就會發出笑聲，說話的音調也愈來愈高，回復她那種習於支配一切的農婦本性。最後她又表示：「啊，現在我手頭上有一點錢，什麼都不怕了。」然後，她有點不好意思，低聲地說道，「不管怎麼說，這一切都是您給我的，所以，您知道我這次是不能拿工錢的。啊！眞的不能拿！啊！眞的不能拿！而且，要是您不答應，我就不留下來了。」

嘉娜接著說：「妳總不能說要白白地服侍我吧？」

「啊，太太，我當然就是這個意思。給錢？您要給我錢？但是現在我的財產幾乎和您一樣多了。經過那麼多次的抵押和借貸，再加上那些尚未償還、愈積愈多的利息，您知道自己還剩下多少錢嗎？您知道嗎？一定不知道，是不是？那麼，我敢打賭，您每年的收入只剩下不到一萬元。

您聽到了嗎？不到一萬元。但是我會幫妳處理這一切，並且立刻就會開始處理。」

她說話的聲音又高了起來，一想到有利息還沒還清，破產的威脅就在眼前，她覺得氣憤又擔心。當她女主人臉上浮現一抹若有所思的微笑時，她更是急得嚷了起來：「太太，這種時候可不能笑呀！一旦您沒了錢，那就和鄉下人沒什麼兩樣了。」

嘉娜把她的雙手握在自己手裡，心裡還是被那個念頭糾纏著，慢條斯理地說：「啊！我呀，運氣總是很差，什麼倒楣的事都叫我遇上了，一輩子都受著命運的打擊。」

羅莎麗卻搖搖頭：「不要這麼說，太太，您不要這麼說。您只是嫁錯人了，就是這樣而已。連對方是怎麼樣的人都沒弄清楚，您實在不該就那樣結了婚。」

她們又像兩個老朋友一樣，一直談論著彼此的事。

太陽出來了，她們還是一直聊個不停。

第十二章

一個星期之內，羅莎麗就完全接掌了白楊山莊的人與事。嘉娜被動地接受她的安排，沒有任何意見。她現在變得非常虛弱，總是拖著雙腳走路，並且由侍女扶著出門，就像從前的男爵夫人一樣；羅莎麗以緩慢的步伐陪她散步，用直率親切的話語來教訓她、安慰她，就像照顧一個生病的孩子一樣。

她們常聊起過去的事，嘉娜總是酸著鼻頭，喉嚨哽咽，羅莎麗則像個無動於衷的農民一樣，語調相當平靜。老侍女好幾次都提到那些懸而未決的利息問題，後來，她要求女主人把所有的單據都交給她；嘉娜對這種事完全沒有概念，她把東西藏起來，只是因爲不想讓兒子丟臉。

於是，有一個星期的時間，羅莎麗每天都去費岡，向一個認識的公證人請教相關事宜。

然後，有天晚上，照料女主人上床之後，她坐在嘉娜枕邊，出其不意地說：「太太，您現在已經躺下了，我們來聊一聊吧！」

她把實際情況解釋了一遍。

還清所有債務之後，嘉娜每年大約只剩下七、八千法郎的進賬，再也沒有額外收入了。

嘉娜回答說：「孩子，妳還想怎樣呢？我知道自己不可能活到多大的歲數，這些錢已經夠用了。」

羅莎麗卻生氣了：「太太，對您來講可能夠用，但保爾少爺呢？您一毛錢都不留給他嗎？」

嘉娜發了一陣寒顫。「求求妳，不要再提到他了。每次一想到他，我就會很難過。」

「我就偏偏要說，嘉娜太太，您知道嗎，您實在太懦弱了。他是做了一些蠢事，但是，他總不能老是犯錯吧？而且，以後他還要結婚，還要生小孩。孩子是要用錢去養的呀！聽我說，您還是賣掉白楊山莊吧！……」

嘉娜大吃一驚，在床上坐了起來：「賣掉白楊山莊！妳是麼想的啊？啊！不可能，那是不可能的事！」

羅莎麗聽了卻毫不慌張。「太太，我要您賣掉白楊山莊，是因爲您非得這麼做不可。」

接著，她把自己的考量、計畫和理由都說了出來。

她已經找到買主，等白楊山莊和鄰近的兩個農莊都賣掉以後，就可以保住聖雷奧納的四個農莊，貸款還清之後，每年還有八千三百法郎的收入。如果把其中的一千三百法郎拿來保養、整修農莊，每年還剩下七千法郎，其中的五千法郎作爲一整年的開銷，另外兩千則存下來，必要時才能動用。

羅莎麗還說：「除此之外就一無所有了，只剩下這些錢而已。而且，以後所有的開支都要由我來管，您聽到了嗎？至於保爾少爺，不能再給他錢了，一毛都不行，不然妳連最後一筆錢都會被他拿走。」

嘉娜默默地流著眼淚，低聲說道：「假如他連吃的東西都沒有了呢？」

「如果他肚子餓，可以回我們家來吃。這裡隨時都會幫他留一張床，也會幫他準備食物。剛開始時，如果您一毛錢都沒給他，他難道會做出那些蠢事嗎？」

「可是，如果沒辦法還清債務，他就會名譽掃地了。」

「等您一毛錢都沒有之後，他就不會再欠債了嗎？您以前替他還了債，很好，但以後可別再幫他還了，這就是我要對您說的話。太太，您現在趕快睡吧！」

然後她就出去了。

嘉娜根本睡不著，心裡七上八下的，老是想著白楊山莊要賣掉的事，想到自己要搬家，要離開這棟屋子，可是，她的一生都和這裡分不開呀！

隔天早晨，等她看見羅莎麗走進房裡時，就對她說：「可憐的孩子，我實在無法下定決心離開這裡。」

羅莎麗生氣了：「太太，您非得這麼做不可。對這座莊園有興趣的人，馬上就要和公證人一起來了。如果不把白楊山莊賣掉，四年之後，您就一毛錢都沒了。」

嘉娜還是很沮喪，不斷地說：「沒辦法，我永遠都沒辦法離開這裡。」

一小時後，郵差送來一封保爾的信，又是向她要一萬法郎。怎麼辦呢？嘉娜沒了主意，只好跑去找羅莎麗商量；侍女插著腰說：「太太，我是怎麼對您說的？啊！如果我沒有回來的話，您們母子倆馬上就要一文不值了！」嘉娜只好聽從侍女的建議，回了一封信給兒子：

親愛的兒子：

我再也沒有錢可以給你了。你已經讓我破了產，現在連白楊山莊也不得不出售。你的老母親雖然爲你受了那麼多苦，但是，千萬別忘了，如果你走投無路，想回來媽媽這裡，家裡隨時都會幫你留一個棲身的地方。

媽媽

公證人和約凡先生一起來到白楊山莊。這位買主曾當過煉糖廠的老闆。嘉娜親自接待客人，領著他們把莊園仔細地看過一遍。

一個月之後，她在賣屋的合約上簽了字；同時，她也買下一座中產階級的小房屋，這屋子座落在哥德鎮附近的巴特維村落，就在蒙提維黎耶公路的旁邊。

然後，一直到太陽下山時，她都懷著滿腔破碎的心情，獨自在母親的白楊道上漫步，哀傷地望著天際、樹木、梧桐樹下那張蛀痕斑斑的凳子，以及所有她再也熟悉不過的景物，彷彿一切都已經映在她的眼底，刻在她的心裡；灌木叢那邊，荒原前方的那座土岡，她以前經常坐在上面，朱利安送命的那一天，她就是站在這座土岡，看著傳維爾伯爵往海邊跑去；還有那棵禿了頂的老樹，她從前也經常靠在那裡；再加上這個熟悉的花園，對於這一切，她都傷心哽咽地道了再見。

羅莎麗過來拉住她的手臂，強迫她回到屋裡。

一個看上去廿五歲，身材高大的農夫站在門前等著。他以親切的聲調問候嘉娜，好像早就認識她一樣。「您好啊，嘉娜太太，一切都還好嗎？母親要我過來替您搬家。我想知道您要搬走哪些東西，這樣我就可以隨時過來搬走一點，不會影響到田裡的活兒。」

他是羅莎麗的孩子，是朱利安的兒子，也是保爾的哥哥。

嘉娜覺得自己的心臟好像停止跳動了，然而她還是很想抱抱這個年輕人。

她注視著他，想知道他和她丈夫長得像不像，或者和她兒子有沒有相似之處。他面色紅潤，身強體壯，滿頭金髮，眼珠碧藍，繼承了母親的特徵。但是他也長得像朱利安。爲什麼像呢？哪些地方像呢？她也說不上來，總之，他的外表就是和朱利安有點兒像。

年輕人回答：「如果您現在就指給我看，那麼我就可以開始搬了。」

但是新房子實在太小，她還不知道該帶哪些東西過去；於是，她請他一星期後再過來。

從此她心裡一直惦著搬家的事，這事雖然令人傷心，卻爲她憂愁慘淡的生活添了一些變化。

她從這個房間走到另一個房間，尋找那些可以喚起回憶的家具，這些家具就像朋友一樣，成了我們生活裡的一部份，也幾乎成了生命中的一份子，我們從年輕時代就看見這些東西，歡樂或悲傷的回憶，以及一生中的重要時期，都和它們息息相關；它們不會說話，卻陪著我們走過甜蜜或淒慘的時刻，如今這些家具已經陳舊，被我們用壞了，布面處處都破了洞，襯裡裂開來，關節搖搖晃晃的，顏色也褪光了。

嘉娜一個接一個地挑選著，每每三心二意，就像要決定什麼重要的事一樣；她總是拿不定主意，在兩個家具之間猶豫不決，不知道到底該帶走這個古老的寫字檯，還是該選擇那只針線檯。

她把抽屜全都打開，希望能找到一些回憶，然後，當她下定決心說：「好，這個我要。」的時候，下人就會把那個東西搬到樓下的餐室去。

臥室裡的家具，嘉娜通通要帶走，包括她的床鋪、壁氈、時鐘，以及所有其他的東西。

客廳裡的椅子，她也挑了幾把，那些圖案都是她從小就喜歡的：狐狸和仙鶴、狐狸和烏鴉、秋蟬和螞蟻，以及憂鬱的鷺鷥。

然後，她在這座馬上即將要告別的屋子裡，走遍了每一處角落；有一天，她上了樓梯，走進閣樓。

嘉娜吃了一驚，上面堆滿各式各樣的物品，有的已經損壞，有的只是弄髒了，另外還有一些東西，誰也不知道爲何會放在這裡，也許是因爲主人不喜歡了，也許是因爲有了新的。她發現這裡有上千種從前就看過的小擺設，那些東西後來就突然消失了，她也沒再去注意；還有一些她曾使用過的小東西，這些老舊的雜物一點價値都沒有，在她身旁擺了十五年，雖然天天都看得見，卻從來沒有注意過，現在，它們突然都出現在閣樓上，就堆在一些更古老的器具旁邊，她還清晰記得，自己第一次到白楊山莊來時，這些東西都是擺在什麼位置，因此，它們就像是早已被遺忘的見證人，也像是久別重逢的朋友一樣，忽地有了重大的意義。在嘉娜的心底，自己和它們就像經常見面的朋友，彼此之間的交往並不深，可是，有天晚上，什麼原因都沒有，想也沒有想到，卻開始天南地北聊了起來，把心裡的感覺都說給對方知道。

她一件又一件地看著，心底感到一陣悸動，自言自語地說：「對呀，那是結婚前幾天晚上，我失手打破的那個杯子。啊！這個是媽媽的小燈籠，還有爸爸的手杖，那天他想要打開一扇柵欄門，但木頭被雨水泡得脹起來了，所以手杖就折斷了。」

裡頭也有許多是祖父母、曾祖父母留下來的東西，她根本沒見過，自然也談不上有什麼回憶了：這些雜物滿是灰塵，擱在這裡，就像到了一個不屬於它們的時代一樣，對於自己遭到主人的遺棄，它們自己好像也覺得很悲哀。沒有人知道這些器具的故事和來歷，曾經挑選、採購、收藏和珍愛這些東西的人，誰都沒有看過；它們曾經被哪些手親熱地撫摸過，被哪些眼睛高興地欣賞過，現在也沒有人知道了。

嘉娜摸了又摸，看了又看，在塵埃上留下一道道指痕；黯淡的光線透過玻璃，從屋頂的小窗射了進來，她就這樣逗留在一群老古董中間。

她仔細地打量著那把三條腿的椅子，希望能想起一點什麼東西來；她看一看那把銅製的長柄暖爐，又瞧一瞧那個似乎有點印象的破腳爐，另外，還有一大堆已經壞掉的的家用器皿。

然後，她挑了一批想帶走的東西，下樓叫羅莎麗來搬。侍女看到這些「垃圾」不禁生氣了，不肯替她搬下來。嘉娜平常什麼事都不堅持，這一次卻怎麼也不肯讓步，羅莎麗只好按照她的意思去做。

有天早上，年輕的農夫丹尼·勒寇克，也就是朱利安的兒子，趕著他的馬車過來了，準備開始搬東西。羅莎麗陪他一起過去，以便卸貨時有人看守，家具該擺在哪兒也有人可以指揮。

只剩下嘉娜一個人時，她又開始在屋裡四處徘徊，陷入一股要命的絕望裡；她狂熱地擁吻那些帶不走的東西——掛在客廳裡，壁氈上那隻白色的大鳥、古老的燭台，所有看得見的東西，她都一一吻過了。她熱淚盈眶，瘋狂地從這個房間走到另一個房間；然後，她又出了門，想去對大海「說再見」。

時序已近九月底，大地上彷彿籠罩了一層陰沈而灰暗的天空；放眼望去，盡是淒慘而黃濁的海浪。嘉娜在懸崖邊站了許久，種種痛苦的回憶在她腦袋裡翻騰。接著，天色暗下來時，她才走回屋裡；這天她心裡受到的煎熬，簡直和這輩子最痛苦的日子一樣多。

羅莎麗早就回來了，正在家裡等她；老侍女對新房子十分滿意，她說白楊山莊雖然是一座大屋，旁邊卻只有一條小小的公路，搬到那邊以後，肯定會舒服多了。

嘉娜整整哭了一個晚上。

自從知道白楊山莊已經賣掉之後，農民對嘉娜的態度就變了樣，私下都稱她爲「瘋婆子」，至於爲什麼會這麼叫她，他們自己也不清楚，可能是出於鄉下人的天性，他們覺得嘉娜的多愁善感已經日趨病態，愈來愈嚴重了，而且她總是會天馬行空地胡思亂想，種種不幸的事，已經使那個可憐的心靈失去理智了。

搬家的前一天，嘉娜無意間走進馬廄。一陣吼叫聲使她打了個哆嗦。原來是「屠殺」，好幾個月以來，她一點兒都沒有想到這隻狗。牠已經活得比一般的動物還久，眼睛瞎了，行動也不靈活，一直躺在稻草堆成的狗窩裡，還好廚娘呂迪芬沒忘掉牠，全都仰賴她來照顧這隻狗。嘉娜把狗兒抱在懷裡親吻，將牠抱進屋裡。牠肥得像個大桶子一樣，四肢僵硬，困難地爬行著，吼叫起來的樣子，簡直就像小孩子的玩具狗一樣。

離開的日子終於到了。嘉娜前一晚是睡在朱利安的臥室，她房裡的家具已經搬光了。她起床時，虛脫無力地喘著氣，好像剛剛才跑過很長的路一樣。車子早就在院子裡等候，上頭裝滿行李和剩下的家具。另一輛雙輪馬車停在後面，準備給女主人和侍女乘坐。

只剩下西蒙老爹和呂迪芬了，等新主人搬來之後，他們就會回到老家去。嘉娜給了兩人一筆爲數不大的年金，他們自己也另外有一些積蓄。他們都在白楊山莊當了很久的僕人，現在已經變得很囉唆，而且沒有什麼用處。至於馬雨斯，自從他娶了太太之後，早就離開這裡了。

大約八點時，開始下起雨來，雨絲又細又冷，順著海上的微風飄來。他們只好在車上覆蓋一層油布。樹上的枝葉，已經開始凋零了。

廚房的餐桌上，幾杯牛奶咖啡正冒著煙。嘉娜坐在自己的杯子前，小口小口地啜著，接著又抬起頭說：「我們走吧！」

她戴上帽子，圍上披肩，然後，當羅莎麗幫她穿雨鞋時，她又哽著喉嚨說：「孩子，妳記不記得，我們從盧昂出發到這裡來的時候，雨下得多麼大啊……」

她忽然全身抽搐，雙手撫著胸口，往後倒了下去，失去了知覺。

昏迷一個多小時之後，她終於睜開雙眼，激動地淚流不止。

等她稍微冷靜一點之後，身體卻虛弱得根本站不起來。羅莎麗擔心還會有什麼狀況耽擱了行程，只好把兒子找來。母子倆拉著她，將她扶起，然後又攙扶著她，將她安置在車裡，讓她坐在鋪了亮皮的木凳上；老侍女也上了車，坐到嘉娜身邊，幫她的雙腿蓋上毯子，又把一件大衣披在她肩上，接著，羅莎麗又在女主人的頭上撐了一把雨傘，高聲叫道：「丹尼，快一點，我們出發吧！」

年輕人爬到母親的旁邊，因為凳子不夠長，他的臀部只坐了一半；他重重地抽了一下鞭子，馬兒便一顛一顛地跑了起來，把兩位女士震得東倒西歪。

他們在村口轉彎之後，看到有個人在馬路上來來回回地走著，原來是多比雅克神父。他好像在窺伺馬車的行動。

神父停了下來，好讓車子經過。他用一隻手拉住長袍，生怕會被路上的積水濺到；他瘦弱的雙腿穿著黑襪，腳底是一雙滿是汙泥的皮鞋。

嘉娜低下眼睛，不想接觸他的目光；羅莎麗也知道事情的來龍去脈，覺得很生氣。她喃喃地叫著：「大壞蛋！大壞蛋！」然後，她又抓住兒子的手說，「快抽他一記鞭子！」

然而，這年輕人卻趁著從神父身旁經過時，讓輪子猛然衝進車轍，車輪的速度很快，輾過了一灘爛泥巴，把神父從頭到腳濺得滿身泥漿。

神父用他那條大手帕擦著泥水，羅莎麗看了非常興奮，轉過身子朝他揮了揮拳頭。

他們走了五分鐘之後，嘉娜忽地大叫說：「我們把『屠殺』給忘啦！」

馬車只好停了下來，由羅莎麗拉住韁繩，丹尼跳下車子，跑回去找那隻狗。

年輕人終於回來了，懷裡抱著那隻胖嘟嘟、光禿禿的狗兒，將牠擱在兩位女士的腳邊。

第十三章

兩個小時後，車子停在一座磚造的小屋前；這房子座落在一片果園中間，沿著公路種著一排梨子樹，全都修剪成紡錘的形狀。

果園的四個角落各有一座花棚，上頭爬滿了忍冬和鐵線蓮；園子裡是一畝畝的菜田，每片耕地之間都隔著狹窄的小路，路旁種著果樹。

一道很高的綠籬將園子圍起，外面是一片田地，再過去就是毗鄰的農莊。沿著公路走過去一百步的距離，是一家洋鐵舖。

放眼望去，周圍盡是格沃平原的景觀，一戶戶的農莊四處遍布，每座園子的四周，都用兩排大樹圍了起來，裡頭種著蘋果樹。

嘉娜一到之後就想休息，但羅莎麗不准她閒著，怕她又會胡思亂想。

哥德鎮的木匠已經來了，等著要佈置房子；有些家具早就運到了，他們立刻開始動手整理；最後一輛貨車可能會晚點來，只好等它到了再說。

這是一項浩大的工程，需要多方的考量，也需要從長計議。

一個小時之後，馬車終於出現在柵欄門前，大家只好冒雨把家具卸下。

天黑時，屋內十分凌亂，東西堆得到處都是；嘉娜累壞了，一上床就睡著了。

接下來的那天，她也是忙得一塌糊塗，根本無暇哀傷。佈置新家的工作，甚至還讓她覺得饒有興味；她心裡總是懸著一個念頭，覺得兒子一定會回來這裡住。原本掛在她房裡的壁氈，現在被用來佈置餐室，這裡同時也當作客廳來使用；二樓有兩間臥房，其中有一間她特別花了心思去佈置，在她心目中，那是「泡泡的房間」。

另一間是留給她的，羅莎麗的房間則在頂樓，就在閣樓旁邊。

這座小房子經過精心佈置之後，倒也很可愛——嘉娜最初雖然覺得少了一點什麼東西，卻說不出到底是什麼，因此倒也住得很愉快。

有天早晨，費岡的公證人差人送來三千六百法郎，有些家具還留在白楊山莊，經過中古商的估價之後，可以換得這筆款項。接過這筆錢時，嘉娜興奮得直顫抖，辦事員走了之後，她立刻就戴上帽子，想盡快趕到哥德鎮去，以便把這筆意外之財匯給保爾。

然而，當她急急忙忙地走在公路上時，羅莎麗正好從市場回來了。老侍女沒有立刻猜出是怎麼回事，不過卻起了疑心；嘉娜什麼事都瞞不過她，等她知道來龍去脈之後，馬上把籃子摔到地上，不顧一切地發起脾氣。

羅莎麗兩手插腰，大聲嚷嚷，然後，她右手牽著女主人，左手抓住籃子，氣憤難平地把嘉娜拉回家了。

進門之後，侍女就叫嘉娜把錢交出來。嘉娜藏了六百法郎，其餘的全拿給她；然而，羅莎麗已經有了戒心，馬上就揭穿了她的詭計；嘉娜只好把所有的款項都交給她。

不過，羅莎麗卻同意把那六百法郎寄給保爾。

幾天之後，他寫了一封信來道謝。「親愛的媽媽，妳幫了我一個大忙，因爲我們現在實在很窮。」

然而嘉娜卻極不適應在巴特維的生活；她老是覺得呼吸不像從前那麼順暢，自己也變得更孤獨、無依、失落。她常常出門去散步，一直走到維納村那邊，然後再從三潭村繞回來，可是，回到家裡她又坐不住，還是想再出門，好像剛才她忘了走到該去的地方一樣，想要散步的願望還沒有達成。

天天都是這樣，她也不知道自己何以會有這種古怪的念頭。不過，有天晚上她坐下來吃晚餐時，脫口而出地說：「啊！我多麼想去看一看大海呀！」無意之間的一句話，卻使她恍然大悟，知道了自己心神不寧的原因。

她心裡所掛念的，原來就是大海：廿五年以來，海洋一直是她最主要的鄰居，那種帶有鹹味的空氣、怒海翻騰的景象、轟隆作響的聲音、強而有力的海風，每天早晨，她都可以從白楊山莊的窗子看到，無論白天或夜晚，她都是呼吸著那樣的空氣，隨時都感到自己就在海洋的身邊，所以早就開始愛上它了，就好像不知不覺愛上一個人一樣。

老狗「屠殺」也像嘉娜一樣，變得非常焦躁。來到這裡的第一天晚上，牠就躲進廚房的櫃子下，誰都沒辦法叫牠走開。牠整天躺在那裡，幾乎一動也不動，偶爾才會挪一挪身子，發出低沈的吼叫聲。

然而，天色暗下來時，牠就會站起來，拖著腳步，撞著牆壁，往花園的大門走去。牠每次總要在外面待上幾分鐘，然後，牠又會回到屋裡，一屁股坐到微溫的火爐前面，接著，等兩位女主人都去睡覺時，牠馬上又哀號起來。

牠就這樣徹夜叫著，聲音哀怨淒涼，有時會休息一小時，然後又用更嘶啞的嗓音吼叫起來。她們只好把牠拴在屋前的一個桶子裡。牠還是會在窗口哀號。後來，牠已經病得快死了，她們才又讓牠進到廚房裡。

這隻老狗知道這裡已經不是自己的老窩了，所以總是不停地呻吟、不停地搔東搔西，試著要適應新家的生活，可是，牠的叫聲卻吵得嘉娜無法睡覺。

根本沒有人可以讓牠安靜下來。白天裡，當萬物都在活動時，這隻老狗卻昏昏沈沈地，好像是因爲瞎了眼睛，又知道自己的體力已經衰弱不堪，所以才懶得動彈；然而，太陽一下山之後，牠就開始不停地轉來轉去，彷彿只有在黑暗之中，其他動物都看不見時，牠才敢出來活動筋骨。

有天早晨她們發現牠死了，這才鬆了一口氣。

冬天到了。嘉娜無法自拔地感到一股絕望。這不是那種割心刮肺的痛苦，而是一種淒涼憂愁的哀傷。

沒有任何事能使她振作起來。再也沒有人會想到她了。屋前的大馬路由左邊延伸到右邊，但幾乎看不見什麼人影。偶爾會有一輛馬車奔馳而過，趕車的是個紅臉大漢，身上的藍色夾克被風吹得鼓鼓的，簡直就像一顆汽球一樣；有時是一輛走得很慢的貨車，有時則看見兩個農民從遠遠的地方走過來，一男一女，在地平線上看起來十分渺小，然後又慢慢地變大，接著，等他們經過屋子以後，影子又開始變小了；隨著微微起伏的地形，白色的道路一直蜿蜒到看不見的遠方，兩個農民走到視線的盡頭時，看起來又小得像兩隻昆蟲一樣。

春草開始萌芽時，每天早晨，柵欄門前都會有個穿著短裙的女孩經過，她趕著兩匹瘦弱的母牛，讓牠們沿著公路兩旁的溝渠吃草。傍晚時，她又會經過這裡，還是一副半睡半醒的樣子，每隔十分鐘才跟在牲口後面走上一步。

每天夜裡，嘉娜都夢見自己還住在白楊山莊。

像從前一樣，她又和父母團聚一堂，有時甚至還有麗桑姨媽。她還是做著那些已經遺忘的、過去的事，夢見自己攙著媽媽在她的白楊道上漫步。夢醒時分，她總是淚流滿面。

她老是夢到保爾，並且自言自語地說：「他在做什麼呢？他現在怎麼樣了？他有時是不是也會想起我？」每當她在農莊與農莊之間的道路漫步時，腦海裡盡是這些折磨人的念頭，不過，最讓她感到痛苦的事，還是那個搶走她兒子的陌生女人，她實在非常嫉妒。就是因爲這股怨恨，所以她才會按兵不動，不肯到兒子的住處去找他回來。她好像看見那個女人站在大門口問道：「這位太太，您到這裡來有何貴幹？」出於一種做母親的驕傲，她實在沒辦法接受這種會面的場合；身為女人，她有著一種高傲的自尊，沒有絲毫汙點與缺陷，始終純潔無瑕，於是，她愈來愈痛恨懦弱的男人，因為他們總是沈溺在肉欲的享受之中，無法自拔，以致於連心靈也變得汙濁了。男女之間那種淫穢的感官享受、繾綣難分的溫存愛撫、如膠似漆的肉體關係，每次一想到這些私密的畫面，她就覺得人性實在齷齪。

又過了一個春天與夏天。

可是，秋天來了之後，雨就一直下個不停，天空總是陰沈沈的，雲層密布，嘉娜也因此對生活感到厭倦，於是，她決心要用盡一切力量，把她的泡泡給找回來。

這個小伙子的衝勁應該已經用完了吧？

她給他寫了一封哀怨的信。

親愛的孩子：

求求你回到媽媽的身邊吧！你想想看，我年紀大了，身體也不好，一年到頭都孤孤單單的，只有一個女僕陪在身邊。現在我住在一棟小屋子裡，就在公路的旁邊。我覺得好難過啊！可是，如果你也在這裡，一切就會不同了。我在這世界上只剩下你這個親人，可是我們已經七年沒見過面了！你永遠都不知道我過得多淒慘，也不知道我把多少的希望都寄託在你身上。你就是我的生命、我的夢想，我唯一的希望，也是我唯一珍愛的人，我好想你啊，可是你卻不要我了！啊！回來吧，我的小泡泡，回來你的老母親這裡吧，我永遠都絕望地張開雙臂，等著和你相擁。

媽媽

幾天之後，他回信了。

親愛的媽媽：

我也很想回去看妳，但是我沒有錢。寄一點錢給我吧！然後我就可以回去了。況且，我眞的很想回去看看妳，並且和妳談談我的計畫，如果能夠完成這件事，就可以達到妳對我的期望了。過去那些艱困的日子裡，她始終陪在我的身邊，她的一片痴心與犧牲奉獻，實在讓我一言難盡。對於她這種衷誠的愛意與恩情，我不可能再繼續隱瞞了，一定要公開地承認才行。而且，她的教養實在很好，妳一定會喜歡她的。她的學問很好，讀過很多書。另外，妳一定很難想像她一直都對我有多好。如果我不對她聊表感激的心意，那我就太沒良心了。所以，希望妳能答應我，讓我和她結婚。然後，妳就會原諒我的不告而別，我們會回到那間小屋子裡，和妳住在一起。

如果妳見過她的話，一定會馬上同意我的要求。我保證！她真的是完美無缺、高貴優雅。我敢肯定，妳一定會喜歡她的。至於我自己，如果沒有她的話，我就活不下去了。

親愛的媽媽，希望很快就能收到妳的回信，我們衷心地擁抱妳。

妳的兒子　保爾・德拉瑪子爵

嘉娜呆住了。她把那封信擱在膝上，一動也不動；她看透了那個女人的陰謀，知道對方會永遠纏住她的兒子，連一次也不放他回來。她在等著那一天的到來，等著絕望的老母親盼子心切，再也抵抗不了思念兒子的心情，然後，做母親的就會心軟，答應他們所有的要求。

保爾居然執迷不悟，對那個壞女人寵愛到這個地步，實在讓嘉娜傷透了心。她不停地說道：「他不愛我這個媽媽。他不愛我這個媽媽。」

羅莎麗進來了。嘉娜結結巴巴地說：「他現在想和那個女人結婚。」

老侍女嚇了一跳：「啊！太太，您可不能答應他。這種下流的女人，保爾少爺可不能要！」

嘉娜覺得很傷心，卻不願就此妥協，她說：「孩子，我是決不會答應這件事的。既然他不肯回來，那我就自己去找他，我倒要看看，究竟是她比較厲害，還是我的本領比較大。」

她立刻回了一封信給保爾，說自己要去找他，但是她不會去那個妓女的住處，而是要另外找個地方和他會面。

然後，她一面等著回信，一面準備行囊。羅莎麗替女主人把衣物和日常用品都塞到一個舊箱子裡。然而，她在整理一件洋裝時，發現那是一件很土氣的舊衣裳，於是便嚷著說：「您連一件得體的衣服都沒有。我不能讓您穿這樣出門。別人會為您感到丟臉，巴黎的太太們，也會把您當成是一個女傭。」

嘉娜任由她去做。兩位女士一起上哥德鎮去，選了一塊綠格子的布料，交給鎮上的裁縫師，請她裁製一件衣服。然後，她們又去找公證人胡塞爾先生，因為他每年都會去巴黎住上兩星期，所以便來向他打聽一下情況。嘉娜已經有廿八年沒去過巴黎了。

公證人提醒她們許多事，教她們要如何閃避車輛，如何提防扒手，勸她們口袋裡只能放一些隨身需要的錢，其餘的都要縫在衣服的襯裡上；他說了很久，介紹她們一些平價的餐館，其中有兩、三間是女士們常常去的地方；他又提到了車站附近的諾曼第旅社，他自己每次都是在那裡落腳。去了那裡，可以說是他介紹的。

巴黎和勒阿佛之間，鐵路早就通行了六年之久。[註❶]然而嘉娜的遭遇一直都很不幸，所以，這種使當地發生重大變革的蒸汽火車，嘉娜從來都沒有看過。

但是，保爾並沒有回信。

她等了一星期，然後又等了半個月，每天早晨都跑到馬路上去等郵差，抖著聲音問他：「馬隆丹老爹，今天有沒有我的信？」

由於氣候惡劣，這郵差總是以嘶啞的嗓子回答說：「老太太，這一趟還沒有。」一定是那個女人不讓保爾寫信回來。

於是，嘉娜決定立刻出發。她想帶羅莎麗同行，但老侍女不想增加旅途的花費，所以沒有答應。

而且，她只准女主人帶三百法郎在身邊：「如果您還需要用錢，就寫信告訴我，我會去公證人那裡，託他匯錢給您。如果現在給您太多錢，一定又會被保爾少爺給拿走。」

十二月的一個早晨，丹尼·勒寇克趕著馬車來接她們，兩人上了車，羅莎麗陪著女主人一起到火車站。

她們先問了車票的價格，等到一切手續辦妥，行李也登記好之後，主僕倆就在鐵軌前等車，想弄清楚這種東西究竟是怎麼開動的；這件奇妙的事吸引了她們的注意力，至於為什麼會有這趟行程，也就暫時沒人去想了。

終於，汽笛聲從遠遠的地方傳來，吸引了她們的注意，然後，兩人看到一個黑色的機器，影子愈來愈大。這東西開到她們面前時，發出了嚇人的噪音，並且拖著一長串的小房子跑了過來；然後，服務員把一扇門打開，嘉娜哭著和羅莎麗吻別，才走上了其中的一間小屋。

羅莎麗也捨不得她走，叫著說：「太太，再見！一路平安，早點回來！」

「孩子，再見！」

汽笛再度響起，一整串的車子起初是慢慢地動了起來，接著就愈走愈快，後來便以快得驚人的速度開走了。

嘉娜坐的那間包廂裡，還有另外兩位男士，各自靠在角落裡打瞌睡。

她看著樹木、農莊、村落與鄉間的景色奔馳而過，車子的速度使她感到十分害怕，又讓她覺得自己正在展開一個新生活，就要進入另一個陌生的世界了，既不像年輕時代那麼平靜，也不像目前那麼單調。

車子開到巴黎時，天已經黑了。

一個搬運工替嘉娜拿了行李，她驚恐萬分，手忙腳亂地跟在後頭；要穿過這些亂轟轟的人群令她覺得很不習慣，於是，她幾乎跟在那工人後面跑了起來，擔心和他失散。

到了旅館之後，她連忙聲明說：「我是胡塞爾先生介紹來的。」

「胡塞爾先生？他是什麼人啊？」

嘉娜愣了一下，回答說：「就是那位哥德鎮的公證人呀，他每年都會來您們這裡光顧。」

胖女人回答說：「很有可能。不過我不認識他。您需要一個房間嗎？」

「是的，太太。」

一個僕役拿了行李，領著她上了樓梯。

嘉娜心裡很難過。她在小桌子前坐下，要人替她送來一份熱湯和雞翅。從黎明到現在，她還沒有進食。

黯淡的燭光下，她淒涼地吃著晚餐，腦子裡裝了許許多多的事，想起自己蜜月旅行時，也曾經路過這個城市，而且，就是在巴黎的那幾天，朱利安首次露出了本來的面目。然而當時她還很年輕，充滿自信且勇氣十足。如今，她覺得自己年華已逝、侷促不安，甚至還畏畏縮縮的，遇到一點點小事就頹喪不安。吃過晚餐之後，嘉娜走到窗口，望著那條人群雜沓的街道。她很想出去走走，卻沒那個勇氣。她覺得自己一定會迷路。於是，她吹熄蠟燭，上床睡覺了。

然而，嘈雜的聲音、陌生的城市，再加上一路上的疲勞，實在讓她無法入眠。時間一個鐘頭又一個鐘頭地過去了。外頭的喧囂逐漸平息，但是她依然睡不著，大城市這種半休息的狀態，還是讓她感到緊張。她早就習慣鄉間那種寧靜安詳的環境，無論人類、牲口和植物，通通都睡得死沈沈的；在這裡，她卻覺得四周有一種神秘的騷動。細小得幾乎聽不見的聲響，彷彿穿透了旅館的牆壁，傳進她的耳裡。偶爾會傳來一陣地板的嘎嘎聲、關門的聲響，或者是拉鈴叫人的聲音。

大約凌晨兩點鐘的時候，她差一點就要睡著了，一陣女人的尖叫聲，忽然從隔壁房間傳來；嘉娜猛然從床上坐起身子，然後，她相信自己又聽見一個男人在笑。

距離天亮的時間愈近，她思念保爾的心情就愈急切；曙光一露，她立刻就換上衣服出門了。他住在西堤島上的索瓦吉街註❷。爲了聽從羅莎麗的叮嚀，節省旅費，她決定走路過去。天氣晴朗，冰冷的空氣刺痛著她的皮膚；人行道上，人群匆忙地走來走去。沿著一條別人指點的道路，她盡量以最快的速度向前走，待會兒要右轉，然後再向左拐個彎，最後就會走到一個廣場，到時還得再問一次路。她找不到那個廣場，只好向麵包店的老闆打聽，那人卻告訴她另一種走法。嘉娜又按著這個指示出發了，走走停停，後來竟然迷了路，完全搞不清楚方向。

她急瘋了，幾乎看到有路就亂走一通。當她正想叫車時，卻看到了塞納河。於是，她就沿著河岸往前走。

大約一個小時之後，嘉娜終於找到索瓦吉街，那是一條髒亂的小街道。她在門口停了下來，激動得一步都跨不出去。

泡泡在這裡，就在這棟屋子裡。

她覺得自己的膝蓋和雙手都在發抖，最後，她終於跨進門檻，順著長廊走到門房那裡，她遞上一枚銀幣問道：「可不可以請您上樓去告訴保爾．德拉瑪先生，說有一位老太太想要找他，就說是他母親的朋友，在樓下等著見他。」

門房回答說：「這位太太，他已經沒有住在這裡了。」

嘉娜渾身感到一陣戰慄。她支支吾吾地問：「啊！那麼……那麼，他現在住在哪裡？」

「我不知道。」

她感到一陣暈眩，好像快要昏過去了，好一陣子都說不出話來。她拚命地掙扎著，終於恢復了神智，喃喃地問說：「他何時搬走的？」

門房把事情一五一十告訴嘉娜：「已經兩星期了。有天晚上走了之後，就沒再回來了。他們在這裡到處欠錢，所以，您也知道，他們是不會留下地址的。」

嘉娜眼冒金星，看到了一陣火光，就像有人在她面前開槍一樣。不過，一個堅定的意念支持著她，使她站直了身子，外表強作鎮定、理智。她要知道泡泡到底在哪裡，並且還要找到他。

「那麼，他走時什麼都沒說囉？」

「是啊，什麼都沒說，他們就是爲了躲避債務才逃走的嘛！」

「可是，他總會派人回來拿信吧？」

「多半都是我把信送過去。不過他們一年也收不到十封信。他們離開的前兩天，我倒替他們送了一封信上去。」

應該就是嘉娜寫的那封。她急切地說道：「您聽我說，我就是他的母親，這次是專程來找他的。這十塊法郎給您。要是您有他的消息，或是關於他的什麼事，請您送個信到勒阿佛街的諾曼第旅社給我，我一定會重重酬謝您。」

他回答說：「沒問題，就包在我身上了。」

然後她就逃開了。

嘉娜走在路上，完全不在乎自己要去哪裡。她走得飛快，好像有什麼重要的事要辦一樣；她順著牆角向前走，偶爾被別人的行李撞了滿身；過馬路時，她不先看看有沒有車子經過，因而遭到車夫的辱罵；她根本沒注意人行道上有石階，所以摔了一跤；她失魂落魄，拚命地向前跑。

嘉娜驀然發現自己走到一座花園裡，她覺得很累，於是便在一張凳子上坐下。她似乎在那裡坐了很久，不知不覺地掉著眼淚，使得路人都停下來盯著她瞧。然後，她覺得很冷，所以就站起來準備離開；她是如此疲憊，如此虛弱，兩條腿幾乎走不動了。

她想到餐館去喝一點熱湯，可是一想到自己那副哀傷的模樣，她就感到害怕、丟臉，遲遲不敢走進去。她在門口站了一會兒，對著裡頭張望，看到別人都坐在那裡用餐，她馬上又膽怯地退縮了，自言自語地說道：「還是換一家再進去吧！」然而，到了另一家餐廳，她仍舊沒有膽量進去。

最後，她走到一家麵包舖，買了一個新月形的小麵包，邊走邊吃了起來。她的口很渴，又不知道哪裡有水可以喝，只好忍了下來。

她穿過一道拱門，走到另一個四周都是拱廊的花園裡。她認出這裡就是羅浮宮。

在陽光下走了那些路，她的身體也暖和起來，所以又在花園裡坐了一、兩個小時。

又有一些人走進公園，這是一群高雅、幸福的人兒，他們談笑自如，彼此打著招呼，男的多金，女的美麗，活著就是爲了打扮與享樂。

夾在這些光鮮而嘈雜的人群之間，嘉娜覺得很心慌，站起身子就想離開；可是，她心裡陡然出現一個念頭，覺得可能會在這個地方遇到保爾；於是，她開始急切而謙卑地走了起來，從園子這一頭走到另一頭，盯著每一張來來往往、川流不息的臉孔瞧。

有些人回過頭來看著嘉娜，也有人指指點點地嘲笑她。嘉娜感覺到了，於是便逃開，心想人家一定是在嘲笑她的樣子，也在嘲笑那件綠格子的洋裝；這可是羅莎麗選的料子呀，也是按著她的意思，請哥德鎮的裁縫做的。

她甚至不敢向別人問路了。然而，她還是硬著頭皮問了一下，終於回到旅館。

接下來的時間，她都坐在床腳的椅子上，一動都不動。然後，和前一天一樣，她要了一份熱湯、一點點肉，吃起晚餐。接著她就上床了，一如平常的習慣一樣，機械性地完成每個動作。

第二天，她去了警察局，希望他們能夠幫她把兒子找回來。他們沒有把握做得到，不過還是會試試看。

於是她又到街上去遊蕩了，總是希望能遇見保爾。在這些熙熙攘攘的人群當中，她覺得自己簡直比到了荒野還要孤單、甚至還更無依、更淒慘。

傍晚回到旅社之後，人家告訴她說，保爾先生曾派人來找過她，並且明天還會再來一次。一道血液忽然沖上嘉娜心頭，使她整晚都闔不了眼。會是保爾嗎？雖然別人所描述的，聽起來根本不像保爾，然而，是的，一定就是他。

早上快九點時，有人敲了門，嘉娜叫道：「請進！」雙手已經張得開開的，準備把他抱個滿懷。進來的卻是一個陌生人。對方向她致歉，一面說很冒昧在這個時候來打擾，一面又解釋了自己的來意：原來保爾欠了他一筆錢，今天是來要債的；嘉娜的眼淚快掉下來了，為了不讓對方發現，淚珠滾到眼角時，她只好趕緊用手指抹掉。

這人從索瓦吉街的門房那裡聽說嘉娜也來到巴黎，由於找不到保爾，只好來向他母親要錢。他掏出一張紙條，嘉娜不假思索就接過來。她看見上面寫了九十法郎的數目，立刻掏錢出來，付給對方。

這一天她沒有出門。

接下來那天，又有其他債主找上門來了。她把剩下的錢都給了他們，自己只留下二十幾塊法郎；她寫了一封信給羅莎麗，說明現在的情況。

她等著侍女的回音，每天都四處遊蕩，不知道有什麼事可做，也不知道有什麼地方可以消磨這種淒慘而漫長的時光；沒有人可以讓她傾訴內心的感覺，她的悲哀也沒有人知道。她總是漫無目的地四處亂走，心裡只希望能早點啓程，回到自己那座小小的屋子裡，回到那冷清的公路旁。

幾天之前，她還覺得那裡淒慘得讓人住不下去，如今卻剛好相反，只有在那個地方，她才能夠生存下去，她那些沈悶的生活習慣，早就在那裡生了根。

有天晚上，她終於收到信了，裡頭有兩百法郎。羅莎麗寫說：

嘉娜太太，快點回來吧，我不會再給您寄錢過去了。至於保爾先生，等以後有他的消息時，再讓我去找他回來吧。

我向您致敬。

您的女僕　羅莎麗

在一個天氣寒冷、雪花紛飛的早晨，嘉娜出發回巴特維去了。

註❶：巴黎到勒阿佛之間的鐵路於一八三八年開始規劃，一八四三年正式通行。這裡的年代是一八五二年，所以鐵路早就行駛六年了。

註❷：任何時代的巴黎地圖，都找不到索瓦吉街。可能是居民自取的名字，因此沒有收錄在政府的紀錄裡。「索瓦吉」（Sauvage）是「野蠻」之意，所以，這條街有可能是作者自己捏造出來的，說明保爾窮困潦倒的處境。

第十四章

從此之後，她再也不出門，再也不走動了。每天早晨，她總是在同一時間起床，盯著窗口看看天氣，下床之後，就坐在房裡的火爐前。

她一整天都坐在那兒，一動也不動，眼神呆滯地望著爐火，任憑思緒回到過往的一切，種種痛苦的遭遇、悲哀的場面，一一浮現在她眼前。夜色漸漸襲上這個小房間，除了在爐子裡添加一點柴火之外，她還是沒什麼動靜。這時羅莎麗把燈火端了進來，大叫著說：「嘉娜太太，走吧！您需要動一動，要不然晚上又吃不下東西了。」

她腦中時常有一些固執的念頭，微不足道的事都能夠糾纏著她、折磨著她，在她那個病態的頭腦裡，極小的事都具有重大的意義。

尤其是，她忘不了從前的日子，忘不了那些逝去的時光，心裡時常想著年輕時代的生活，也想著她在科西嘉的蜜月旅行。那個島上的風光，她已經很久都沒想到了，現在卻驀然浮現在爐子裡的柴火上；她記起了所有細節，想起了一切的瑣事，也想起在那裡遇到的每一張臉孔；嚮導約翰·哈瓦里的相貌，時時出現在她眼前，有時她甚至還以爲聽到了他的聲音。

然後，她又想起保爾小時候的快樂時光，那一陣子，他總是要人家幫他種生菜，爲了討孩子的歡心，她和麗桑姨媽就一起跪在肥沃的土壤上，挖空心思照料那些植物，比賽誰的菜苗長得比較快，誰的青菜長得比較高。

嘉娜張開雙唇，喃喃地低聲說：「泡泡，我的小泡泡！」就好像正在和他講話一樣；她的種種幻想，就停留在這個名字上，有時，一連好幾個小時，她都伸手在空中比畫著，描繪這個名字的字母。她對著爐火慢慢地畫著，幻想這些字母就停留在眼前，然後，她發現自己寫錯了，顧不得手臂已經累得發抖，連忙又從第一個字母開始，從頭到尾把整個名字都描了出來；接著，等她畫完之後，就重新再畫一次。

最後，她已經沒力氣了，筆畫紊亂，寫成其他的字，心裡快急瘋了。

獨居生活才有的各種怪僻，現在通通都出現在她身上。隨便什麼東西換了位置，都會讓她氣憤不已。

羅莎麗常常帶她到馬路上，強迫她去散散步；可是，才走了二十分鐘，嘉娜就吵著說：「孩子，我走不動了。」然後，她就一屁股坐在水溝旁。

不久之後，她開始厭惡一切活動，每天都要賴床，能賴多久就賴多久。

從小時候開始，她一直都有個不變的習慣：喝了牛奶咖啡之後，就會立刻起床。對於這杯咖啡和牛奶摻在一起的飲料，她簡直看得比什麼都還重要；叫她不要喝這種東西，簡直比要她的命還難受。每天早晨，她迫不及待地等著羅莎麗上來；然後，當侍女把一杯滿滿的咖啡放上床頭櫃之後，她便會坐起身子，飢渴地一飲而盡。接著，她就會掀開被窩，開始穿上衣服。

但是，現在她的習慣已經漸漸改變了，每次把咖啡杯放回碟子之後，她都會空想一會兒再起床；後來，她乾脆又躺下去；就這樣，她每天賴在床上愈來愈久，直到羅莎麗氣呼呼地走進來，幾乎用強迫的方式，才讓她把衣服穿上。

除此之外，她再也沒有一點兒主見了，每當羅莎麗和她商量事情、問她問題，或者是徵詢她的意見，她總是回答：「孩子，就照妳的意思去做吧！」

她覺得霉運總是追著自己不放，於是就變得像東方人那麼相信命運了；她的夢想與期望總是一再落空，一再崩潰，因此，她什麼事都做不了，甚至連最簡單的小事，都要猶豫一整天，總是認爲自己一定會走錯路，一切都會弄得很糟。

她總是不斷地說：「我呀，這輩子都沒交上什麼好運。」

羅莎麗聽了就會嚷著說：「要是您每天都必須爲了麵包而工作，每天清晨六點就得起床來幹活兒，那又怎麼說呢？這種人天底下多的是，可是，等她們老了之後，還不是一樣窮得要死！」

嘉娜回答：「妳也不想想看，我現在只有一個人呀，我兒子不要我了。」

羅莎麗就會氣急敗壞地說：「那又算得了什麼！這樣的話，那些當兵的孩子要怎麼辦？那些去美國謀生的人該怎麼辦？」

對羅莎麗而言，美國是一個虛無飄渺的地方，很多人都到那裡去發財，再也沒有回來過。

她又接著說：「天下無不散的筵席，老人家和年輕人，不可能一輩子都生活在一起。」然後她又很不客氣地撂下一句話，「再說，如果他死了，您又要怎麼辦呢？」

這一次，嘉娜啞口無言。

初春時，天氣漸漸暖和起來，她也稍微有了一點力氣，可是，她不把這點恢復的體力拿去活動，卻沈浸在日益沈悶的思維裡。」

有天早晨，嘉娜爬上閣樓，想要找個東西，無意間，她卻打開了一個箱子，裡頭裝滿用過的日曆；她把這些東西保存起來，是因爲鄉下人都有這種習慣。

她覺得自己好像找到了過去的歲月。面對這堆四四方方的硬紙板，她跌進了一種奇異而混亂的思緒裡。

這些東西或大或小、各種式樣應有盡有。她把它們都搬到樓下的客廳裡，然後又按照年代先後，一一陳列在桌上。忽然，她看到裡頭最舊的一份，那是她自己帶到白楊山莊去的。

她對著日曆看了很久，從盧昂出發的那個早晨，她把自己走出修院之前的日期，通通都劃掉了。嘉娜忍不住哭了起來。攤在桌上的那些日曆，代表了她的一生，她默默地流著悲傷的眼淚，一位老人家可憐的眼淚。

她心裡有了一個想法，不久，這個念頭就愈來愈強烈、固執，並且持續不斷地糾纏著她。她希望把從前的生活，幾乎一天都不漏地回想起來。

她將這些發黃的日曆一一釘到牆壁的掛氈上，然後，她又花了好幾個小時，看看這一幅，又瞧瞧那一幅，自言自語地唸著：「這個月發生了什麼事？」

一生當中值得紀念的日子，她都一一做了記號；她以重大事件爲中心，然後再把前前後後的瑣事串連起來，一樁又一樁地歸納、排列在一起，有時，她甚至能夠想起一整個月的事。

她集中注意力，絞盡腦汁，挖空心思，終於，白楊山莊頭兩年的生活，她幾乎全想起來了；因爲有這種特殊的毅力，生命裡那些遙遠的時光，就這樣活生生地出現在她眼前。

然而，接下來那幾年，她就覺得好像一團迷霧似的，弄不清所有的事，通通混淆在一起了；有時，她也會低著腦袋，對著一幅日曆耗上很久的時間，用盡心思回想當年的情況，但是，腦子裡想到的回憶，到底是不是發生在這一年當中，她甚至都搞不清楚了。

這些過往時光的紀錄，就像耶穌受難的連環畫一樣，將客廳團團圍住。她一張又一張地看了下去，忽然把椅子移到其中的一幅日曆前，然後就一動也不動地凝視著它，一直到天黑時，她都沈浸在自己的回憶裡。

轉眼之間，溫暖的陽光下，花草樹木又朝氣蓬勃，田間的作物開始發芽，樹林裡綠意蔥蘢，院子裡的蘋果樹也長出果實，看上去就像一顆顆小紅球，使整個原野都洋溢果香，這時，嘉娜也變得焦躁起來。

她開始坐不住了，來來回回地走著，一天之內，進進出出的次數有二十回之多，有時還沿著農莊遊蕩到很遠的地方，興奮地像是得了狂熱症一樣。

草叢裡探出頭來的一朵雛菊、樹葉間篩下的一道陽光、車轍之間的一窪積水，以及倒映在其中的一抹藍天，這些東西都會觸動嘉娜的心弦，使她感動得神魂顛倒；她好像又回到從前那種感覺了，滿心都是少女時代的熱情，那個時候，她最愛躲到田野間編織美夢。

當她對未來充滿期待時，也曾經有過這樣的悸動；在暖洋洋的日子裡，她也品嚐過這種動人的溫馨與沈醉。如今她又找到同樣的感覺，未來卻已經結束了。她的心裡仍舊感到很開心，同時卻也覺得很痛苦，就好像她的皮膚已經乾枯了，血液變得冰冷，靈魂也飽受煎熬，因此，大地春回的歡樂雖然永不止息，帶給她的快樂卻減少了，甚至使她深感痛苦。

她覺得周遭的一切，好像都發生了些微變化。現在的陽光，已經不如她年輕時代那麼溫暖，天空不再那麼蔚藍，草地也不再那樣青翠了；花兒不再那麼嬌豔、芬芳，也不像從前那麼令人陶醉。

但是，有些日子裡，她也覺得生命是如此美好，使她又想開始編織美夢、重燃希望與期待；因爲，不管命運有多殘酷，這麼晴朗的天氣，總會帶來一絲希望吧？

連續好幾個小時的時間，她一直不停地往前走，彷彿有什麼東西在內心鞭策著她。偶爾她也會陡然停下步伐，然後就在路邊坐下，回想一些傷心的往事。爲什麼她就不像其他人一樣，總是沒有人來愛？普通人那種簡單的幸福，她爲什麼就是無福享受？

有時，她竟然忘記自己已經年老，忘記除了幾年悲哀孤獨的日子之外，已經沒有什麼可以期待，忘記她的一生已經走到盡頭了；於是，她又開始像十六歲時一樣，編織起種種甜蜜的夢想，爲自己拼湊美好的未來。然而，無情的眞相卻又讓她甦醒過來；她疲憊不堪地站起身子，彷彿被千斤重石壓斷了腰一樣；她又緩緩踱向回家的路，嘴裡喃喃地唸道：「老糊塗！眞是老糊塗！」

現在羅莎麗無時無刻都會提醒她說：「太太，您就不能安靜下來嗎？究竟是什麼事讓您這麼興奮？」

嘉娜總是悲哀地回答：「有什麼辦法呢？我現在就像臨死前的『屠殺』一樣。」

有天早晨，羅莎麗進來得比平常還早；她把咖啡杯放到床頭櫃之後就說：「來，快喝吧！丹尼在門口等著呢。我們今天要去白楊山莊，我要回去處理一些事。」

嘉娜聽了之後，高興得幾乎快暈倒；她激動地穿上衣服，一想到要回去那棟親愛的房子，她覺得既惶恐又無力。

燦爛的天空俯視大地，馬兒快樂地向前跑著，有時甚至飛奔起來。車子進入艾杜風村之後，嘉娜覺得胸口撲通撲通跳著，連呼吸都覺得很困難了；看到柵欄門那些以磚頭砌成的柱子時，她不知不覺喃喃地叫了兩、三次：「啊！啊！」就好像遇到使她激動萬分的事一樣。

車子停在古亞德家，羅莎麗和兒子一起去辦自己的事了。白楊山莊的主人剛好不在，農莊裡的人便把鑰匙交給嘉娜，讓她到莊園裡去看一看。

嘉娜獨自前往，走到這棟老房子臨海的那一面時，她停下來審視一番。從外頭看上去，這棟灰白色的大屋一切都沒變。這天正好有著燦爛的陽光，光線照耀在陰暗的牆壁上。所有的窗扉都是闔上的。

一小截枯乾的樹枝，落到嘉娜的衣服上，她抬頭一看，原來是梧桐樹掉下來的。她走進那棵大樹，摸摸它那光滑平坦的外皮，就好像在撫摸一頭牲畜一樣。在草地上，她踩到一塊朽木；以前她常和家人一起坐在這邊的凳子上，凳子搬來的那一天，朱利安正巧來這裡做初次的拜訪；現在這塊木頭，就是那張椅子僅存的殘骸。

然後，她又走向大廳門口，那兩扇大門非常難開，沈重的鑰匙已經生繡，怎麼轉也轉不動。最後，門鎖的彈簧終於吱嘎一響，嘉娜伸手一推，這才打了開來。

嘉娜立刻上樓，幾乎是跑回她的臥室去的。牆上換了一款淺色壁紙，她根本認不得了；但是開了一扇窗子之後，她打從心底激動萬分，眼前正是她最最鍾愛的景色——灌木叢、榆樹林、荒原和大海，海面上漂著一些棕色的帆影，遠遠看過去好像是停在那兒一樣。

接著，她開始在這棟空蕩蕩的大屋徘徊。她沿著牆壁邊走邊看，上頭的許多斑點，都讓她覺得很熟悉。嘉娜走到一個露出石膏的小洞前，那是男爵留下來的，爲了紀念年輕歲月，他每次經過這裡時，總是喜歡拿著手杖比劃劍術，把它當成一種消遣。

走進母親的房裡，在一扇門的後面，床鋪附近一個陰暗角落裡，她看到一根金頭的細針；那是她插在那裡的（現在她想起來了），後來有好幾年的時間，大家一直在尋找這枚針。沒有人發現它原來就在這裡。她小心翼翼地取下，放在手上親吻，好像彌足珍貴的古董似的。

嘉娜到處都走遍了，在一些沒有換過壁紙的房間裡，她尋找、辨識著一些幾乎看不出來的痕跡；從織物和大理石的花紋中、從年久汙穢的天花板上，她又看到了那些幻想出來的怪臉。

她無聲無息地前進，獨自走在這座安靜寬闊的宅第裡，就像在穿過墳地一樣。她的一生，就是埋葬在這個地方。

她又走到樓下的客廳裡。百葉窗都是關著的，光線暗得她好一陣子都看不見東西；直到她的眼睛習慣黑暗之後，才慢慢認出高掛在那兒的壁氈，上頭繡著散步的鳥兒。兩張沙發還是擺在壁爐前方，看起來好像才剛有人坐過；正如各種東西都有著自己的氣味一樣，客廳裡的味道還是沒變，仍舊是從前那種氣息，雖然不甚明顯，卻很容易就分辨得出來，就是一般老房子那種柔和清淡的氣味；這味道撲進嘉娜的鼻子，勾起種種的回憶，使她沈醉在過去的日子裡。嘉娜喘著氣，呼吸著這古老的氣息，眼神專心地盯著那兩把椅子。忽然之間，心裡的思念使她產生一股幻覺，她覺得……她覺得自己看見父親和母親在爐子前面爲雙腿取暖，就像從前經常看到的那樣。

嘉娜害怕地向後退了幾步，背後撞在門框上，於是她便靠在上面，以免自己跌倒，眼睛還是盯著那兩把椅子。

幻覺卻已經消失了。

好幾分鐘的時間，嘉娜都不知所措，後來才慢慢地清醒；她很怕自己會發瘋，所以很想快點逃開。嘉娜的目光偶然落到門檻上，上頭有她從前刻劃的痕跡；她看到了泡泡的身高記錄表。所有間隔不等的記號，依然淺淺地留在油漆上頭；以小刀刻劃出來的數字，記錄著年齡、月份，以及她兒子長高的尺寸。有些比較大的數字，是男爵刻上的；比較小的，就是她自己刻的；有些字跡歪歪斜斜的，則是麗桑姨媽的傑作。眼前，彷彿又看見那個金髮的孩子，他還是像從前一樣，前額貼著牆壁，讓人家幫他量身高。

男爵叫著說：「嘉娜，才一個半月的時間，他又長高了一公分！」

嘉娜開始瘋狂地親吻這些痕跡。

但是外面有人在叫她。是羅莎麗的聲音：「嘉娜太太，嘉娜太太，大家在等您吃午餐呢！」嘉娜走出去，腦裡一片空白。別人對她說了什麼話，她一點兒也聽不懂了。人家給她什麼，她就吃了下去；她聽見大家在聊天，卻不知道他們在談些什麼，農婦大概是在問候她的健康吧！她任憑人家和她吻別，也吻了所有湊上來的臉頰，然後就坐到車上了。

穿過樹林之後，莊園的屋頂漸漸地從嘉娜的眼簾消失，她內心感到一陣刺痛。她覺得從今以後，已經和老家永遠告別了。

他們又回到巴特維。

她正要走進屋裡時，發現有個白色的東西塞在門下；這是她剛剛出門時，郵差送來的信件。

嘉娜立刻認出來了，那是保爾寄來的；她惶恐不安地把信拆開。上面寫道：

親愛的媽媽：

我這麼晚才寫信給妳，是因爲不想讓妳到巴黎空跑一趟，我自己應該要馬上回去看妳才對。現在我遇到一件很不幸的事，處境非常艱難。我太太已經快要病死了，三天前她才生了一個小女孩，我手頭卻一毛錢都沒有。所以，我只好把孩子寄在門房那裡，請人家試著用奶瓶來餵她；可是，我很怕這個孩子會養不活。妳可不可以幫我照顧她？我沒有錢請奶媽，實在不知道怎麼辦才好。希望妳立刻給我消息。

愛妳的兒子　保爾

嘉娜癱在椅子上，幾乎連呼叫羅莎麗的力氣都沒有。老侍女進來之後，兩人又重新看了一次信，然後就面對面，沈默了許久。

最後羅莎麗才說：「太太，讓我去把孩子帶回來。我們不能丟著她不管。」

嘉娜回答：「孩子，妳去吧！」

然後又一聲不吭了。羅莎麗接著說：「太太，把帽子戴上吧！我們先去找哥德鎮的公證人。爲了小傢伙的未來著想，如果那女人快死了，保爾先生必須娶她才行。」

嘉娜什麼都沒說，把帽子戴上。兒子的情婦快死了！她滿心都是一種不可告人的喜悅，這是一種自私自利、令人臉紅的歡喜，必須設法掩飾才行，她只好把這種狂喜的心情當成秘密，將它隱藏在內心深處。

公證人給了羅莎麗很詳盡的指示，她自己又復習了好幾遍；然後，等她心裡有數，知道不會犯什麼錯了，便宣布說：「請您們安心，我現在就去辦。」

她當晚就上巴黎去了。

嘉娜心亂如麻地撐了兩天，腦子裡根本無法思考。第三天早晨，她接到羅莎麗的一封短信，說是要坐當天晚上的火車回來。除此之外，什麼事都沒說。

快三點時，她向鄰居借了馬車，請人家送她到柏滋鎮的車站去接羅莎麗。

她一直站在月台上，眼睛望著兩道筆直的鐵軌，看著它們延伸到遠方，然後，在遠遠的地平線那邊，終於又合在一起。她不時盯著時鐘瞧。還有十分鐘、五分鐘、兩分鐘。時間到了。遠處的鐵軌上卻什麼都沒出現。然後，她驀然看見一個白點、一縷白煙，終於，煙霧下出現了一個黑點，慢慢地擴大，擴大，飛奔前來。這座龐然大物終於慢了下來，轟隆轟隆地經過嘉娜眼前。好幾個門打開，旅客也走了出來，有的是穿著罩衫的農民，有的是提著籃子的農婦，或是戴著軟帽的小市民。終於，她看到羅莎麗出來了，懷裡抱著一個布包似的東西。

嘉娜很想走到侍女面前，可是她的腿已經發軟，很怕自己會摔跤。羅莎麗也看見她了，還是和平常一樣，神態自若地走來；她說道：「太太，您好啊，我回來了，眞是夠麻煩的。」

嘉娜結結巴巴地問：「怎麼說呢？」

羅莎麗回答：「怎麼說呢，她昨天夜裡死了。他們兩人已結了婚，小傢伙就在這裡哪！」她把孩子遞過去，嬰兒裹在襁褓裡，根本看不見臉龐。

嘉娜無意識地接了過來，兩人一起走出車站，坐上馬車。

羅莎麗回答說：「等葬禮結束之後，保爾少爺就會回來了。相信我，就是明天這班火車。」

嘉娜喃喃說道：「保爾……」然後就接不下去了。

太陽在天邊緩緩地下降，陽光閃耀在清明碧綠的原野上，到處都開滿了黃澄澄的油菜花、血紅的麗春花。欣欣向榮、安寧平靜的大地上，看起來一片詳和。馬車達達地向前奔跑，車夫的舌頭喀搭作響，催促馬兒加速前進。

嘉娜直直地望著前方，一群燕子就像紡錘一樣，在空中劃過一道弧線。突然間，她感到膝上有一股微溫，這是一道生命的溫暖，透過衣服，傳到雙腿，鑽進了她的血肉裡；小傢伙正在睡覺呢，這就是她傳過來的熱氣。

這時，嘉娜心裡充滿無限感動。她忽然翻開襁褓，看到了這個未曾謀面的女嬰——這就是保爾的女兒。耀眼的陽光下，這脆弱的女娃兒覺得很刺眼，於是，她張開了藍色的眼睛，雙唇也蠕動起來。嘉娜瘋狂地將她抱進懷裡，一直親個不停。

羅莎麗心裡也很高興，但還是大剌剌地阻止了她：「好了，好了，嘉娜太太，別再逗她啦，您快把她弄哭了！」

然後，彷彿是在抒發自己的感觸似地，她又加了一句：「看吧！生命從來都不是那麼美好，卻也沒有想像中的糟。」

莫泊桑　生平年譜

一八五〇年

基·德·莫泊桑（Guy de Maupassant）於八月五日出生，出生地可能是費岡，也有可能是戴普附近的密洛梅尼爾（Miromesnil）宅邸。父親出身貴族。母親酷愛文學，來自諾曼第的世家，與福樓拜爲世交。

＊巴爾札克逝世。

一八五四年　四歲

全家遷至格蘭維爾，父親和女僕有曖昧關係。父母分居。

＊屠格涅夫《一個獵人的故事》法文版出書。

一八五六年　六歲

弟弟艾維出生。

一八五七年　七歲

＊波特萊爾出版詩集《惡之華》；福樓拜出版《包法利夫人》。

一八六二年　十二歲

父母離婚，母親帶著兩個兒子，搬到艾特丹的維爾基別墅。

＊屠格涅夫出版《父與子》。虛無主義一詞開始出現。

一八六三年　十三歲

莫泊桑進入伊福多的教會學校唸書，不適應學校生活。開始寫詩。

＊柬埔寨成爲法國的保護屬地。法國的議會選舉當中，反對拿破崙三世的人數增多。

一八六七年　十七歲

從學校退學。十月，進入盧昂皇家中學就讀高年級。

一八六八年　十八歲

開始與詩人布依雷（Louis Bouilhet）通信。布依雷是福樓拜的摯友，透過他而得以結識福樓拜。

＊都德（Alphonse Daudet）出版《小東西》。

一八六九年　十九歲

從盧昂皇家中學畢業。通過大學入學的資格考。在巴黎法學院註冊。

＊福樓拜出版《情感教育》。都德出版《磨坊文札》。龔古爾兄弟（les Goncourt）出版《翟惠賽夫人》。

一八七〇～一八七一年　二十～廿一歲

普法戰爭爆發。莫泊桑自願入伍，派駐於盧昂的軍需處，對抗普魯士軍隊，直到一八七一年才退伍。

＊第二帝國瓦解。巴黎公社暴動。魏爾蘭出版《美好的歌》。狄更斯逝世。

一八七一～一八七二年　廿一～廿二歲

進入海軍部工作，職位低微。他非常討厭這份工作，而寄情於運動，常在塞納河上泛舟。在福樓拜的指導之下，開始從事文學創作。

一八七三年　廿三歲

對於馬克馬翁元帥以「捍衛道德秩序」爲由成立新政府，多所嘲諷，認爲此事極爲愚蠢。跟隨友人羅貝爾學戲劇。

一八七五年　廿五歲

以約塞夫・布留尼耶爲筆名發表首篇短篇小說〈剝了皮的手〉（或譯〈德・柯爾謝的人〉），刊登在洛林年鑑上。曾發表一些詩作，開始籌演一齣名爲〈薰娜夫人〉的戲劇。在福樓拜家中結識左拉、都德、龔古爾及屠格涅夫等文人，又在曼德斯的介紹之下，認識了馬拉梅與依斯勒亞當。時常進出馬蒂德公主的沙龍。加入以左拉爲首的「梅塘之友」。

一八七六年　廿六歲

三月，發表詩作〈在水邊〉。十月，發表〈福樓拜研究〉。開始以基・德・華蒙爲筆名來發表作品。

＊福樓拜、左拉與都德等人首次在麗奇咖啡聚餐，成爲日後出版《梅塘夜譚》的基本班底。

一八七七年　廿七歲

因身體不適，前往羅耶奇進行溫泉治療。在《莫塞克》雜誌發表短篇小說〈授予聖水者〉。年底完成一本小說的大綱，應該就是《她的一生》。

一八七八年　廿八歲

十二月十八日，向海軍部請辭，並在福樓拜的關說之下，轉入教育部工作。由於厭惡這份繕寫員的職業，亟欲脫身。

一八七九年　廿九歲

開始了戲劇生涯。〈往昔的故事〉上演。十二月，著手撰寫小說〈脂肪球〉。

＊馬克馬翁元帥下台。左拉出版《娜娜》。

一八八〇年　三十歲

左拉邀請六位作家各寫一篇戰爭故事，合編爲《梅塘夜譚》，於四月十六日出版；〈脂肪球〉即爲其中一篇，獲福樓拜的激賞，深受好評。四月廿五日，出版《詩集》。五月八日福樓拜死於中風，莫泊桑十分悲痛。六月，告別公職生涯。七月份前往科西嘉旅行。九、十月，赴南法旅行。

＊馬拉梅成立「週二之會」。杜斯妥也夫斯基出版《卡拉馬助夫兄弟們》。

一八八一年　卅一歲

揚名文壇，開始在《吉爾・布拉斯報》、《費加洛報》及《巴黎回聲報》發表作品。大量的新聞寫作經驗，影響日後的創作風格。五月出版短篇小說集《黛利埃公寓》。七月，到北非（突尼西亞、阿爾及利亞）旅行。十二月，出版首部短篇小說集《蒂麗愛之家》。

一八八二年　卅二歲

出版短篇小說集《菲菲小姐》，並前往布列塔尼進行夏季之旅。

一八八三年　卅三歲

二月廿七日至四月六日，首部長篇小說〈她的一生〉在《吉爾・布拉斯報》連載。六月，《山雞的故事》出版。七月，在艾特丹附近建築一棟避暑別墅。

＊屠格涅夫、馬內及華格納等人逝世。尼采出版《查拉圖斯特如是說》。

一八八四年　卅四歲

一月，出版遊記《在太陽下》。四月，出版短篇小說集《月光》。七月，出版《哈利愛特小姐》

一書、《龍德莉姊妹》。福樓拜寫給喬治桑的信札於同年出書，莫泊桑因而寫了一篇研究福樓拜的文章。開始為精神疾病所苦，出現頭痛、易怒及焦躁等症狀。

＊魏爾蘭出版《今昔集》。都德出版《莎弗》。馬斯內（Massenet）出版《曼儂》。

一八八五年　卅五歲

《伊維特》、《晝夜的故事》以及《托瓦納》等三本短篇小說集出版。四月六日至五月三十日，《好朋友》（或譯〈俊友〉）在《吉爾．布拉斯報》連載。遷居至蒙梭公園附近的豪華公寓。春天赴義大利及西西里島旅行；夏季則在沙德基翁進行溫泉治療。

＊左拉作品《萌芽》出版。龔古爾兄弟開始邀請文人雅士於家裡的穀倉聚會。雨果逝世。

一八八六年　卅六歲

短篇小說集《親戚先生》及《小羅克》出版。赴英國旅行。乘帆船「好朋友號」出遊。生活繁忙緊張，因而累倒。

＊羅逖（Pierre Loti）作品《冰島漁夫》出版。詩人韓波（Rimbaud）出版《靈光篇》。尼采出版《超善惡》。

一八八七　卅七歲

一八八六年十二月廿三日至一八八七年二月六日，長篇小說〈奧里奧爾山〉連載於《吉爾．布拉斯報》。五月，出版短篇小說集《奧拉》。十月份前往阿爾及利亞。

＊左拉出版《大地》。馬拉梅發表《詩集》。安特瓦納（Antoine）創立「自由劇場」。

一八八八年　卅八歲

一八八七年十二月一日至翌年一月一日，長篇小說〈兩兄弟〉於《新期刊》連載。遊記《水上》出版。發表另一本短篇小說集《雨松夫人的薔薇》。一八八八年底至一八八九年初，抵達突尼西亞旅遊。身體不適的情況愈來愈嚴重。

＊梵谷完成名畫〈向日葵〉。

一八八九年　卅九歲

發表短篇小說集《左手》、長篇小說〈堅強如死〉。弟弟艾維神經失常，生命垂危。乘坐「好朋友二號」至義大利旅行。身體不適的症狀惡化。

＊世界博覽會於巴黎舉行，艾菲爾鐵塔落成。

一八九〇年　四十歲

遊記《流浪生活》出版。發表最後一本短篇小說集《謊花》。五月至六月，發表最後一部長篇小說〈男人的心〉，連載於《兩個世界的回顧》。發表最後一部劇本〈繆索特〉。遷居至香榭大道附近的波加多路

一八九一年　四十一歲

前往迪佛納及香貝雷班進行溫泉治療。

一八九二年　四十二歲

一月一日企圖自殺。一月六日精神失常，被人送入巴黎近郊一處私人診所。

一八九三年　四十三歲

七月六日逝世。安葬於巴黎蒙帕拿斯墓園。

國家圖書館出版品預行編目資料

她的一生 ／ 莫泊桑（Maupassant）著；蔡雅琪譯
. -- 初版. -- 臺北市：小知堂, 2001[民90]
面 ； 公分. --（世界文集 ；31）
譯自：Une vie
ISBN 957-0405-56-2（平裝）

876.57 90003648

知 識 殿 堂 · 知 識 無 限

世界文集 31

她的一生

作 者/莫泊桑（Maupassant）
譯 者/蔡雅琪
發 行 人/孫宏夫
責任編輯/魏麗萍
發 行 所/小知堂文化事業有限公司
地 址/臺北市康定路六二號四樓
電 話/(02)2389-7013
劃撥帳號/ 14604907 小知堂文化事業有限公司
法律顧問/永然法律事務所
書店經銷/凌域國際股份有限公司
登 記 證/局版台業字第4735號
發 行 日/2001年5月 初版一刷
售 價/250元
原著書名/*Une vie*

ISBN 957-0405-56-2

徹底的藝術至上主義者——
芥川龍之介嘔心瀝血之作

傻子的一生

世界文集009

作者：芥川龍之介　售價：250 元

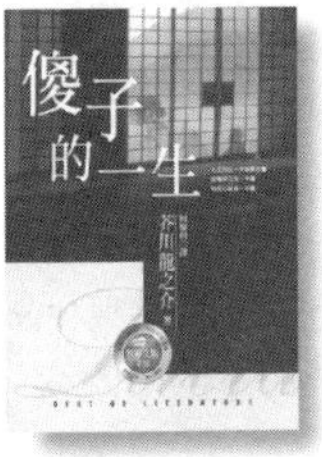

本書集結芥川龍之介晚期所寫的以小說和感想為主體的作品。另有幾篇則是其死後所遺留下來的遺稿，如「齒輪」與「傻子的一生」。而在他自殺前一天到半夜才完成的「續西方人」成為他最後的作品。書中共收錄芥川龍之介十八篇作品，形式多樣，有短篇小說體的「種子的憂鬱」、格言體的「侏儒的話」與書信體的「寄給某舊友的手記」等等，內容風格也大異其趣，展現作者豐富多變的創作才華。

羅生門

世界文集 015

作者：芥川龍之介　售價：250 元

本書集結了芥川龍之介八篇短篇小說，大多為以平安時代的歷史小說為故事題材。作者以其獨特的創作手法，以古今中外的典籍、傳說為故事的基礎，給予歷史小說一個嶄新的風貌。本書中的取材大多來自「今昔物語」，作者將平安王朝說話故事的題材做現代的解釋，使原故事的主題更加生動活潑，在他的妙筆下，賦予古典文學新生命。

劃撥帳號 / 14604907　戶名 / 小知堂文化事業有限公司

郵購滿1,000元者，免付郵資；未滿1,000元者，請付郵資60元

歡迎學校、社團、公司行號集體訂購，親至出版社購書享九折優待

兒童文學巨匠

具人道精神的童話世界

銀河鐵道之夜

世界文集004

作者：宮澤賢治　售價：250元

本書精選宮澤賢治的短篇小說，包含了以具有絢爛魅力，意境深遠且具悲痛情感的宮澤賢治的童話代表作——「銀河鐵道之夜」；配上運用西域北方韻律的敘事詩般作品「鎮北將軍與醫生三兄弟」；以幽默而令人驚異的反覆辯論來詮釋素食主義思想的「素食主義大祭」，以及對人性光明面的精彩描述的「雙子星」等共十四篇宮澤賢治的經典作品，充分展現宮澤賢治另類童話世界的風格。

充滿無限想像的另類童話世界

風之又三郎

世界文集005

作者：宮澤賢治　售價：250元

風之又三郎就在眼前伸長了腳坐下，默默地仰望著天空。不知何時起，他一直穿在身上的灰色上衣外面居然披上一件玻璃做的斗篷，腳上還穿著一雙亮晶晶的玻璃鞋。綠色的栗子樹影就落在風之又三郎的肩上。他的影子則又落在油綠的草皮上。風是越吹越強了。風之又三郎是既笑不出來，也說不出話來。他只是緊抿著小嘴，靜靜地望著天空。忽然，風之又三郎輕輕地飛上了天，玻璃斗篷在空中閃爍著耀眼的光芒。就這樣輕輕淡淡地掀起了我們內心那份與朋友間真摯情誼的回憶。

劃撥帳號／14604907　戶名／小知堂文化事業有限公司

郵購滿1,000元者，免付郵資；未滿1,000元者，請付郵資60元

歡迎學校、社團、公司行號集體訂購，親至出版社購書享九折優待

全世界最受歡迎的童話

鏡中奇緣

世界文集008

作者：路易斯．凱洛　售價：160元

好奇的女孩愛麗絲，進入一個與現實世界完全相反的鏡中世界。藏在愛麗絲壁爐架上顛倒的鏡中世界，是一個充滿許多活生生棋子，狂妄國王和皇后，怪異虛構人物，會說話的花園和布丁，還有許許多多沒禮貌昆蟲的驚奇國度。路易斯．凱洛再度運用他看似毫無關聯的對話與誇張的人物、意料之外的情節鋪陳，串連出充滿孩童邏輯的幻想之旅。在閱讀本書之際，放縱自己的創造力、讓想像力隨著書中人物起舞，再次回到童年時代看似簡單卻又複雜的心理世界。

世界聞名的童話故事
《鏡中奇緣》姊妹作

愛麗絲漫遊奇境

世界文集013

作者：路易斯．凱洛　售價：160元

炎熱無聊午后，一隻帶著懷錶白兔的出現，讓好奇的愛麗絲展開一段奇幻之旅。路易斯．凱洛創造出孩童式奇異無束的空間。在這奇境裡，時間可以隨心所欲地停留在某一刻，所有有理可循之事皆變得沒道理可言，想像可無限地延伸：《愛麗絲漫遊奇境》帶你重回孩提時代純眞、不受限的荒誕幻想樂園，享受一下放肆的身心靈饗宴。

劃撥帳號／14604907　戶名／小知堂文化事業有限公司

郵購滿1,000元者，免付郵資；未滿1,000元者，請付郵資60元

歡迎學校、社團、公司行號集體訂購，親至出版社購書享九折優待

小說潮 系列

2000年英國圖書館協會「卡內基獎」得主
──艾登・錢伯斯　最佳力作

小說潮3

【榮獲1999年中國時報最佳青少年圖書獎】

在我墳上起舞

作者：艾登・錢伯斯　售價：200元

一名十六歲少年被控褻瀆一座墳墓，但是他拒絕為自己辯護；是什麼原因讓他在故友的墳上起舞，是癲狂？還是別有居心。作者將愛情或友情關係中尋覓、執著、耽溺、背叛、寬容、迷惑與忠誠等感情，透過挑選的語言，細膩而深刻的描述，使讀者可以痛快閱讀本書。

*榮獲2000*年英國圖書館協會卡內基獎

來自無人地帶的明信片

小說潮19

作者：艾登・錢伯斯　售價：320元

《來自無人地帶的明信片》榮獲二〇〇〇年英國童書「卡內基獎」。故事敘述英國少年賈克前往荷蘭探視祖父的墳墓，一趟尋根之旅於焉展開，賈克在當地與幾名少年邂逅，再加上荷蘭老婦潔楚回憶她在第二次大戰期間與一位英國士兵相戀，兩段不同時空的故事在書中交錯進行，巧妙引出例如安樂死、同性戀等等議題；並引領讀者思考生與死、過去與當下、事實與虛構……等等並立的主題。

劃撥帳號／14604907　戶名／　小知堂文化事業有限公司

郵購滿1000元者，免付郵資；未滿1000元者，請付郵資60元

歡迎學校、社團、公司行號集體訂購，親至出版社購書享九折優待

小說潮 系列

一本讓你一讀再讀的感人回憶錄

小說潮 18

瑪麗之歌

作者：丹尼斯．史密斯　售價：350 元

在《瑪麗之歌》中，作者以活潑而熱情的文字，訴說一個愛爾蘭家庭在紐約貧民區的生活，並追憶他的童年往事以及母親瑪麗對子女的無怨無悔付出。堅定的信仰、母子間的相互扶持，使得史密斯家即使身處逆境猶能不卑不亢，樂觀迎向未來。是一部感人至深又鼓舞人心的作品。

最具影響力的非洲作家之代表作

苦惱的開端

小說潮 20

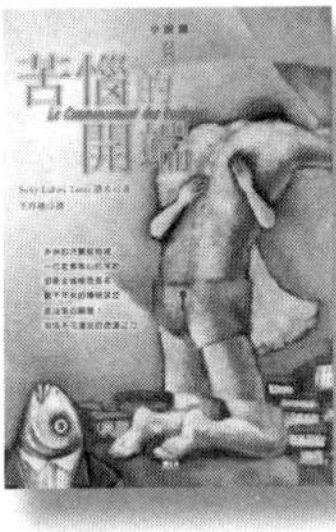

作者：譚希　售價：190 元

非洲沿海的洪竇努特城歷經西方的殖民統治，而成了充滿異國色彩的城市，有著原始與文明的雙重風貌。因此當智者歐斯卡在一次社交場合之中吻了少女巴諾斯‧瑪雅之後，這個帶有醉意的踰矩之吻，使小女孩陷入瘋狂的愛慕，更因違背習俗，而被預言將招來滅城之禍。本書是非洲當代名作家譚希所著的小說，戲劇的手法、非洲原始風情的詩句與對話，將令讀者有耳目一新之感。

劃撥帳號／14604907　戶名／ 小知堂文化事業有限公司

郵購滿1000元者，免付郵資；未滿1000元者，請付郵資60元

歡迎學校、社團、公司行號集體訂購，親至出版社購書享九折優待